Comme on a dit

Joël Bellisson

Comme on a dit

Roman

Texte intégral

Couverture : Christine Guais

Contact de l'auteur: *joelbellisson@gmail.com*

© 2014, Joël Bellisson
ISBN-13: 978-1494935283
ISBN-10: 1494935287

PREMIERE PARTIE

Les Arces

1

*Le 12 octobre 2007,
Maison d'arrêt d'Aiton (Savoie).*

Ma douce,

Je te parle de nos débuts. De nos premiers mois d'amoureux. Dans le désordre de mes souvenirs, il y a d'abord cette chambre d'hôtel que nous quittons. Ta main est sur la poignée de la porte, tu la lèves, c'est comme ça qu'il faut faire pour fermer, il faut lever la poignée en fer, le type de la réception nous l'a expliqué et tu t'en souviens. Moi aussi je m'en souviens. J'insère la clé, je la tourne pour verrouiller et tu abaisses la poignée. Ensuite, je retire la clé. Ça paraît si simple. Nous ne disons pas un mot, nous échangeons juste des regards, amusés de voir jusqu'où peut aller notre complicité ; avec quelqu'un d'autre, ça aurait pu être si compliqué. J'aurais pu m'agacer par exemple, ne pas me souvenir de l'explication du maître d'hôtel, ne pas comprendre que tu voulais aider en tenant cette poignée, te demander pourquoi tu la tenais ainsi vers le haut, mais enfin laisse-moi faire, c'est quand même plus pratique si je... si je... mais non... rien de tout ça. Nos gestes sont comme un ballet savamment orchestré, à l'image de notre amour, sans contrainte, fluide et harmonieux. Si tu savais. On a passé telle-

ment de temps à se manger des yeux. On s'est même moqués de nous tellement nous trouvions la situation irréelle. Allongés sur le flanc, on se reculait un peu en disant « je te vois flou » et on reprenait notre activité de hiboux, fascinés l'un par l'autre, contemplant notre propre amour dans les yeux de l'autre. On s'étonnait de ces minutes qui passaient si vite, qui ressemblaient à des quarts d'heure. On se demandait si quelqu'un n'avait pas trafiqué le réveil. On n'en revenait pas. Toi d'être avec moi, moi d'être avec toi. On ne savait plus comment dire qu'on s'aimait. On voulait convaincre l'autre à tout prix, comme si dire « je t'aime » ne suffisait plus à exprimer notre amour. Lorsqu'on buvait, on s'envoyait des rafales de mots d'amour, slalomant dans la rue complètement ivres, versant des larmes de bonheur avachis sur la couette, en s'aidant à se déshabiller mutuellement. Et le lendemain, on le regrettait presque, on culpabilisait bêtement, on avait soudain peur de s'être trop livré, d'avoir usé les mots d'amour jusqu'à la moelle, d'en avoir fait disparaître le sens. « Essaye de prononcer le même mot cent fois et tu verras, ça devient absurde au bout d'un moment. » La vérité, c'est que face à ce grand amour, on se sentait un peu démunis, on avait trop peu de repères, trop peu de moyens à notre disposition. On ne savait plus comment le montrer. On battait le rappel de nos souvenirs tout frais, notre rencontre surtout, sujet intarissable, et on se délectait d'avoir déjà des choses à partager. On voulait plus de vécu, on voulait sauter les étapes, ne plus être si vulnérable, être en confiance totale pour ne pas avoir peur de se dire des choses si grandes. Mais que pouvait-on ? Nous étions si petits. La seule solution, la solution définitive, c'était faire l'amour. On s'embrassait, on allait chercher profond avec la langue, pour rentrer l'un dans l'autre ; on utilisait nos petits moyens, nos langues, nos doigts, nos sexes, pour se pénétrer, coexister, fusionner. Tu souriais quand je te prenais et je n'avais jamais vu ça auparavant. Les filles d'un soir et les films porno m'avaient fait oublier que la sexualité et l'amour peuvent s'entremêler avec harmonie. De me sentir nouveau comme ça, ça me donnait envie de m'appliquer. Je te donnais du plaisir, je retardais mon orgasme pour prolonger le tien. Et lorsque j'éjaculais sur ton ventre, tu étalais le foutre avec tes mains, sur ton ventre, sur tes seins, en te tortillant de plaisir dans les draps encore pleins de sueur. Tu me disais : « c'est de l'amour tout ça » et tu souriais en étirant tes bras, en fermant tes petits poings, en en réclamant encore, les bras grands ouverts pour m'accueillir sur ton épaule. Et si je te disais que tu allais me tuer, tu te plaignais de l'endurance limitée des hommes. Et si je te posais la main sur mon sexe encore dur, tu me regardais avec un étonnement gourmand et nous relancions la machine en cœur, de nos deux mains unies. Après avoir refait l'amour, nous nous écroulions à nouveau, l'un à côté de l'autre, main dans la main, repus cette fois espérions-nous. La sueur et le sperme étalés sur nos corps collaient à nos poils mais nous avions la flemme de nous lever pour aller prendre une douche. On s'en foutait. On séchait. On débriefait l'acte d'amour. On parlait sexe, on parlait technique. « J'aime tout ce que tu me fais de toute façon » tu finissais par conclure, « et ça aussi ? » « euh... je ne sais plus, j'ai oublié... » Et c'était reparti. Pas de temps mort. On s'étonnait bientôt d'être encore l'un dans l'autre, on s'en agaçait même, on se disait qu'on allait mourir si on continuait à vivre comme ça. « Des clochards je te dis, on est en train de devenir des clochards. » Il faut bien vivre je disais, manger, se doucher, travailler un peu ? « Et si on vivait d'amour et d'eau fraîche mon amour ? Et si on se faisait payer pour s'aimer ? On pourrait déposer une soucoupe devant le lit, dire que c'est une performance vivante, que nous tentons le record du monde du temps passé au lit. Les passants donneraient ce qu'ils voudraient, des préservatifs, des oranges, des sucres – on aurait besoin de beaucoup de sucre – des billets de banque aussi, pour m'acheter de jolis sous-vêtements de compétition, ça ferait venir du monde, tu sais, les jolis sous-vê-

tements de compétition. Autre possibilité sinon : je t'embauche. Je te verse un salaire pour que tu m'aimes. Je serai une bonne patronne, assez exigeante mais compréhensive, intransigeante en affaire, un baiser est un baiser, mais généreuse en primes, quelques petites claques sur tes fesses pour t'encourager. » « Et moi ? Je pourrais t'embaucher aussi ? » Pendant quelques minutes, nous avons cru avoir trouvé la faille dans le violent système économique capitaliste. On riait. On n'avait besoin de personne. On mettait en scène des scénarios ridicules. On revisitait la belle au bois dormant. Tu t'allongeais les bras le long du corps, prétendument chaste et endormie, et j'avais la mission de te réveiller d'un baiser princier. Mais tu ne tenais pas dix secondes. Dès que tu m'entendais faire « pataclop, pataclop », tu te mettais à sourire. Suivaient un « oohhh ! » complètement surjoué, censé stopper l'animal avec autorité, puis un « hihihi-hihi » ridicule, imitation approximative du hennissement, les deux onomatopées n'ayant comme seul objectif que de déclencher ton hilarité. Et ça marchait. « Le prince ! » je m'insurgeais, « le prince arrive en cheval voyons ! » et nous rejouions la scène pour le plaisir de rire à deux, sachant pertinemment que cette deuxième tentative se déroulerait comme la précédente. Nous faisions des listes. Tu étais spécialiste. Il y avait des matières, tu donnais des notes. Tu mordillais le bout de ton stylo à la manière d'une prof qui remplit un bulletin, qui se tâte sur la note à ajouter. « En « baisers », il n'est pas mal, je vais lui mettre un seize. En « écoute », je dirais quinze, ça te laisse une belle marge de progression. Voyons voir... en « hygiène et propreté... » Mathias, j'ai une mauvaise nouvelle : en « hygiène et propreté », tu es nul. » Tu ramassais une goutte de sueur qui perlait encore dans mon dos et me montrais la preuve, l'index dressé, les yeux soudain écarquillés, avant de sucer lascivement le bout de ton doigt. Tout était prétexte à exciter l'autre. On pensait aux autres couples qui n'avaient pas notre chance. On se suffisait à nous-mêmes. On comprenait soudain comment *tous ces clichés d'amoureux avaient été fabriqués. On se laissait aller et c'était beau de te voir t'ouvrir comme une fleur. Tu disais revenir de loin, que, adolescente, tu avais même quitté un garçon parce qu'il avait osé t'appeler « mon Alice. » Tu n'étais la Alice de personne tu disais. Et maintenant, c'était toi qui osais les pronoms possessifs, ces « mon chéri », ces « mon amour » que tu n'avais jamais dit à personne auparavant. Tu disais que tu avais toujours eu les compétences pour aimer ainsi, que depuis toujours, tu réfrénais ce caractère amoureux que tu avais en toi, que tes ruptures précédentes t'avaient obligée à construire un personnage qui n'était pas toi et que c'était bon de pouvoir enfin se laisser aller, sans mise à l'écart de ton moi profond. Dans les moments de doute, tu te mettais à pleurer en disant que tu ne me méritais pas, que c'était trop beau pour être vrai. Tes « je t'aime » sentaient la peur alors, la peur de me perdre. Mais je n'abusais pas de ma position dominante, je me mettais à ta hauteur, je parlais doucement, je te disais « viens là » et massais ton cuir chevelu. Tu t'agrippais à mon torse, à ma hanche et à ma jambe, un bras sous mon dos, l'autre sur ma poitrine, comme un petit koala accroché à sa branche. Je t'enserrais à mon tour, conscient de jouer l'homme fort et rassurant pour cette fois ; le bout de mes doigts effleurait ton dos dans un léger va et vient et je pensais : « peut-être que bientôt, c'est moi qui serais dans cet état » et j'accompagnais cette phrase muette d'un baiser sur ton front. »*

2

Reste digne surtout, c'est important, t'as vu la tête du type sur son tracteur, j'adore ce jeu, c'est grisant comme tout, il ne faut surtout pas aller trop vite, cinquante, soixante à l'heure, pas plus, non mais franchement, t'as vu la tête du pépé, il n'a pas eu le temps de réaliser quoi que ce soit, il a dû se dire est-ce que j'ai bien vu ce que j'ai vu, c'est moi où ils étaient complètement à poil dans la voiture, quand je vais raconter ça à mémère dis-donc, non mais attends, ne va pas trop vite, il y a un vélo qui arrive, sois digne surtout, c'est le plus important, fais comme si de rien n'était, oh là là mon Dieu que c'est drôle, je vais faire pipi sur les sièges moi, je n'en peux plus, la tête qu'il a fait celui-là aussi, il s'est retourné après, c'est pas possible, c'est trop, je vais mourir, ils étaient à poil dans leur voiture, ça leur paraissait tout à fait normal il s'est dit, piou, j'ai mal aux abdominaux, viens, demandons notre chemin à la vieille qui passe, oh, t'es pas drôle, rabat-joie, coincé, c'était ton idée après tout, mais arrête, ne crie pas comme ça, on rigolait bien, qu'est-ce qui te prend, mais non, ça ne m'excite pas, qu'est-ce que tu racontes, c'est pour rire, mais voilà, tu vois, encore une fois, tu gâches tout et je vais pleurer.

3

Il est assis sur une chaise à rempailler. Les fesses flottantes dans l'assise trouée, l'abîmant davantage encore. Il se frotte les yeux des deux poings. Le dos rond, les coudes sur les genoux, il se passe les mains sur le visage, de bas en haut, comme pour tenir la fatigue à distance, avant de reprendre son fusain posé sur son calepin à croquis, qui fait pont entre ses genoux. Le crayon charbonneux en l'air, il pose sur Alice un regard rougi par les longues heures de route, empli d'une tendresse infinie.

Le fusain court sur le papier. Mathias s'applique. Le trait est appuyé, anguleux. Il ne repasse jamais. Il alterne les coups de crayon vifs, qui frottent le papier comme des étoiles filantes et les regards étudiés, qui captent l'essentiel du sujet. Il regrette un peu qu'elle se soit coupé les cheveux mais il ne lui en veut pas, on pourra sûrement arranger ça. Il observe ces petites mèches nouvelles qui lui lissent les tempes, ses lèvres délicates, légèrement entrouvertes, qui laissent passer sa respiration et son diamant discret, qui brille sur l'aile du nez. Couchée en chien de fusil, elle a de petits grognements plaintifs qui reviennent de temps en temps et lui donnent l'air d'un vrai petit fauve. Ce visage qui dort, cette menue réalité, c'est unique. Est-ce possible d'être si adorable ? De quoi avait-il l'air, lui, lorsqu'il s'était assoupi dans son lit pendant son absence ?

Ça lui arrivait de temps en temps, un peu n'importe où, un peu n'importe quand, à cause des somnifères qui déréglaient son horloge biologique. Son attention à peine relâchée, le marchand de sable lui tombait dessus et asseyait son gros derrière sur ses paupières.

Affalé sur le dos, les bras en croix, il avait rêvé. Ils jouaient au ping-pong sur un toit de New-York. La faute à Patrice, ça, qui l'avait informé une heure plus tôt que la finale du championnat du monde allait être retransmise sur le câble en intégralité. Dans son rêve, ils jouaient incroyablement bien, sans jamais perdre la balle, chacun dans son style, lui, attentiste, agressif au bon moment, elle, déliée, aérienne. Ils n'en revenaient pas de leur prodigieuse et soudaine dextérité. Ils remarquaient qu'ils pouvaient se reculer de la table autant qu'ils le voulaient sans perdre de vue la petite balle en celluloïd. A un moment, Mathias s'était même permis de monter sur la corniche, se sentant immortel, perché à plusieurs centaines de miles au-dessus du vide. Il narguait la stabilité des gratte-ciel, faisait l'avion les bras écartés, et saluait de manière effrontée les hélicoptères qui patrouillaient au-dessus d'eux. Il revenait à la table, provoquait Alice avec un accent pied-noir, « ti va voir c'que ti vas voir » et elle se fâchait en croisant les bras. Elle lui disait de rester là, de ne pas monter sur la corniche, qu'il allait s'envoler et que tout allait recommencer, qu'ils allaient à nouveau être séparés et qu'elle ne le supporterait pas. Le mot « police » l'avait réveillé. Il l'avait entendu chuchoter dans le couloir et s'était levé fissa. Il avait remis sa casquette, puis, sans un bruit, avait ouvert les battants de la double fenêtre et sauté dans la cour pavée comme un ninja, fuyant sur la pointe des pieds.

Mais enfin voilà. Il avait patienté et ça avait payé. A nouveau, ils étaient réunis. Ils allaient pouvoir se poser tous les deux et, comme Patrice, acheter une ferme, bêcher en amoureux, tout ça.

- Tu verras, ça sera comme on a dit.

Six ans qu'il attend ce moment. Alors savourer, il a le droit. Il ne gâchera rien. Il la dessinera d'abord, l'approchera par la pensée, pour se taquiner les sens. Puis il passera sa main au-dessus de sa peau, très très près, pour se frustrer, sans la toucher. Il se lovera derrière elle ensuite, tout habillé, comme elle, jean contre jean, et l'embrassera dans la nuque, la serrera fort contre lui. Mais pas tout de suite. Il faut qu'elle s'habitue à sa présence d'abord. Qu'elle se remette les idées dans le bon sens. Il a tant à apprendre. Que s'est-il passé ces deux dernières années ? Quelles épreuves a t-elle traversées ? Il y a tellement de choses à tirer au clair. Et pour ça, il faut du temps, oui... beaucoup de temps... Il faut s'armer de patience aussi, réussir à contenir cette impulsivité qui risque de resurgir à la moindre occasion. Ses airs calmes et mystérieux abritent un monstre redoutable et Mathias le sait. Etrangement, ça a toujours plu aux filles ce côté « bad boy » combiné à sa belle gueule de play-boy solitaire et mystérieux. « Le diable dans les yeux, un ange dans le sourire », lui avait dit Nadia après l'amour, en effleurant sa lèvre de l'index. Elles le trouvaient toutes si beau qu'elles trouvaient ça dommage d'être aussi malheureux. Elles voulaient le consoler, le guérir de ce mal-être qui semblait le ronger de l'intérieur. En général, c'était le moment qu'il choisissait pour fuir, incapable de se livrer davantage et peu enclin à fouiller ce côté obscur qui l'effrayait lui-même. Il était capable de comportements insensés. Il pouvait cogner les murs de rage, fumer quinze cigarettes en deux heures ou courir des kilomètres en pleine nuit pour tenter d'échapper à ces prisons intérieures qui l'empêchaient d'être complètement lui-même.

Seul le dessin l'apaisait. Ce monde d'attentions et de silences était son îlot de tranquillité. Lorsqu'il dessinait, il était en paix. C'était comme d'être seul au bord de l'eau. Comme un baladeur pour les yeux. Le monde autour de lui s'assombrissait et son attention se focalisait sur le point de l'espace qu'il avait choisi. Il n'y avait plus que lui, ce point, le papier. Le temps ne comptait plus. Il pouvait oublier de manger, de boire, de fumer. Ça n'avait plus d'importance.

Alice a ramené ses petites mains sous son menton.

Il les a tellement dessinées, ces mains. Un pan du mur de sa cellule leur était dédié, à Fresnes. On y trouvait représenté entre autres deux avant-bras terminés par leurs deux mains amoureusement collées l'une à l'autre, paume contre paume. Sa main d'ancien nageur comptait une phalange de plus qu'elle et ils trouvaient ça fou d'être aussi différents. Ils se rassuraient mutuellement en se disant qu'il y avait des avantages à toutes les tailles. C'était plus facile de lécher les pots de *Nutella* lorsqu'on avait de petites mains par exemple. En revanche, dans l'eau, avec de grandes mains, on allait plus vite.

Par peur de la réveiller, Mathias retient sa caresse. Il se contente d'effleurer quelques cheveux électrisés qui tiennent en l'air tout seuls. Pouvoir l'observer en toute liberté, comme ça, c'est déjà beau.

Il mord son index pour repousser une montée de larmes. Sur la bâche grise qui recouvre le sol, ses doigts trouvent un bout de mousse jaunâtre, détaché du matelas.

- Je sais ce que tu vas dire, il murmure, tu vas dire que j'ai tout gâché, que j'ai déconné... T'as raison : j'ai déconné. J'étais fou à l'époque. Mais c'est fini. J'ai changé. Tout sera comme avant, je te le promets...

Ses doigts effritent la mousse jusqu'à la réduire en charpie. Il constate les dégâts avec étonnement puis se tourne vers la fenêtre, le regard humide et clair. En contre-jour, dans la lignée du soleil montant, il distingue Patrice qui bêche déjà, l'échine courbée, chapeau de paille sur la tête. La vision lui paraît complètement surréaliste. Qui l'aurait cru ? Patrice Matongué métamorphosé en Charles Ingals... Il fallait le voir pour le croire...

Mathias baille à s'en décrocher la mâchoire avant de se souvenir du dessin inachevé sur ses genoux.

Il termine le portrait avec application, écrit son nom en bas du croquis, avec la date et l'heure d'aujourd'hui, 2 juillet 2012, 8h07, puis pose le calepin à spirales en équilibre contre le pied torsadé de la chaise. Debout, il tire une boîte de *Stilnox* de sa poche arrière, expulse deux somnifères de leurs bogues d'aluminium et se les administre avec le reste de *Coca-Cola* dans son sac. Il sort sur la pointe des pieds, lui jette un dernier regard rempli de tendresse et tourne la poignée avec précaution pour ne pas la réveiller.

- Dors bien mon amour.

Et il verrouille la porte, à double tour.

4

Il y a d'abord la caresse d'un vent tiède sur sa joue disponible, face au plafond. Puis des relents de colle qui entravent une senteur plus naturelle, puissante et familière.

Alice ouvre un œil en reconnaissant l'odeur des pins. La bouche déformée sur l'oreiller, elle retarde le moment du retour à la réalité. Elle voudrait que ses contours s'arrêtent là, à cette langue de papier peint arrachée et retournée dans le vide. Ça n'a jamais fait peur à personne, une langue de papier peint.

Elle se redresse finalement, effectue quelques clignements d'yeux, comme un papillon qui s'affole, pour décoller les lentilles de sa rétine. A travers les brumes du sommeil qui se dissipent lentement, elle prend conscience de l'espace autour d'elle. La pièce est en réfection. Sur le sol bâché, au pied d'un escabeau ouvert, un bric-à-brac d'éponges et de seaux s'étale le long du mur. Des restes de tapisserie, collés ici et là sur le polyester vert de gris, conservent la marque de motifs à fleurs jaunes et vieillots. Plus près d'elle, le pied torsadé d'une chaise de brocante soutient un calepin. Elle pince ses paupières, les soulève une à une pour décoller définitivement ses lentilles qu'elle aurait dû jeter avant-hier. Quelques battements d'ailes encore et ça y est, la mise au point s'effectue : un visage, dessiné au fusain, apparaît sur le calepin.

Cette découverte la réveille tout à fait. D'un mouvement

ample, elle repousse le drap. Carnet en main, elle détaille son visage endormi, livré là brutalement, sculpté plus que dessiné. Qui ? Pourquoi ? Une brise légère, emplie de mystère, soulève le coin de la page dans un bruissement imperceptible, la ramenant du même coup à ses premières préoccupations. Où est-elle ? Que fait-elle ici ? La fenêtre ouverte donne sur les sillons d'un jardin cultivé tout en longueur, légèrement vallonné au bout et arrêté par un rideau de sapins dont elle ne distingue que les cimes. La forêt, imagine-t-elle, doit descendre en escalier jusque dans la vallée. Est-ce l'odeur des pins ou le tintement sonore des cloches au milieu de ce silence tranquille, troublé uniquement par le bourdonnement de mouches aventureuses, qui entrent et sortent par la fenêtre ? Elle ne saurait pas vraiment expliquer pourquoi elle se sent chez elle. Il faut croire que quand on a passé plus de vingt ans quelque part, le lieu finit par vous habiter autant que vous l'avez habité. Elle est certaine d'être en Savoie. Mais où exactement, ça, elle n'en sait rien.

Elle enfonce ses mains dans le moelleux du matelas. Mais le drap à peine effleuré, elle grimace de douleur, agitant ses mains comme pour les égoutter. Ça brûle dans ses paumes. Elle souffle dessus, examine ses égratignures avec attention. Du sang se mêle à de petits graviers noirs dont elle se débarrasse de quelques tapes. Le bitume. Nanterre. La course folle de la nuit dernière... Peu à peu, les souvenirs lui reviennent en cascade. Des zébrures jaunes défilent à toute vitesse. Des taches lumineuses mouchettent la nuit. Elle voit des bouches de tunnels orange, des pompes à essence, un tableau de bord. Entre clignotements et néons agressifs, les barrières d'un péage se soulèvent. Ils ont pris l'autoroute, ça, elle s'en souvient. Et avant ? Que s'est-il passé ? Des pas tambourinent. Elle est au sol, évanouie. Au réveil, en ouvrant les yeux, un sourire est penché sur elle. Mathias l'empêche de bouger, à califourchon sur ses hanches. Elle hurle quand elle réalise qu'elle n'est pas libre de ses mouvements. La main de géant, alors, s'abat sur sa bouche. Elle se débat, essaye de mordre. Il ne veut pas lui faire mal, il dit. « Calme-toi Alice, calme-toi. » Il desserre son étreinte, ôte la main de sa bouche et demande si ça va, si elle peut marcher. Elle ment, elle dit oui, et à peine levée, elle prend ses jambes à son cou. Elle court vingt mètres avant de s'étaler sur le gravier de tout son long. Voilà d'où viennent les égratignures. Mathias la relève, lui demande encore si ça va et se poste derrière elle, l'index glissé dans un passant de sa ceinture, l'empêcher de s'enfuir à nouveau. Ils marchent. Plus calmement. Et après ? Après, les souvenirs se perdent. Dans la voiture, il lui fait boire de l'eau... beaucoup d'eau... un liquide vicié au goût amer... sa tête s'alourdit... elle sent les lignes de la réalité qui s'estompent, s'assouplissent... une grande fatigue s'empare d'elle... elle s'endort, terrassée... il y a encore des réveils comateux, entrecoupés de paroles de réconfort et d'excuse... et puis le gouffre, l'oubli.

5

C'est comme un enfant qui fait vibrer ses lèvres pour imiter le bruit d'une mitraillette.

La bobine *Super 8*, installée sur la grosse machine allemande, tourne laborieusement. Le projecteur envoie sur le mur un cône de lumière blanche qui attrape au passage les poussières en suspension et éclaire une partie de la bibliothèque sur la droite. La couverture d'un large livre de photographies, disposé au bord du vide, comme sur un sentier de haute montagne fermé au public, attire l'œil notamment. On y lit *Contes et légendes des Gorges du Pont du Diable*. Mais l'atmosphère est légère. Sur le rectangle d'images aux contours adoucis, projeté sur le mur blanc, Alice Grimandi joue à la petite fille, grimpe sur le dos de son père à quatre pattes. Il fait le gorille, la langue qui pousse sous la lèvre inférieure, les poings fermés dans la pelouse qui descend vers le lac, étincelant de cristaux liquides. C'est une forteresse imprenable. La petite Alice, vêtue d'un short éponge rose bonbon, hystérique, l'attaque par la face Nord. Retombée piteusement dans l'herbe, elle en profite pour bouder un peu sitôt relevée, bras croisés, regard par en dessous et lèvre inférieure avancée. Puis, sans prévenir personne, elle change de tactique. Elle fait le tour de la bête, bondit du côté Ouest. Piero Luigi, bon prince, la laisse grimper. Mais c'est une ruse de vieux singe. A peine installée sur son dos, le gorille donne une accélération qui surprend Alice. Quelques instants de rodéo et c'est la chute, dans de furieux éclats de rire silencieux. Plan suivant : Piero Luigi Grimandi montre à sa fille comment réaliser le poirier. Alice, en élève appliquée, tente de l'imiter mais à chaque fois, quand elle y est presque, le père plaisantin donne un coup de patte qui la fait culbuter. Il en rigole avec la personne qui filme, la maman sûrement. La petite Alice, elle, n'a rien compris. Elle recommence le poirier. Et rebelote. Coup de patte. Culbute. Eclats de rires silencieux.

Confortablement assis dans son fauteuil Louis XVI, les bras croisés derrière la tête, Henri Dupraz scrute la réminiscence jaunâtre sur son mur blanc, concentré sur le rythme donné par l'amorce blanche qui heurte le projecteur à chaque tour de bobine. Il pense qu'on passe son temps à s'éloigner de soi-même. Que si on n'est pas devenu la personne que l'on voulait, c'est la faute aux aléas de la vie. Comme si on passait son temps à déconstruire la personne qu'on aurait pu être. A croire que l'essentiel d'un être humain est déjà là, dans les premières années de sa vie. Voilà ce qu'il pense, là, tout seul, plongé dans la semi-obscurité de son appartement parisien, un dimanche à l'heure du thé.

Il se lève finalement. La bobine rejoint les autres dans le carton à ses pieds qui en abrite des dizaines d'autres, soigneusement empilées dans leurs étuis en plastique rigide. En fonction de la durée des bobines, ils épousent des tailles différentes. Tout ce monde de souvenirs filmés ne lui appartient pas, il le sait. Faut-il être fou pour s'infliger ça, visionner les films d'enfance de son ancienne petite amie ? Comme si, en les regardant, il allait pouvoir trouver la faille, le détail qui lui permettrait de comprendre instantanément les raisons de leur rupture. Une peine perdue bien sûr, une partie d'échecs pliée depuis des lustres. Mais après tout, que lui reste-t-il d'autre ? Comment se connecter à elle autrement ? Sa main plonge dans le carton et pêche une autre bobine, une toute petite de deux minutes. Sur la tranche, il lit : « La Vernaz, Alice et Henri, été 2007. » Cette fameuse époque... la convalescence... et Alice qui filmait tout, impossible à suivre, tantôt apathique, tantôt hyperactive...

Image blanchâtre, cheveux qui se promènent, pattes d'araignées arrachées et encore mobiles. Décompte. L'image est un peu floue mais stable. Le plan est large. Alice et Henri sont assis côte à côte sur la table de la cuisine, les mollets dans le vide. Alice grimace et montre sans arrêt l'objectif du doigt. Elle fait plusieurs allers et retours vers la caméra. Cut. L'image est plus nette, moins surexposée. Henri pioche des spaghettis dans un récipient en terre cuite et lui fourre dans les oreilles pendant qu'elle fait la maligne et louche en tirant la langue. Cut. Alice sourit furtivement, joue de la guitare avec une cuillère en bois tandis qu'au second plan, Henri sort une brique de lait du frigo qu'il convertit en djembé. Il ferme les yeux, bat la mesure avec ses dernières phalanges, musicien investi, habité. Nouveau cut. Il s'applique maintenant à lui suspendre des paires de cerises derrière les oreilles. Dès qu'il a le dos tourné, Alice les mange avec gourmandise en glissant un clin d'œil à la caméra. Lui joue le jeu, feint la surprise et surjoue l'agacement. On dirait un court-métrage de Laurel et Hardy. Tout juste si on n'attend pas une scène de poursuite, Henri qui chasse Alice autour de la table, armé d'un rouleau à pâtisserie. Cut.

Henri peut regarder ces images dix fois, cent fois, c'est toujours le même constat : elles effacent toutes les autres étincelles négatives qu'ils ont pu produire à deux. Comme s'il ne restait que ça, ces chutes de souvenirs, deux ans de vie commune, deux minutes de bonheur. Un nez de clown retrouvé au milieu de cendres froides.

Le « tchak tchak » de la bobine résonne toujours sous son crâne. Il se décide à ramasser l'étui mou de l'appareil, à l'enfiler sur la machine. Ses bras entourent l'engin, manière de câlin étrange, et il compte et un et deux et trois et crie très fort « ho hisse hisse et oh ! » au moment de remiser l'appareil dans un coin obscur du grenier, avec son carton à bobines. L'activité physique consume un peu d'émotion vive avant que celle-ci ne renaisse de ses cendres et ne l'enveloppe de ses mains fuligineuses, en fantôme modèle, en démon qui fait son travail. Il se met alors à tourner en rond dans sa tête et dans son appartement. Il sait comment tout ça se termine en général. Il sait que ses raisonnements impeccables, ses conclusions abouties et définitives ne lui seront d'aucun secours. Un changement de direction, ça arrive. On vient de le changer de poste. Il n'a plus prise sur rien. Une voix grave le commande maintenant et dit : « appelle » et il doit s'exécuter, soumis, employé modèle. Il compose son numéro et attend qu'elle parle la première, si penaud qu'il n'ose pas parler, car comment trouver les mots, comment expliquer. Elle peut dire n'importe quoi de toute façon, le ton n'est pas si important, ce qui compte, ce sont ces deux petites syllabes « a-llô ? », qui chasse l'absence et offre la paix de l'âme, la possibilité de dormir.

Mais ce soir, Alice ne répond pas. Et il le sait, sa nuit sera courte.

6

La pendule venait de sonner six heures quand, assis dans la cuisine, Patrice Matongué avait baissé les yeux avec un bon sourire. Il avait reconnu le ronronnement du moteur de la *R5* de Mathias, au loin, à travers les tintinnabulements des premières cloches de vaches déjà en activité. « Si tôt », il s'était dit en sortant pour aller l'accueillir, son mug *PSG* à la main. Il se tenait debout sur le gravier, devant la ferme, un peu voûté, gêné par sa grande carcasse d'un mètre quatre vingt douze. Il imaginait la tête que Mathias ferait quand il le verrait dans sa salopette bleue et ses bottes en plastique noir. Il y avait eu du changement depuis deux ans.

Avant de déménager à Habères-Poche, Patrice habitait la même cité que Mathias, aux Lilas, à Nanterre. Habères-Poche est situé en Haute-Savoie, près d'Annecy, et lui, en plus, n'habite pas exactement à Habères-Poche mais au-dessus, dans un hameau isolé qui s'appelle Les Arces, logé au creux d'un vallon où il n'y a qu'une ferme, la sienne.

Lentement, Patrice avait porté le mug à ses lèvres, siroté le café au lait qui le réchauffait à l'intérieur. Il faisait frisquet pour un mois de juillet. Il avait vérifié, le mercure du thermomètre indiquait 8°C. Par réflexe, il avait jeté un coup d'œil à la table de ping-pong dans le jardin. Les jours de grand froid, elle se nappait d'une fine pellicule blanche. Mais non, la même mousse recouvrait la peinture écaillée. Rien n'avait bougé. Rien ne bougeait vraiment par ici.

Alors cette *R5* qu'il voyait lentement épouser les lacets de la route pour descendre jusqu'à lui, c'était quelque chose. Mathias... enfin libre.

Cette fois, il aurait le temps de l'exposer à sa nouvelle vie, à ses nouvelles habitudes. Hier au téléphone, il lui avait dit qu'il allait rester « un moment » et Patrice s'était demandé combien de temps ça voulait dire « un moment », sans oser le questionner davantage. Espérons que ça serait plus long que la dernière fois. Mathias était arrivé tard le soir, reparti tôt le matin et les deux hommes n'avaient eu le temps de discuter de rien. Et dans cette nouvelle vie, Patrice aimait prendre le temps.

La *R5* avait ralenti, puis s'était arrêtée tout à fait en faisant crisser ses pneus lisses sur le gravier.

Patrice s'était assuré qu'il s'agissait bien de Mathias et avait allongé le cou pour trouver le bon angle, gêné par les reflets du pare-brise sale. Finalement, la radio s'est tue et son grand ami s'est extrait du véhicule, casquette sur le crâne. Ses joues creusées faisaient ressortir ses pommettes et lui donnaient un air de junkie qu'il ne lui connaissait pas, la marque de la prison sans doute.

Mathias s'était forcé à sourire néanmoins, avait claqué la main tendue, proposée en bras de fer, puis s'était éloigné en marchant jusqu'au bout de la terrasse naturelle. En contrebas : le lac d'Annecy, cerné par les montagnes encore dans l'ombre. La surface liquide scintillait déjà par endroits, comme du papier aluminium doré. De dos, comme pour anticiper la gêne d'un silence, il avait dit :

- T'es bien ici.

Puis s'était gavé d'air de montagne, étiré en poussant un cri de bête avant de se tourner vers lui, de chercher son regard.

- Je suis venu avec Alice.

Patrice n'avait pas répondu. Il avait allongé le cou, distingué la jeune femme endormie sur le siège passager.

- Elle dort ?

Mathias avait allumé une cigarette dans son poing, fait quelques pas pour se détacher de son regard. Les yeux dans la vallée, scrutant l'avenir au loin, il avait répondu :

- Si ça te dérange, tu me le dis. On s'en va.
- Non... non... ça ne me dérange pas. Tu es le bienvenu.
- Je veux pas que ça pose de problème Pat'.
- Y'a zéro problème.
- Alors c'est bien. Aide-moi à la transporter, elle est un peu groggy.
- Comment ça un peu groggy ?
- Cherche pas.
- Mais...
- Pose pas de questions j'te dis.

Il avait jeté son mégot et Patrice l'avait ramassé discrètement, fourré dans la poche intérieure de sa salopette. Les bras ballants, cherchant la bonne attitude à adopter, il avait observé son ami de toujours ouvrir la portière, débloquer la ceinture de sécurité et tirer la jeune femme soit-disant endormie par les aisselles.

- Tu m'aides ou bien ?

Pris de court, Patrice avait posé son mug sur le capot de la *R5*, saisi les jambes inertes sans bien comprendre ce qu'il faisait. Bon an mal an, ils avaient traversé l'espace qui les séparait de la maison avec l'impression de déplacer un cadavre. Ils avaient emprunté l'escalier grinçant, qui confirmait la sensation de meurtre, et déposé la jeune femme sur un matelas récupéré au grenier, dans l'une des chambres en réfection. Mathias était ensuite redescendu chercher son sac *Adidas* pour s'enfermer avec elle. Patrice, lui, était retourné chercher son mug sur le capot et avait jeté le reste de café froid dans le lavabo. Il avait fait disparaître le liquide marron à l'eau froide et était parti au potager en essayant de positiver et de ne pas s'alarmer même si au fond, il avait admis que ça grinçait un peu comme dans l'escalier.

7

En somme, si elle en est là, c'est peut-être à cause du *Flunch*. Si, en sortant de l'aéroport, elle était rentrée directement chez elle, elle aurait eu une chance de tomber sur lui, elle aurait pu, qui sait, tenter de le raisonner, le convaincre de l'absurdité de tout ceci.

Mais au lieu de ça, elle a fait un détour par *Rosny 2*. Parce qu'elle aime les centres commerciaux, oui. C'est là qu'elle se réfugie quand elle va mal. Elle y trouve des gens, du mouvement, des poussettes. Il y a toujours de la vie dans les centres commerciaux. Artificielle, certes, mais de la vie tout de même, sans surprise, suffisante. De la vie quotidienne bien tranquille, en adéquation avec son mal-être du moment. Les centres commerciaux lui fournissent la dose homéopathique de bonheur nécessaire pour ne pas se sentir trop étrangère à cette petite mélodie qui lui échappe parfois, au détour d'une plongée dans ce passé qui ne cesse de lui échapper. Un trop grand bonheur eût été trop déprimant. Avec les centres commerciaux, on n'est jamais déçu. On n'a pas peur d'être seul. On a le droit même. Ça ne se voit pas, tout le monde s'en fiche. Les centres commerciaux autorisent les solitudes, elle se camouflent en s'additionnant.

Alice a erré dans la galerie de *Rosny 2*. Un peu hagarde, quelque peu abrutie de sommeil, elle a traîné sa valise à roulettes en maudissant la lanière de son gros sac caméra qui lui lacérait l'épaule. Après deux mois de tournage à obéir aux desiderata d'un réalisateur puant et six heures de vol passées à côté d'un bébé qui hurle, n'importe qui aurait rêvé d'un bon lit, d'un bain moussant ou d'esclaves qui font du vent. Pas elle. Elle, elle erre, elle flunche. Elle prend un café dans une tasse en carton et un poisson pané avec des frites à volonté. Il est onze heures moins dix et un employé nettoie le sol entre ses pattes. Ça va, elle a compris, elle s'en va. Mais impossible de se décider. C'est comme si elle redoutait le moment, cette chute de tension, où elle n'aura d'autre activité que de s'occuper d'elle-même.

Et puis finalement, il faut bien : elle s'en va. Chez elle, la porte refermée, elle laisse tomber le sac en toile sans précaution et abandonne sa valise au milieu du salon. Elle jette son *Perfecto* dessus, libère ses petons prisonniers de ses bottes en cuir depuis douze heures, lesquelles s'affaissent immédiatement sur elles-même, soulagées presque, elles aussi. Alice marche jusqu'à son clic-clac à pois noirs et s'effondre dessus comme un poids mort. « Le blues d'après-tournage », elle pense, ça y est : on y est.

Fermer les yeux, appeler l'image mentale de la pièce sombre, se rassurer. C'est bon de retrouver ses plantes finalement, son lit, son petit foutoir à soi. Sa carte du monde et ses ficelles, comme une immense toile d'araignée de plusieurs mètres plaquée au mur. A chaque voyage, elle enfonce une punaise de couleur à l'endroit où elle est allée et tire un bout de ficelle. D'un côté la punaise, de l'autre un pêle-mêle de photos, déchirées, découpées, des coins de serviette en papier avec des mots écrits dessus, des tickets de bus, des cartes de visite, des boarding pass, des factures... une dizaine de fils qui partent aux quatre coins du monde, Chefchaouen, Chiang Maï, Melbourne, Saïgon... et bientôt Kolkata et ses taxis ambassadeurs, ses rickshaws en bois et ses épices, autant de mini-mondes reconstruits, de souvenirs palpables. Il lui suffit de jeter un coup d'œil sur l'un de ces bouts de papier pour que tout un flot de sensations resurgisse sans qu'elle ait de gros efforts à fournir. Où a-t-elle acheté ce ticket de bus ? Dans quelle gare routière ? Et pourquoi cette destination ? Et avec qui ? Ah oui ! bien sûr, je me souviens, c'est parce que, c'est à cause de. Tout revient. Et plus encore. Un événement en appelle un autre, et un autre, et on déroule ainsi la pelote, on remonte le fil du voyage jusqu'à se lasser peu à peu, avoir envie de présent. On remet alors le ticket en place avec une nostalgie qui donne de la force, « saudade » disent les portugais, une énergie qui donne envie d'apprécier le présent avec un plaisir équivalent à celui qu'on vient de prendre en se replongeant dans le passé.

Fip, il est 13H00. Bon appétit avec « Poor Edwards » de l'incontournable Tom Waits. Un petit regard sur le ciel aujourd'hui, il fait beau, il fait chaud en ce vendredi 27 juin 2012, armez-vous de courage vous qui êtes sur le périphérique extérieur, on nous signale trois kilomètres de ralentissements au niveau de la porte de Montreuil…

Elle lâche la télécommande qui dégringole de son ventre, va mourir dans les plis du clic-clac. Elle sourit. *Fip. Fip* et ses voix suaves aux intonations chaleureuses et sexy, si féminines. Elle jurerait que les voix de *Fip* – y a-t-il réellement des femmes en chair et en os derrière ces micros tendus ? – prennent un malin plaisir à jouer la douceur lorsqu'elles annoncent de mauvaises nouvelles alors qu'en réalité, sitôt le « ON AIR » passé au blanc, elles se transforment en véritables petits diables : « Si vous êtes dans les bouchons, c'est que vous l'avez bien mérité. En ce qui nous concerne, nous sommes à l'apéro et buvons des mojitos. » Elles jettent des rires sardoniques dans la pièce, trinquent à qui mieux mieux, brandissent leur mini-trident rouge et montrent leurs canines acérées.

Il n'en faut pas davantage pour que ses propres démons se joignent à la danse. Les visages effacés qui traversent ses rêves, cet œil qui l'observe calmement, sans cligner, protégé par son judas ou ces bris de verre qui s'enfoncent, qui tracent des entailles jusqu'au sang, sur ses bras, ses paumes, ses pieds, et ce foutu bouton métallique, toujours, qui dévale ce versant inconnu aux reliefs accidentés, sans jamais paraître s'arrêter, tout ce petit monde-là se joint à la ronde et il faut qu'elle change de station.

Elle passe sur *Radio Nova* qui distille du Beirut, une pop aux accents slaves. Elle se tourne vers la fenêtre, essaye de se détendre, de se laisser bercer par l'accordéon. Il fait beau. Une douche de soleil éclabousse les pavés humides de la cour et, par la fente de ses paupières, elle distingue son vieux et fidèle *MacBook* argenté, posé sur son bureau, écran docilement refermé, dont le coin lui envoie une châtaigne de lumière, une manière de clin d'œil, ils se connaissent bien tous les deux. Bon, ça va mieux. Il y a toujours l'option Maxime en cas de. Il la fait rire, Maxime. « Qué tou é la plou belle Alice ! Qué yé ourle mon bonheur ! Alice ! Mi amoré ! » Et de se mettre à genoux devant elle, et de joindre les deux mains en hurlant « mamamia ! » D'embrasser, de serrer, de caresser. Un expansif, ce Max. *Circulez y a rien à voir* représente la moitié de ses cachets d'intermittente du spectacle et, à ce compte-là, elle passe sur les quelques écarts de conduite de son patron, sa manière à lui de témoigner son affection en fait. Devant ses pitreries, elle pratique l'humour de distanciation pour garder contenance, le chambre gentiment pour calmer un peu le jeu. Tout ça n'est pas très sérieux, elle le sait bien. Il lui arrive même de participer. La dernière fois, quand il lui a demandé de l'épouser, là, tout de suite, elle a pris cet accent de mafioso italien à la voix cassée et répondu « Papa n'est pas d'accord Max, tou lé sais bien. » Il a adoré. Son premier fan, il avait dit.

Non, c'est sûr, vraiment, je vous jure, ça va mieux. C'est même bon d'entendre les pigeons roucouler dans la cour alors que, d'ordinaire, elle aspire à leur suicide collectif.

A propos de pigeons. Alice se déplie péniblement, ouvre la

fenêtre et passe une main prévenante sur les jeunes pousses de menthe et de coriandre disposées dans le bac en plastique marron. Tout va bien : les sales bêtes n'ont rien sali. Jusqu'à présent, les plantes se comportent bien, elle est contente, franchement, elle n'aurait pas cru, avec une demi-heure de soleil par jour. Dans son appartement, la lumière tombe à onze heures trente et, jusqu'à midi, prend la forme d'un minuscule carré jaune sur le parquet. Elle y baigne ses pieds nus parfois. Le reste du temps, elle allume l'halogène quand elle ne vit pas en chauve-souris, tapie dans l'obscurité mais la conscience tranquille, écologiste-terroriste. Le manque de lumière, c'est l'inconvénient du plain-pied. Si elle avait eu le choix, bien sûr, elle aurait choisi un appartement extrêmement lumineux, avec baie vitrée et exposition plein sud. Mais avec son problème de marches, c'est impossible. Après sa chute dans les escaliers, il y a deux ans, elle a développé cette phobie. Ce truc étrange, presque honteux à dire, qui sonne creux à l'oreille de beaucoup. Elle le voit bien. Quand elle essaye d'expliquer, on prend cet air de commisération détestable, on pose deux ou trois questions, histoire de, mais au fond, ça ne parle pas. On préfère laisser la chose loin de soi. « Peur des marches. Je te jure. Et encore, uniquement lorsqu'elle monte, lorsqu'elle descend, ça va. Bizarre hein ? » Comme si sa phobie eût été plus acceptable dans les deux sens. C'en devenait presque regrettable qu'elle n'ait peur qu'en montant. Elle lit encore cette incompréhension sincère dans les yeux de son interlocuteur lorsqu'elle annonce que oui, elle n'a contracté cette horrible maladie qu'après l'accident et que, non, désolée, elle n'est pas née avec.

Montomarchophobe. Voilà comment elle s'est auto-diagnostiquée à l'époque avant d'avoir la curiosité de fouiller le net et de mettre un nom scientifique sur sa phobie : la climacophobie. Des forums entiers étaient dédiés à ce sujet : peur des escaliers, de les monter, de les descendre. On trouvait de tout.

Les séances de yoga l'avaient aidée à s'accommoder du mal.

L'année dernière, en novembre, elle s'était inscrite au cours de Stella, au centre Mathis du dix-neuvième arrondissement de Paris. Elle avait même acheté un DVD pour compléter sa formation de yogi. Elle déroulait le tapis de sol dans son salon et reproduisait avec difficulté les exercices que lui montrait un Asiatique à queue de cheval tressée, perché dans des hauteurs himalayennes, sur fond de musique planante composée de cloches de Bouddha et de chants de baleine. Elle s'intéressait plus particulièrement au prananyama, une partie intégrante du hatha-yoga qui agissait sur le corps énergétique et recouvrait notamment des exercices de respiration. Avec l'entraînement, elle était parvenue à mieux maîtriser ses émotions, à défaut de définir les causes profondes du mal. Elle apprit ainsi à s'accommoder de ses troubles, à en avoir moins peur. Depuis lors, elle cohabite. En un an, elle a fait des progrès considérables. Avant, par exemple, elle ne prenait le métro que si elle était certaine de ne pas avoir d'escaliers à monter. Elle connaissait les stations où il y avait des escalators, celles où il n'y en avait pas. Belleville, non, Colonel Fabien, non, Nation, oui, Châtelet, oui. Le plus souvent, par facilité, par confort, elle optait pour le bus. Mais aujourd'hui, c'est différent. Elle s'accroche toujours à la rampe, elle passe toujours pour une asthmatique mais enfin elle progresse, c'est net.

A La Vernaz, sa phobie ne lui avait posé que des problèmes mineurs. D'abord, les escaliers ne sont pas si répandus que ça en Savoie – elle avait d'ailleurs développé tout un tas de théories très intéressantes sur le sujet – et puis il faut bien dire qu'Henri lui avait facilité la vie en aménageant la maison de plain-pied. C'est en montant à Paris qu'elle a pris conscience de ce handicap invisible. Ici, les escaliers étaient partout. Dans le métro, la rue, les immeubles. Pour le logement, elle avait contourné le problème en choisissant un appartement au rez-de-chaussée. Pour les sorties, elle vérifiait auprès de la RATP, des musées ou autre, s'il existait un accès handicapé, c'était un réflexe qu'elle avait. Devant un escalier nouveau, elle paniquait. Un jour, elle avait dû renoncer à suivre journaliste et ingénieur du son dans un immeuble de la Courneuve car l'ascenseur était en panne. Dépitée, honteuse, c'est après cet échec qu'elle avait décidé de se prendre en main. Elle ne pouvait plus continuer comme ça. Il fallait qu'elle fasse du yoga.

Les discrets rayons du soleil caressent sa main perdue dans les feuilles de menthe. Alice dore l'autre face, paume ouverte vers le carré bleu qui se découpe au-dessus des immeubles. Elle se penche un peu, pour aussi sentir le soleil sur sa joue. Elle capture les rayons qui s'immiscent sous ses yeux de chat, referme dessus l'opercule de ses paupières. La dernière fois qu'elle est rentrée de tournage, un matin, comme ça, elle avait contemplé Paris sous la neige. Ça avait duré une heure. La neige n'avait pas tenu. C'était magique de voir cette cour toute blanche. Elle n'imaginait pas que les pavés puissent prendre une autre couleur que ce gris tristounet, taché de mousse verte dans les jointures cimentées. La neige à Paris, c'était si rare qu'elle s'était demandé en souriant si cela ne laissait pas présager d'une catastrophe écologique.

Elle laisse la fenêtre ouverte dans son dos. Ses yeux s'accoutument à l'obscurité. Elle prend lentement conscience de l'espace autour d'elle, la bague d'un appareil photo, qui tourne jusqu'à la netteté. Avant de partir en voyage, elle aime que tout soit en ordre. Pour la surprise, en revenant, d'avoir un chez soi propret. Et pour le petit plaisir schizophrénique de chercher les objets qui ont bougé. Petit plaisir toujours déçu, elle l'accorde volontiers. Jamais rien ne bouge. On dirait que les cambrioleurs la snobent. Attention, il ne s'agit pas de se faire dévaliser, non, elle conçoit tout à fait un voleur gagne-petit à l'envie limitée. Un cambrioleur en début de carrière qui choisirait de menus objets pour se faire la main. Une passoire, un livre, un presse-orange. Elle, par exemple, est tout à fait prête à sacrifier un objet insignifiant contre l'éphémère d'un peu d'excitation. Bon, elle admet que la probabilité pour qu'une telle catégorie de voleur existe est proche de zéro. Un jour, reconnaissant l'évidence, elle avait imaginé se piéger elle-même. Elle pouvait, avant de partir, mettre son grille-pain à la cave. Mais elle avait assez vite convenu que c'était idiot, que, évidemment, en rentrant, elle aurait tôt fait de s'imaginer quelques semaines auparavant, au milieu de la pièce, le grille-pain sur les bras, et tout le plaisir s'en serait trouvé gâché. Ce n'était pas une solution. La solution, la vraie solution, la plus perverse d'une certaine façon, c'était de donner la clé de chez elle à quelqu'un. Une personne de confiance. Quelqu'un à qui elle puisse dire « c'est juste au cas où » et qui, de sa propre initiative, vienne chez elle, en tout bien tout honneur, pour être serviable, arroser ses plantes et relever le compteur.

Et maintenant, c'est le meilleur. Elle s'imagine Anglaise, dans la peau de Miss Marple, s'écorchant les genoux, une loupe à la main, traquant le moindre poil pouvant servir à l'enquête. Henri est-il passé en son absence ? En un coup d'œil, Alice vérifie l'entrée. La salle de bain. Les portes. Tout paraît en ordre. Le bocal de son monstre marin maintenant. Ah ! Ah ! Ne sont-ce pas là de petits flocons qui flottent à la surface de l'eau ? Aurait-on nourri le dangereux animal ? Et cette terre humide dans le bac à plantes ? Et ce verre vide dans l'évier ?

Le bout des doigts terreux, elle sourit de sa piètre mise en scène avec un brin de fierté. Se moquer ainsi d'elle-même, comme ça, elle n'aurait pas été capable il y a encore deux mois. Il y a du test là-dedans. Elle a encore besoin de se prouver qu'elle n'a pas peur.

Le gros bouton rouge de son répondeur clignote. Elle l'enfonce négligemment, de son pouce resté propre.

« Bonjour Alice. C'est moi, Henri. J'ai essayé de te joindre sur ton portable mais ça ne répond pas. Toi et les téléphones portables, décidément. Dans quel siècle vis-tu ma chère amie ?

Bon, je te téléphone pour te dire que je pars à La Vernaz voir maman, puis en Italie, sur les traces de tes ancêtres, hi hi hi... bon, ce n'est pas drôle... je sais... bref... tout ça pour dire que je ne pourrai pas passer chez toi, sorry. J'espère que ça ira. Que ton poisson rouge survivra... Je t'appelle quand je rentre. A très bientôt. Je t'embrasse fort. »

Raclements du combiné cherchant son socle. Emboîtage rauque de l'appareil. Larsen. Bip bref.

Et frisson sur les avants-bras.

Elle s'assoit. Respire par le ventre.

Et si tout recommençait ? Et si elle choisissait, à nouveau, de se terrer dans son appartement ? Ne plus sortir, ne plus voir personne ? Regarder la télévision toute la journée... comme avant... oui... dormir quinze heures par jour... vérifier tout... lire tout... douter de...

Ferme tes paupières. Tout est calme.

Elle se redresse, lève le menton. Aligne son dos, sa nuque, sa tête. Elle entend l'accent coloré de Stella qui susurre en circulant pieds nus entre les corps assis en tailleur : « comme si vous étiez tirés par oune fil placé au sommet dé votre crâne. »

Fesses légèrement rentrées. Abdominaux fermes.

Elle pose sa main sur son ventre plat. Inspire par le nez. La paroi de son abdomen avance légèrement, ses côtes se soulèvent latéralement, un peu vers l'arrière aussi. Elle visualise mentalement l'air qui s'engouffre dans ses fosses nasales, emprunte sa trachée, ses bronches, ses poumons. Elle se concentre là-dessus. Elle inspire pendant deux secondes, comme on le lui a enseigné. Puis expire. Longuement. Quatre secondes en tout. Le double de l'inspiration. Progressivement, le haut de sa poitrine se dégonfle, les côtes reviennent en place et la paroi abdominale se détend, reprend sa place tout près de la colonne vertébrale. Elle recommence plusieurs fois. Et peu à peu, une clairière de calme se dessine.

Ça va. Elle peut se lever. Le répondeur indique que le

message d'Henri date du 26 juin 2012. Mais ce n'est peut-être qu'une erreur. Elle décroche le combiné.

- Henri ? C'est moi. Oui... je vais bien. Oui ! Merci. Dis moi, est-ce que tu es passé chez moi pendant mon absence ? Tu n'as pas donné les clefs à quelqu'un ? Non ? Oui, j'ai eu ton message mais... Je pense que quelqu'un... Quoi ? Non...Non ! Bon, ça va. Je ne veux pas que tu viennes. Oui. C'est fini. Je te laisse. C'est ça. A plus tard.

Elle raccroche. Un peu sonnée, un peu hébétée. Elle déglutit, passe sa langue sur ses lèvres et saisit le verre dans l'évier pour se resservir un verre d'eau. Au moment de le rincer, elle observe des particules blanches au fond du verre *Duralex* qui dit qu'elle a treize ans. Comme les résidus d'une aspirine avalée. Un médicament en tout cas. Plus de doutes : quelqu'un a violé son intimité. Un intrus malade s'est introduit chez elle, a arrosé sa plante et donné à manger à son poisson.

Mais qui ? Pourquoi ?

Et que se serait-il passé si elle était rentrée plus tôt, si elle avait surpris son visiteur et appelé la police au lieu d'aller se perdre dans les galeries vides de ce centre commercial ? Serait-elle là aujourd'hui, retenue captive par cet inconnu ? Aurait-elle pu inverser le cours des choses à un moment donné ?

8

8 Décembre 2008.
Maison d'arrêt d'Aiton.

Alice,

Je ne sais plus quoi te dire. Mes pensées se ratatinent. J'ai changé de cellule, pour ne plus voir les montagnes. Les parapentes volaient sous mon nez. Il y avait des avions qui nous narguaient. Je tapais les murs. Je grinçais des dents. Mais maintenant je suis au rez-de-chaussée et ça va mieux. Je vois un carré de ciel bleu par le grillage de ma fenêtre. J'essaie d'oublier le dehors pour mieux m'intégrer au-dedans. Mais j'ai du mal. Comment t'oublier alors que je ne veux qu'une chose : te serrer dans mes bras ? Je donnerais tout pour caresser tes petits pieds, là, maintenant, les prendre dans mes mains et les réchauffer. Il fait froid ici. Je me force à bouger, pour rester au chaud. J'ai pensé à ton idée de vidéo tout à l'heure, tu te souviens ? La danse du froid ? Les gens qui dansent dans la rue pour se réchauffer ? A l'arrêt de bus, au distributeur de billets, les mains qui se claquent, les corps qui se balancent, d'une jambe sur l'autre, on rentre les épaules, on les relâche et ainsi de suite... Tu voulais filmer ça, ajouter de la musique, tu disais que ça ferait une vidéo rigolote...

Voilà, tu vois, ça, c'est ma vie. Je passe mon temps à éplucher nos souvenirs. Je te revois glisser sur les trottoirs verglacés, discuter avec les distributeurs de billets, fouiller l'herbe du jardin à la recherche d'un trèfle à quatre feuilles. Je te vois partout, tout le temps. Je t'imagine découper des recettes dans des « Marie-Claire », pour les coller dans les pages de ton cahier de cuisine. Je me moquais de toi à l'époque mais ça n'était pas méchant. Je m'en veux de beaucoup de choses tu sais. Je gueulais pour un rien, j'étais con. Mais je vais changer. Je te le promets, je vais changer. On va être bien tous les deux. Qu'est-ce que je donnerais pour te voir ou même simplement t'entendre... Je veux te sentir, je veux que tu me sentes. Cette nuit, j'ai fait un rêve. On était sous la couette, nous étions nus et, avec mon doigt, je suivais le contour de ton oreille ; puis, d'un seul coup, tu t'es échappée. Je t'ai couru après, à genoux, dans nos deux mètres carrés de draps. Je t'ai attrapée et tu m'as fuis de nouveau avant de me provoquer, debout sur tes genoux, tes petits seins tendus, de bonnes couleurs au visage. Tu m'as dit de faire attention, que tu étais Calamity Jane et que tu pouvais m'abattre comme tu voulais. Tu as tendu le bras et tu as joint le geste à la parole. Tu as fermé un œil et tu as pressé la gâchette avec ton pouce, comme je le fais avec les parapentes, pour les dégommer. J'ai fait le mort et, pour être sûr que j'étais bien liquidé, tu t'es approchée, tu as écouté mon cœur et pris mon sexe dans ta main. Pas si mort que ça, tu as dit. Et j'ai demandé si c'était bon, si j'étais arrivé au paradis ; patience mon lapin, tu as dit, on y arrive. Un mouvement lent, de bas en haut, m'a imposé le silence. J'ai fermé les yeux et laissé mes mains descendre dans ton dos, épousé les rondeurs de ton petit cul. On a fait l'amour en connexion totale, avant de baiser vraiment, en pensant au plaisir de l'autre. Et clac. Une latte du lit a pété. Et on se marrait... Putain on se marrait bébé...

Mais j'entends les clés assassines des matons. Il va falloir que j'y aille. On va sortir de tout ça plus fort, je te le promets. Faut pas m'oublier, c'est tout. Je t'en supplie, m'oublie pas. Pourquoi t'appelles pas ? Pourquoi bordel ? Combien de fois j'ai imaginé le moment où je recevrais ta lettre. Je la lirais comme je te fais l'amour ; je rentrerais dans ton cou en respirant ton parfum sur l'enveloppe. Puis j'attendrais. Je fermerais tes yeux d'une caresse. Je déboutonnerais ta chemise. Doucement, en prenant mon temps. Ensuite, j'ouvrirais l'enveloppe avec les dents. Je l'écrabouillerais dans mon poing comme je t'allongerais sur le lit. Et je dévorerais ton écriture. Je te pénètrerais, j'irais en toi jusqu'à l'orgasme, jusqu'au point final. Bordel, j'arrive pas à comprendre... J'arrive pas à comprendre pourquoi tu m'écris pas... Il a dû se passer quelque chose... Je sais que j'ai merdé... mais quand même, il a dû se passer un truc. Je te lâcherai jamais de toute façon. Je t'aimerai toujours, t'es ma petite femme, tu sais ça hein ? Dès que je sors, on fera notre gîte, comme on a dit, tranquille, là-haut, dans la montagne. On recevra des Hollandais en chaussettes dans leurs sandalettes, comme tu voulais...

Il est 8h00 maintenant. Dans quelques minutes, les matons vont ramasser les bons de cantine, mon courrier et puis prendre leur plateau dégueulasse. Je n'ai pas touché à mon café. J'ai pas soif, j'ai pas faim de toute façon. J'ai plus goût à grand-chose ici. Tout ce que je fais de mes journées, c'est avaler mes cachetons et penser à toi. Je vais même plus en promenade, ça m'attire que des emmerdes les promenades. Je fais même plus de muscu. Je fous plus rien, une épave, je te dis. Si. Je dessine encore. Je croque ton visage, le mien, des morceaux de cellule. Sinon, le reste du temps, je regarde les aiguilles de ma montre en espérant un truc. J'espère toujours un truc. Un événement, une visite, une lettre. Mais il n'y a rien. Y'a jamais rien putain ! 7h30, réveil, 9h00, douche, ménage, 11h30, déjeuner, télé, 13h00, promenade, 17h30, dîner, 18h00, extinction des feux. Et c'est tous les jours comme ça. Le matin, quand j'ouvre les yeux, j'ai qu'une envie, c'est de les refermer immédiatement tellement je sais de quoi sera faite ma journée. J'en suis même à créer l'illusion que mes actions sont utiles. Faire mon lit par exemple. C'est devenu un moment important. J'évite les plis. Je borde bien, je fais gaffe. C'est pathétique mais ici, tu n'as pas le choix. Bon, il faut vraiment que j'y aille maintenant, prend soin de toi ma panthère et écris-moi vite, ma cellule rétrécit.

Ton homme qui t'aime.
Mathias

9

Le début pour lui, c'est sans doute ce film, « Following. »
L'histoire d'un homme qui filait des personnes choisies au hasard des rues de Londres. Il s'introduisait chez elles, pénétrait leur intimité pendant leur absence. Ce film le hanta pendant un moment puis il l'oublia avant de le ressortir du placard quand, à la maison, tout se mit à dégénérer. Sa mère, qui travaillait comme illustratrice jeunesse, perdit des contrats et, un jour, le téléphone cessa de sonner. Elle qui ne demandait que ça, une excuse pour tout lâcher, s'enlisa dans la dépression avec toute sa conscience. Elle s'accrocha alors à ce qui lui restait, son fils, mais elle s'accrocha mal et fit tout le contraire de ce qu'elle aurait voulu. Avec l'air de s'intéresser, elle regardait par-dessus son épaule alors qu'il détestait ça. Elle plaçait quelques commentaires désobligeants sur ses croquis, tout ça par maladresse ou par amour donné n'importe comment. Critiquer son fils devint bientôt une activité à part entière et, plusieurs fois, Mathias dut se dominer pour ne pas la secouer trop fort. Finalement, ce qu'elle craignait arriva un jour : Mathias prit son sac militaire, fourra quelques affaires à l'intérieur et partit sans un mot.

C'est à partir de ce jour qu'il se mit à suivre les gens dans Paris. Au bout d'une semaine, il passa à l'acte sans qu'aucun remords ne vienne le chatouiller. Le processus lui paraissait complètement naturel. Il mettait un costume et allait chercher un serrurier qui se chargeait de lui ouvrir la porte. Après quelques semaines de rodage, il supprima l'étape de filature. Au volant de sa *R5*, il se mit à rouler au pas dans les rues désertes des banlieues chics et lointaines, Montfort l'Amaury, Champigny-sur-Marne, Gif-Sur-Yvette. Il repérait ses victimes potentielles après avoir étudié le terrain. Il se garait, faisait un tour du pâté de maisons à pied. Parfois, il les surprenait dans leur jardin, bêchant ou taillant les haies et alors il engageait la conversation, pour voir à qui il avait à faire. C'étaient des retraités dynamiques ou des couples de professeurs qui profitaient de leur temps libre pour voyager. Dès qu'il repérait un camping-car, il notait l'adresse dans un calepin et repassait de temps en temps jusqu'à la disparition du véhicule. Il pouvait alors s'installer pour quelques semaines. Question sécurité, il développa plusieurs techniques. Toujours dormir près d'une porte de sortie. Vérifier l'existence d'une deuxième issue en cas de problème. Dire « bonjour » aux voisins le plus naturellement du monde, en prenant le courrier ; glisser, en cas de regard douteux, une petite phrase qui reprenait le nom de la personne visitée.

Pourtant, cette façon de vivre ne lui procurait pas l'adrénaline espérée. Son fatalisme, sa conscience aigüe de la mort, banalisait la tâche. Combien de temps vivrait-il ? A quoi bon, de toute façon ? A la fin, on y restait tous. S'il devait tomber, et bien il tomberait.

Mais il n'y avait pas de raison. Il volait peu et remettait en place les objets déplacés de sorte que les propriétaires avaient toujours le doute d'avoir égaré un bijou ou mal compté leur argent liquide. A vrai dire, il chapardait le nécessaire, un billet de cinquante euros, une bague qu'il revendait à la sauvette, aux puces de Clignancourt.

Il y avait eu une première alerte pourtant. Des propriétaires qui étaient rentrés plus tôt de leurs vacances et qui avaient précipité son départ par la fenêtre de la cuisine. En y repensant, il se dit qu'il courait à sa perte depuis le début et qu'il ne désirait que ça au fond, qu'on l'attrape, qu'on le jette en prison et qu'il n'ait plus à subir le poids de cette existence trop lourde à porter.

L'inévitable se produisit à Vincennes. Il s'était assoupi dans le canapé d'un salon fascinant où tout était blanc comme au paradis, du sol carrelé au murs en passant par les meubles, le canapé en cuir, le bar et la cuisine. Une bonne dizaine de secondes passèrent avant qu'il ne comprenne que ses suffocations n'appartenaient pas au rêve. On essayait réellement de l'étrangler. Deux yeux furibonds, qu'on aurait pu éjecter de leur orbite à la petite cuillère, le fixaient, à dix centimètres de son visage. La bouche déformée par l'effort, l'homme serrait son cou de toutes ses forces, rougissant en même temps que lui. Dans un réflexe de survie, Mathias était parvenu à glisser ses pieds sous le gros ventre et avait poussé fort, trop fort. Le propriétaire, catapulté, s'était effondré dans une mare de sang après que son crâne ait heurté le rebord de la cheminée. Pris de panique, Mathias avait pris la fuite, laissant l'épouse en talons hurler sa douleur, effondrée sur le carrelage. En larmes, il avait roulé jusqu'à Roissy d'une traite et avait pris un aller simple pour Fes. Il fuyait la police bien sûr, mais aussi cette vie misérable, dépourvue de sens, qui était devenue la sienne. Depuis des semaines, des mois, il ne s'appartenait plus. Il s'enfermait, restait seul dans ces maisons d'anonymes, à feuilleter des albums-photos étrangers, à respirer les dessous de ces femmes inconnues, à arroser des plantes qui ne lui appartenaient pas. Quand il trouvait des livres de psychanalyse ou de philosophie, il les lisait pour tenter d'apporter des réponses à ses questionnements existentiels. Seul, il tournait misanthrope. Lorsque son téléphone sonnait, il le laissait vibrer sur la table, dénigrant cette main tendue vers le monde réel. Il regardait le numéro s'afficher avec distance, mépris parfois, en pensant que tous ces gens, sa petite soeur, Patrice ou ces filles avec qui il couchait et qui tombaient toutes amoureuses de lui, tous ces gens, oui, étaient bien gentils mais ne pouvaient rien pour lui. Il appartenait à la race des irrécupérables. Il était né comme ça, avec le chromosome du blues dans le sang. De toute façon, il ne devait rien à personne.

Et maintenant la fuite. Une cavale de plusieurs mois qui s'achèverait un an plus tard, devant l'hôpital d'Annemasse, au pire moment de sa vie peut-être.

10

Ce bouton en métal, qui dévale cette pente rocheuse, rebondit sur de gros rochers en formes d'animaux, ça résonne beaucoup plus que ça ne devrait et Alice doit se boucher les oreilles à chaque choc, et puis ça y est, silence, le bidule est arrivé dans une flaque et elle se précipite pour le chercher à quatre pattes, mais impossible de mettre la main sur ce bouton, il fait noir, elle est frigorifiée, elle abandonne vite, c'est qu'elle est nue aussi et nue dans une grotte, il ne fait pas bien chaud, c'est humide ici, ces écoulements le long des parois, mais quoi, elle touche, elle goûte, c'est salé, ce sont des larmes qui transpirent de la roche, ses propres larmes peut-être mais attendez voir, elle croit reconnaître l'endroit, elle tend l'oreille, oui, le murmure régulier de la rivière est familier et elle a peur, elle est terrorisée, elle ne sait pas d'où viennent les courants d'air, elle veut sortir d'ici au plus vite alors elle rampe au hasard et une boue grise, de l'eau rance, des petits graviers lui écorchent pieds, coudes et genoux mais elle s'en fiche, elle progresse, repère une lumière blanche là-haut, une fente escamotée par une saillie, il faut virer un peu à droite pour voir complètement l'ouverture, apercevoir la silhouette sombre qui attend, plantée à contre-jour, penses-tu qu'elle viendrait porter secours mais non, il faut qu'elle s'en sorte toute seule, comme toujours, qu'elle gravisse ces marches de temple aztèque et ça non, c'est exclu, ce n'est pas faute d'essayer mais il n'y a pas de miracle, elle flanche immédiatement et hurle à l'aide à plein poumons mais voilà, personne ne bouge le petit doigt, surtout pas la silhouette, elle hausse les épaules, elle s'en va, disparait dans la moiteur blanchâtre derrière elle, c'est Henri peut-être mais non, elle n'est pas sûre, que reste t-il à faire, s'effondrer, se lamenter, penser à ce bouton qu'elle a perdu.

11

Aïe ! C'est froid !

Alice ne saurait dire lequel des deux sons la réveille, la voix lointaine, échappée de son inconscient ou ce cliquetis de serrure, sur la droite.

Mathias pousse la porte du genou, un sachet de croissants et une bouteille de *Coca-Cola* rempli d'eau dans une main, un paquet de *Marlboro* dans l'autre. Malgré ces signes extérieurs de fraîcheur matinale, il exhale une forte odeur de transpiration. Il porte le même tee-shirt que la veille et Alice en déduit qu'il a dormi tout habillé. Ses cheveux sales ont été noués à la va-vite, en un chignon précaire qui forme une petite crotte derrière sa tête, et son visage mal rasé porte la marque de la mauvaise nuit.

- Ça va ce matin ?

Alice se ramasse sur elle-même, genoux sous le menton, drap sous les yeux.

- Qu'est-ce que vous me voulez ?

Il agite le sachet de croissants au-dessus de sa tête.

- J'ai apporté les croissants !

Sans réaction de sa part, il les pose sur le matelas et lui tend la bouteille.

- Alors ?

Alice s'empare de la bouteille.

- Alors quoi ?

- Alors ça va mieux ? Hier, tu disais que tu ne me reconnaissais pas.

- Je devrais ?

Elle porte la bouteille à sa bouche, le défiant ouvertement de ses grands yeux verts. A peine sent-elle le liquide vicié dans sa gorge qu'elle recrache tout immédiatement.

- C'est quoi ce truc ?

- Des vitamines.

Elle le jauge du regard, sceptique, mais décide, à en juger le ton de sa voix, qu'il est plus prudent de boire.

- Tout ?

- Tout.

Les yeux fixés sur lui, grandis par une appréhension montante, elle boit à contrecœur, avec à chaque gorgée l'impression de s'enfoncer une aiguille dans le bras un peu plus profondément. Elle reconnaît le goût médicamenteux d'hier soir et grimace de honte plus que de dégoût en lui rendant docilement la bouteille vide.

Debout devant la fenêtre, Mathias entreprend de décoller méticuleusement l'étiquette *Coca-Cola* avec son ongle.

- On va être bien ici, tu vas voir.

- On est où ?

Il arrête son petit grattement, se tourne vers elle. Un sourire triste s'efface, comme une image subliminale. Il la considère un instant, le sourcil levé, honnêtement surpris, et reprend sa position initiale face à la fenêtre. L'étiquette ôtée, fripée mais entière, il l'écrabouille dans son poing.

- On est chez Patrice, il dit.

Laissant aller un soupir, il jette le papier dans un coin moisi de la pièce puis, avec les dents, ôte le film plastique du paquet de *Marlboro* dont il se débarrasse en postillonnant.

- Tu te souviens de quoi au juste ?

Une flamme courte jaillit du briquet, allume la cigarette entre ses dents. Il fume façon cow-boy, la tige entre le pouce et l'index, dans son poing ouvert. Il aspire la fumée avec avidité avant de souffler fort pour s'en débarrasser. Face à son silence, à ses mimiques empruntées et désolées, son regard se remplit d'une commisération désabusée. Mathias change de tactique. Du pouce, il ouvre le clapet de son paquet, donne une petite chiquenaude par en dessous pour en faire sortir les cigarettes insaisissables et lui en offre une d'un air innocent.

- Cigarette ?
- Je ne fume pas.
- Ah oui c'est vrai, tu ne fumes pas.

Elle le regarde fourrer le paquet dans la poche latérale de son pantacourt et essaye :

- Mathias... je ne vous connais pas...
- Arrête !

Elle croise son regard fou. En un pas, il est sur elle. Alice voit nettement sa jugulaire ressortir sous la peau tendue de son cou. Il lui souffle son haleine de fumeur au visage.

- Et mes lettres ? Hein ? Mes lettres ? Ça te dit rien non plus ?

Alice montre ses mains vides d'un air désolé, lèvres frémissantes.

- Non bien sûr... Tu vas me dire que t'as rien reçu ? Et ta réponse ? Je l'ai inventée, c'est ça ? J'invente ? Bah vas-y ! Dis-le ! J'invente !
- Non...
- Non ?

Une enveloppe fripée, pliée en quatre, atterrit sur ses genoux.

- Lis.
- Quoi ?
- Lis-ça. On va voir si j'invente.

Dos au mur, Alice déplie la lettre en tremblant. Un trémolo dans la voix, elle ânonne :

- *Mon cher et tendre...*
- Plus fort ! Tu l'as écrit nom de Dieu ! Alors lis maintenant !

Mathias articule distinctement, récitant par cœur, excédé par

le manque d'enthousiasme dont elle fait preuve :
- Tu-me-manques-tellement-la-vie-sans-toi... allez !

Au bord des larmes, Alice l'implore d'un regard qu'il ignore. Il reprend la lecture, ahanant maintenant d'une voix chevrotante :

- *La vie sans toi semble s'écouler si lentement...* je peux pas... je n'ai jamais écrit ça...

- Bien sûr. Continue.

- *Mais... ne t'en fais pas, nous serons bientôt réunis... Sois heureux en m'attendant...*

Il l'accompagne pour les dernières phrases qu'ils prononcent en chœur :

- Tu es avec moi. Repose en paix.

Il récupère sa lettre, la fourre dans sa poche et, sortant de sa transe, s'abîme dans un long silence en observant les cimes de pins par la fenêtre grande ouverte.

- Ça ne te dit rien tout ça ?

Elle enfouit sa tête sous le drap pour toute réponse, ferme les yeux, priant très fort pour que ce cauchemar cesse dans l'instant. Mais lorsqu'elle les rouvre, tout ce qu'elle distingue, à travers le drap rose, c'est ce dingue qui la regarde, les larmes aux yeux, qui s'accroupit lentement maintenant, le visage plongé dans ses grandes mains.

Un silence s'installe, perturbé par sa respiration rauque.

- Petits pieds, il dit doucement, ça te dit vraiment rien tout ça ?

Alice sent son front repenti sur le cuir de sa botte.

- Mathias...

Elle déglutit avec peine.

- Mathias... je... je... ne sais pas qui tu es, je... ne sais pas ce que je fais là, je te le promets, je ne sais pas pourquoi vous me pourchassez, je ne sais pas ce que j'ai fait... si vous voulez de l'argent... je...

- De l'argent ? Vraiment ?

Il se remet sur pied, péniblement, comme si la réplique

l'avait touché physiquement. Il crache deux bouffées de fumée avant d'éjecter son mégot d'une pichenette.

- On a le temps. On a tout le temps. Je ne sais pas si c'est Henri qui t'as retourné le cerveau mais il y a quelque chose qui ne tourne pas rond en tout cas.

De nouveau à sa hauteur, il soulève délicatement son menton de l'index, à travers le drap.

- On s'aimait ma chérie. On s'aimait comme des dingues, tu sais ça ?

Il se relève, donne un coup de poing au mur.

- On s'aimait putain !

Prise de convulsions, Alice l'observe arpenter la pièce comme un animal en cage.

- Mais du calme... du calme Mathias... je vais être patient. J'ai compris que tu as besoin de temps. Je sais que j'ai déconné. On va tout reprendre à zéro. Je peux pas croire que tu m'as effacé de ta mémoire comme ça, en un claquement de doigts. Qu'est-ce qu'on t'a fait nom de Dieu ?

Il s'approche à nouveau d'elle.

- Oh ! Alice ? Regarde moi !

Elle ne bouge pas.

- Regarde-moi j'te dis !

Elle sursaute avec un petit hoquet aigu. A contrecœur, elle laisse entrevoir ses yeux au-dessus du drap qu'elle agrippe de toutes ses forces maintenant.

- Qu'est-ce qu'on t'a fait Alice ! Mais qu'est-ce qu'on t'a fait ?

L'idée qu'une parole en l'air puisse aggraver son cas l'oblige à conserver le silence. La bouche ouverte à demi, la peur au ventre, Alice le suit dans ses allées et venues, ravalant ses larmes et sa goutte au nez.

- Bon, il dit, en fermant la fenêtre à battants dans un raclement rauque, je te laisse réfléchir à tout ça. Je suis dans le jardin avec Patrice.

La main sur la poignée, il se retourne une dernière fois.

- Comme je te l'ai dit, tu réfléchis à tout ça et on en reparle.

Il lui jette un rapide coup d'œil général, comme pour constater l'étendue des dégâts, avant de montrer les croissants d'un mouvement de menton, la compensation, les dommages et intérêts.

- Tu peux prendre des croissants si tu veux. Y'a des chouquettes aussi.

Et il ferme la porte derrière lui.

Dans la serrure, la clé tourne deux fois.

Alice rabat le drap sur sa tête, secouée de sanglots. Timides d'abord, chargés de toute la tension retenue, ils laissent place à de grands hoquets saccadés, comme des soupapes de marmites affolées avant de se métamorphoser en longs pleurs douloureux et violents, de ceux qu'on arrête difficilement. Lorsqu'elle trouve enfin l'apaisement, elle se laisse tomber sur le côté, à bout de forces, avec l'envie de dormir longtemps pour oublier ce cauchemar que, cette fois, elle vit complètement éveillée.

12

Lorsqu'ils se sont rencontrés, Mathias s'est trouvé tellement sous le charme d'Alice que sans le remarquer, il a légèrement modifié sa personnalité pour s'adapter à la sienne. Il s'est mis à sourire davantage, à choisir ses mots en fonction des siens, éliminant les expressions banlieusardes de son vocabulaire et reprenant ses tics de langage à elle. Pour passer inaperçu, il levait le sourcil, interrogeait d'un air détaché : « comment tu dis déjà ? » Et sans s'en rendre compte, il travestissait la vérité pour la cause amoureuse. Des points communs lui apparaissaient. Lui aussi adorait se lever à six heures du matin pour assister au lever du soleil. Lui aussi trouvait pénible d'éplucher les oranges, si délicieuses soient-elles. Et surtout, surtout, lui aussi avait en horreur les hypocrites.

Mathias tirait dans un sens, puis dans l'autre. Lorsqu'il s'exposait trop, il faisait marche arrière et s'exprimait avec une distance qu'elle prenait pour de la virilité. Il jouait sur son naturel ténébreux, exploitant son côté « voyageur solitaire » pour la séduire. Choisissant ses silences, il s'abîmait dans d'insondables pensées, les yeux dans le lointain, beau et inaccessible.

Elle était là pour faire un break, elle disait, se retrouver, faire le point. Après ces quelques jours à Fes, elle irait dans le sud du pays, vers Merzouch. Elle traversait une période difficile et pensait que l'air du désert pouvait avoir des effets bénéfiques sur son karma. Sa mère était en pleine chimiothérapie et, sans entrer dans le détail, disons qu'en ce moment, elle en bavait. Mathias écoutait avec attention. Il la trouvait différente, sincère, débordante de la vitalité dont il avait besoin. Plutôt que de sourire, elle éclatait de rire. Plutôt que de se plaindre, elle s'émerveillait en pointant du doigt. Il était possible qu'elle ait ce comportement avec tout le monde mais il avait la faiblesse de croire qu'il y était pour quelque chose.

Le soir même, ils prirent un « petit taxi » pour aller visiter l'ancienne médina. Absorbés par eux-même, ils ne tardèrent pas à s'oublier et à se perdre dans le dédale infernal des ruelles ; bientôt, ils n'osèrent plus demander leur chemin, gagnés par la paranoïa et la peur absurde de se désorienter davantage. Ils finirent par se repérer à la faveur d'un marchand d'épices qui leur avait servi de balise un peu plus tôt, et, bras dessus, bras dessous, se réfugièrent au McDo pour se protéger de la pluie qui s'était mise à tomber dru. Trempés, attablés devant leurs petits plateaux, ils se traitèrent d'Occidentaux irrécupérables puis se jaugèrent du regard un instant avant de se jeter comme des affamés sur les hamburgers à la sauce méchoui. La pluie ne cessait pas et il fallait cependant se décider à l'affronter s'ils voulaient dormir au chaud. Main dans la main, ils coururent pour rejoindre leur hôtel et, par moments, ils avaient l'air de deux acteurs magnifiques répétant la scène de pluie d'un vieux film en noir et blanc. Au moment de rentrer chacun dans leur chambre, ils rigolèrent tout essoufflés, le visage et les cheveux dégoulinant de pluie : c'était tellement évident qu'ils allaient s'embrasser. Mais non, pas ici, le coran l'interdit, on n'embrasse pas les jeunes filles dans les cages d'escaliers. C'est écrit à la sourate trente-huit, une note de bas de page rédigée à la dernière minute... Allons, viens, cachons-nous ici, dans l'ombre de ce couloir, personne ne nous verra.

Dans l'obscurité, les lèvres collées aux siennes, Mathias avait fini par trouver la poignée de porte. Alice accrochée dans son dos, gloussant, heureuse, il s'était écroulé à plat ventre sur son lit, le nez dans la couverture qui sentait la paille. Il avait fait le mort quelques secondes, suffisamment longtemps pour qu'elle y croit, qu'elle s'énerve et lui donne une tape sur la tête. Il s'était réveillé en sursaut, avait fait volte-face et pris l'air ahuri du type tout juste éveillé. Les yeux au ciel, elle l'avait traité d'idiot avant de lui mordre la lèvre et de le pousser des deux bras.

Ils avaient cru faire l'amour sans bruit et s'étaient endormis avec la pluie, collés l'un à l'autre, agrippés comme des coquillages à leur roche. Quand Alice avait ouvert l'œil, il pleuvait toujours.

La joue écrasée sur son torse, il l'avait entendue articuler :
- Pour le désert, je crois bien que c'est râpé.

Puis il s'était rendormi, bercé par sa respiration, caressant son petit dos musclé d'une main ensommeillée.

13

Ramassée sur elle-même, Alice refuse d'ouvrir les yeux. Elle n'a d'autre choix que de refaire le chemin à l'envers, pour être certaine d'assimiler cette réalité entraperçue tout à l'heure et qui, à nouveau, se fraie un passage jusqu'à sa conscience, en passant par les oreilles, ces oiseaux qui piaillent, ces cloches qui carillonnent dans les alpages.

Elle s'apprête à rentrer chez elle. Elle sort ses clés machinalement, la tête ailleurs, encore à la répétition de l'après-midi. Elle essaye de comprendre pourquoi elle a été aussi dure avec Henri. Après tout, il veut aider. Mais justement, c'est tout le problème. Il veut toujours aider. C'en est presque révoltant cette gentillesse dégoulinante. Ou alors c'est sa façon de jouer. Il respecte trop sa batterie. Il joue comme un cuistot. Lorsqu'il frotte ses tambours, il donne l'impression de saupoudrer un plat de sel. De temps en temps, il ajoute quelques pincées de cymbales à coups de mailloches, puis change d'ustensiles, choisit des baguettes rigides avec le soin que met un grand chef à choisir les meilleurs produits du marché. Il faut l'admettre : ces manières retenues l'agacent. Elle aurait voulu de gros coups de caisse claire de temps en temps. Un homme qui tape et qui assume. Pourquoi s'acharne t-il à ne pas comprendre ?

Déjà, quand il s'est fait muter à Paris l'été dernier, elle s'est dit : « attention ma fille, il y a anguille. » Et voilà que maintenant, l'air de rien, il propose de l'héberger. Soit-disant qu'elle est traquée, soit-disant que ça pourrait devenir dangereux. Les grands mots, tout de suite. Ce qu'il y a surtout, c'est que si ça continue, dans un mois, elle lui sert le petit déjeuner au lit. Non, décidément, il faut qu'elle quitte ce groupe. Elle poussera la chansonnette dans sa salle de bain et ça ira très bien.

Et puis là, à dix mètres, elle aperçoit une diagonale de jour qui s'échappe de la porte entrouverte de son appartement.

Quelqu'un. Chez elle.

Une nouvelle alerte après la première visite de son appartement et l'incident de la place Sainte-Marthe, lorsque Mathias l'avait approchée, lui proposant une cigarette, s'étonnant qu'elle ne fumât plus. Au moment où elle s'était levée, il l'avait retenue par le bras. D'un mouvement brusque, elle avait tenté de se dégager avec une puissance qu'elle ne soupçonnait pas. Mais il avait tenu bon. Elle avait essayé un regard de défi, chargé de menaces, et c'est là, en croisant son regard, qu'elle avait compris. Elle connaissait cet homme. Il s'était rasé, avait changé de tee-shirt mais c'est bien le même homme qu'elle avait repéré plusieurs fois en bas de son immeuble.

- Mais vous... vous... me suivez... Qui êtes-vous ?

- Ma panthère...

Elle avait hurlé en prenant conscience de la pression sur son bras.

- Lâchez-moi !

Les enfants avaient interrompu leur match de foot. Ils avaient observé, fascinés, avec un soudain désintérêt pour leur ballon qui prenait la pente insidieusement. Ça faisait donc comme ça les grandes personnes quand ça se fâchaient. Là-bas, en terrasse, quelques clients avaient pris des airs occupés et elle n'avait dû son salut qu'à son pirate de père qui remontait la rue Sainte-Marthe les pouces dans ses poches de jean, en retard comme toujours, décontracté, absorbé dans la contemplation de ses richelieus en cuir de crocodile, son prototype du moment. Piero-Luigi Grimandi fait dans la chaussure de qualité. Il a un petit atelier de confection en bas de la rue. Il a finalement décollé les yeux du bout de ses chaussures avant de crier « mia figlia ! » Mathias a regardé par là, en arrêt, un craquement dans la forêt silencieuse. Il y a eu ce moment où leurs regards, électrisés, ne se sont pas quittés, comme deux prédateurs qui évaluent leurs chances de victoire. Il a semblé hésiter sur la décision à prendre, jeté un coup d'œil vers Piero-Luigi qui courait vers eux, opté finalement pour la fuite à grandes enjambées et disparu au coin du restaurant.

Et maintenant, le revoilà. Si l'homme est toujours à l'intérieur, il l'a sans doute entendue et risque de prendre la fuite, de croiser son chemin et lui marcher dessus.

Avec précaution, elle tire sur la fermeture-éclair de la housse du pied-micro qu'elle tient à la main, les yeux fermés, comme pour en amortir le son fuyant. Elle y va d'un coup sec et rouvre les yeux. Ça va. Elle est toujours en vie. Elle écoute les bruits environnants, le murmure de la rue, dehors, TF1 qui hurle derrière le rideau bleu de la concierge. Il n'y a pas d'allées et venues. Avec un temps comme ça, les gens sont dans les parcs, elle se dit. Elle extrait le pied de la housse. Pousse sur ses cuisses pour se mettre debout. La partie lourde loin du corps, elle tient l'objet comme un gourdin, à deux mains, pour avoir plus d'impact au moment du choc, elle a vu faire au cinéma. De sa pointe de botte, elle pousse la porte entrouverte et lance cette réplique de mauvais thriller :

- Il y a quelqu'un ?

Le couloir de son appartement paraît des kilomètres. Elle progresse sur la pointe des pieds, avec les mouvements lents et maîtrisés d'un mime. Ses doigts se resserrent imperceptiblement sur l'acier froid du pied-micro. Devant la porte du salon, elle retient sa respiration, tremblante, prête à cogner. Elle s'est préparée dans sa tête. Une ultime pression sur son arme de fortune, pour tenter de se rassurer, et elle pénètre dans le salon. Devant elle, dans les draps défaits de son clic-clac déplié, un homme est allongé sur le dos, les bras en croix. C'est lui. Sa casquette grise de titi parisien est posée à côté de l'oreiller. Il a eu la délicatesse de ne pas mettre ses tennis sur la couette.

Avec mille précautions, elle pose le pied-micro sur le parquet, enjambe la flaque d'eau au pied du lit et, sur la pointe des pieds, approche sa main du visage. Un filet d'air se dépose sur le dos de sa main. Bon. Il respire.

Elle prend sa clé, son sac, s'apprête à déguerpir quand elle remarque une feuille de papier pliée en quatre, qui dépasse de la poche du jean délavé. Elle hésite, approche sa main du postérieur inconnu en contenant les « boum boum » de son cœur qui demande à sortir. D'un geste sûr, elle tire sur le papier. Retranchée dans le couloir, elle lit. La lettre vient de la prison de Fresnes. On demande des pièces à fournir pour faire avancer une demande de carte d'identité. Elle remarque l'adresse inscrite en haut à gauche : Mathias Krüger. Fresnes. Troisième division.

Troisième division.

Une ombre de panique assombrit le vert de ses yeux. Est-ce qu'il l'aurait vue là-bas, à Fresnes, alors qu'elle rendait visite à Serge ? Depuis combien de temps la suivait-il ? Elle sort de l'immeuble en laissant retomber derrière elle la lourde porte métallique et accélère le pas en prenant conscience de la réalité. Maintenant, elle court tout à fait. Elle descend la rue Ramponneau à toutes jambes en composant nerveusement le 17 sur son téléphone cellulaire.

Tout ça lui paraît loin. Comme si son isolement lui avait fait faire un bon dans le temps. Il doit être deux heures de l'après-midi. La pièce dans laquelle elle est retenue est passée dans l'ombre. Alice se redresse, se donne de petites tapes sur les joues pour se réveiller, s'obliger à faire face. Alors comme ça, le passé est indomptable. Quand elle veut se souvenir, rien ne vient, quand elle veut oublier, avancer, tout arrive, par rafales escortées de détails dont elle se passerait bien. Comment s'obtiennent les laissez-passer ? Qui autorise tel souvenir à resurgir, tel autre à rester au frais ? Le présent n'est-il pas finalement la seule certitude, la seule chose que l'on puisse maîtriser ? C'est ici et maintenant se dit Alice, essayons quelque chose.

- Allez ma fille, allez.

Elle lève la tête, regarde autour d'elle et commence à étudier les possibilités d'évasion.

14

Ecoute Bonnie, je sais ce que tu vas dire, que la cavale continue, que tu en as assez, mais que veux-tu, la vie que je te propose est une aventure du quotidien, si nous restons, nous nous ferons prendre, nous ne pouvons pas nous le permettre, la prison, plus jamais Bonnie, c'est une balle perdue que nous risquons, nous n'avons plus le choix, il faut prendre la route, fuir, courir les villes, dormir là où nous pouvons, dans une voiture volée, dans des hôtels de passage, c'est la seule solution pour sauver notre peau, toujours être en mouvement, oh vraiment Clyde, mais oui Bonnie, mais oui, nous vivrons de menus larcins, nous braquerons des banques, nous mourrons jeunes, c'est certain, mais réfléchis, c'est mille vies en une que tu as dans la main, c'est tout réfléchi Clyde, j'achète, je vole, je cours le risque, peu m'importe, emmène-moi.

15

Dissimulé derrière sa propre bibliothèque, Henri Dupraz l'avait entendue se plaindre de la lenteur de la connexion internet.

- Comment peux-tu te passer d'internet ? s'était-elle étonnée en venant s'installer chez lui après la seconde visite de Mathias, tu dois être un des derniers Parisiens à pouvoir vivre sans Internet.

- J'ai des livres, s'était-il justifié.

Effectivement, des centaines d'ouvrages tapissaient le mur, faisaient oublier l'armature quasi-invisible de la bibliothèque, faite de câbles fins et d'étagères en hêtre verni. Tout en haut, rasant le plafond, des ouvrages de *la Pléiade* côtoyaient quelques polars de la collection *Rivage Noir* qu'Alice lui avait offerts à l'époque. En arrivant avec son petit sac à dos, elle avait constaté avec désespoir qu'il n'avait toujours pas renoncé à son abonnement au *Monde*, malgré la mésaventure de ce soir de décembre où les cinq immenses piles du quotidien, collecté depuis quinze ans, s'étaient écroulées, l'ensevelissant en partie, le coinçant à l'intérieur de son bureau savoyard. Elle avait été obligée d'appeler les pompiers pour le sortir de là et il avait dû admettre que ce genre d'événement n'arrangeait en rien les problèmes de désir qu'elle pouvait éprouver à son égard.

- J'essaye de t'aimer mais je n'y arrive pas, elle avait dit.

Il avait du goût pourtant, il était brillant, créatif, tout ce qu'on voulait mais peu importait, ça n'était pas là. « Je ne sais pas... je ne sais pas... », elle répétait.

Ça ne pouvait pas être un manque d'attentions, ça non, il la gâtait. Il lui fabriquait des œuvres uniques confectionnées à partir d'objets récupérés dans des décharges sauvages. C'était une lampe de chevet construite avec un phare de vélo, relié à un réservoir de mobylette par un mètre de charpentier. Ou une machine à hurler, plusieurs tubes encastrés, entremêlés, fixés sur une plaque en bois verni, terminés en bouche évasée, façon saxophone. C'était lui qui l'avait initiée à la poésie des décharges. Le week-end, un peu après dix-huit heures, ils forçaient des grillages à la tenaille et s'introduisaient en douce dans ces cavernes d'Ali Baba à ciel ouvert, ces lieux délaissés qui recélaient des trésors enfouis. Un jour, dans le tiroir d'une commode abandonnée, il avait trouvé une montre. Autant dire une pépite, une *Rolex Oyster*, un modèle féminin sorti dans les années cinquante à l'occasion de l'exploit de Florence Chadwick, la première femme à effectuer la traversée de la Manche à la nage. C'était une montre *waterproof*, une valeur inestimable et Henri avait dû mentir, dire que ce n'était pas une vraie pour qu'elle accepte le cadeau.

« Ne serait-ce que pour ta passion de l'objet, je devrais pouvoir t'aimer. Regarde-moi cet échiquier : c'est fascinant. » Tu parles, c'était ridicule, oui.

D'où il était, dissimulé dans l'ombre de son couloir, Henri pouvait les observer à loisir, ces fameux objets qui auraient pu, dans une autre vie, changer le cours des choses, ce gramophone, son pavillon et ces brillances de cuivre ou cette minuscule cuillère argentée disposée dans sa soucoupe en cristal, avec ses deux petites cuvettes à chaque extrémité, une pour le poivre, une autre, plus large, pour le sel. Oui, très honnêtement, fascinant, ce n'était pas le mot. Cette accumulation matérielle lui paraissait bien inutile devant cette béance, ce déficit d'amour.

- Qu'est-ce que tu fais ?

Elle ne l'avait pas entendu arriver.

- Tu pourrais pas arrêter ça, tu me fais bondir à chaque fois.

Henri avait tripoté sa branche de lunettes, levé le sourcil.

- Pardon ?

- De surgir de nulle part comme ça, comme un ninja... Fais du bruit, allume la télé, ah non c'est vrai, y'a pas de télé ici, bon bah dis quelque chose, je ne sais pas moi !

- Ah sorry. Je ne voulais pas déranger, c'est pour ça.

Elle a poussé sur le fauteuil à roulettes, glissé sur un bon mètre et est venue se cogner le front sur le cahier de sudokus qu'il tenait à la main nonchalamment. Elle a levé la tête, constaté qu'il tripotait encore sa branche de lunettes et a montré le cahier du menton, en essayant de mettre de l'eau dans son vin, de se radoucir autant que possible.

- Terminé ?

Il a souri, ça tirait un peu, il savait bien qu'elle s'en moquait de ses sudokus, qu'elle disait ça pour être gentille, parce qu'il l'hébergeait, parce qu'elle n'était pas complètement ingrate.

- C'est du niveau 5 mais ça devrait aller.

Il lui a semblé qu'elle méditait cette phrase et il s'est senti observé. Il avait ciselé son bouc, mit ses espadrilles de maison et accroché son plus beau sourire même s'il savait que la tentative était désespérée, qu'on ne passait pas d'un sourire d'être mou, d'homme en manque d'amour, à un sourire séducteur et efficace en un claquement de doigt. Il avait aussi sorti sa chemise du pantalon exprès, parce qu'il savait qu'elle n'aimait pas quand il la rentrait trop à l'intérieur. Il a vu son regard glisser dans son dos et s'est imaginé qu'elle avait dû remarquer un pan de chemise qui faisait serviette mal pliée, qui devait montrer quelques poils disgracieux. Mais elle n'a rien dit. Et Henri s'est dit qu'il pourra faire tous les efforts du monde de toute façon, ce n'est pas le problème, le problème c'est le déficit.

Elle est sortie de son absence finalement, s'est calée au fond de la chaise et a passé ses mains sur son visage, de haut en bas, très lentement, pour signifier la fin d'un acte.

- Ecoute Henri, ce n'est peut-être pas une si bonne idée que je reste ici. C'est super gentil de ta part mais si c'est pour que je sois désagréable comme ça je préfère...

- Tu connais l'histoire des trous ?

- Non mais...

- C'est un camion qui transporte des trous. Soudain, il en fait tomber un. Il recule pour le ramasser et pouf, il tombe dans le trou !

Il a attrapé la baguette de batterie sur la table et l'a pointé vers sa moue désespérée.

- T'as souri. J'ai vu, t'as souri.

- C'est nul...

- C'est peut-être nul mais j'ai vu, t'as souri, c'était évident, t'as fait un mouvement de bouche, comme ça.

Il mimait.

- Henri...

- C'est quand même pas de ma faute si tu fais des mouvements de bouche.

Il a posé sa baguette sur la table, essuyé ses lunettes d'écailles avec sa manche, pour se donner un air détaché, il avait travaillé la fluidité du mouvement devant la glace.

- Tu sais, ça me dérange pas que tu restes, vraiment.

- Ah oui ?

- Tu vas aller où sinon ?

- Je ne sais pas, je peux aller chez une copine.

- Quelles copines ?

- Je peux aller à l'hôtel...

- Ça va te coûter les yeux de la tête.

- Il semblerait que je n'ai pas le choix, c'est ça ?

- Et oui !

- Bon alors dans ce cas...

Elle a rendu le sourire, malgré elle sans doute, et a annoncé que, dans ce cas, oui, elle allait rester.

- Par contre il faut que tu me promettes quelque chose.
- Quoi ?
- Ne dis plus que je suis gentil.
- D'ac... d'accord.

Il a jeté un œil sur son écran d'ordinateur qui tentait d'afficher laborieusement les résultats de la page *Google*. Elle devait utiliser un réseau voisin.

- Entre nous, je ne pense pas que ça t'avance beaucoup de fouiller la vie de ce Mathias.
- Sans doute.
- Sérieusement. Bon. J'y go. Je te donne les clés, je rentre dans deux heures.
- Tu vas où ?
- Je vais conduire le Transilien.
- Quoi ?

Satisfait de son effet, il a glissé une œillade.

- Hé hé... je monte en cabine avec mon ami du club de modélisme. Roland, tu sais, le conducteur de trains.
- Ah oui...
- Je l'accompagne sur son trajet. Si j'avais su que tu venais bien sûr, je...
- Henri...
- Oui, bon, pardon... Allez, zou, je me sauve.

Il est passé dans le corridor, a lacé ses mocassins et fermé la porte d'entrée sans sortir. Il a repris sa position de tout à l'heure, derrière la bibliothèque. Il aimait bien l'épier comme ça. Libre, nullement incommodée par sa présence, il pouvait l'observer sans entrave, belle au naturel. Il y avait une fragilité inconditionnelle dans son regard qui maintenant se déportait sur cette affiche de spectacle aux tons pastels, jaunie par le temps. Elle représentait un train à vapeur. Appuyé sur le coussin des nuages, il s'élançait à toute vitesse vers celui qui l'observait. Que pensait-elle en ce moment ? « Ah... ce drôle, ce farfelu, Henri, ses petits trains »

De lointaines notes de musique ont fait écho à ses pensées. C'étaient les annonces suaves crachées par les haut-parleurs du hall de la gare du Nord. Le souffle des voix s'est instantanément traduit par une brise légère qui s'est invitée par la fenêtre ouverte. Emportée par le courant d'air, Henri a observé la feuille de papier posée sur le bureau s'élever dans la pièce, descendre de droite à gauche et venir mourir à ses pieds. Le cœur battant, s'interrogeant sur la nature de la situation, il a rebroussé chemin sur les talons, le plus silencieusement possible. Tapi dans l'obscurité du couloir, caché derrière son propre porte-manteau, il l'a observée ramasser le papier, le retourner et murmurer l'inscription gribouillée au dos : « Rebecca Clarcke Bellisson, 12 allée des fossés, Paris. » Il s'agissait de la lettre soustraite à Matthias, mercredi dernier. Pour célébrer la joyeuse découverte, son pardessus décida de s'effondrer à grand fracas sur le parquet, le découvrant complètement, strip-tease intégral, lui, Henri Dupraz, jouant à cache-cache dans son propre appartement. Alice a allumé la lumière et il a dû proposer un sourire qui ne devait pas peser pas bien lourd contre le ridicule de la situation.

- Mais qu'est-ce que tu fais là ? Je te croyais parti ?
- J'étais... j'étais... caché.
- T'étais caché ? Quoi ? Mais à quoi tu joues enfin ?

Il s'est retrouvé très vite à court d'arguments et il a fini par tout déballer une fois encore, ce discours qu'elle connaît par cœur et qu'elle interrompt à chaque fois, l'amour, toujours l'amour, change de disque à la fin, moi j'y vais, je dois rencontrer cette Rebecca je ne sais trop quoi.

C'était il y a deux semaines. Et depuis, elle ne répond plus à ses appels.

16

- Allez.

Elle se lève, marche jusqu'à la porte et actionne la poignée en silence. Fermée. Elle se retourne, fait quelques pas en direction de la fenêtre. Les vannes s'ouvrent à la deuxième traction. Elle se penche, réalise que la perspective du terrain l'a trompée. Sous elle : le vide. Cinq mètres peut-être. Elle passe sa main au dehors, casse son poignet pour tâter le mur moussu et froid. Les interstices entre les pierres irrégulières ne lui permettront pas de descendre. Il faudra sauter. Elle regarde devant elle, visualise sa fuite comme un skieur de slalom. Atterrir sur les dalles branlantes, à pieds joints puis traverser le potager le plus vite possible, jusqu'à la forêt et rejoindre la route goudronnée.

Elle frotte ses yeux pour se réveiller tout à fait. Les coudes de ses deux index repliés s'appuient sur ses paupières fermées, massent les globes oculaires avec de petits mouvements rotatifs. Le geste est anodin, elle l'a fait des milliers de fois, mais, aujourd'hui, à cet instant précis, il scelle son sort. En se frottant les yeux, elle saborde son propre navire. Les lentilles souples qu'elle porte depuis trois jours, qui collent mal à sa rétine, se plient en quatre et s'échappent à l'extérieur. Myope, habituée à se réveiller dans une mare de flou, Alice réagit en décalé. Depuis son entrée en quatrième, tous les matins, elle fouille à tâtons sa table de nuit, trouve ses lunettes et les pose sur son nez. Mal voir ne la surprend pas, elle y est habituée. Ici, c'est la conscience de sa vision nette, dix secondes plus tôt, mise en relief par ce flou soudain, qui l'alerte. Ici, pas de table de nuit, pas de lunettes. Ses yeux sont tombés, la voilà aveugle et c'est catastrophique.

Lorsqu'elle réalise les conséquences de son geste, elle cède à une mini crise d'angoisse qu'elle maîtrise à l'aide de petits exercices de respiration ; ça n'aidera en rien de s'évanouir une fois de plus. Organisons-nous. Cherchons. Par où commence ? Elle se palpe d'abord le visage, précautionneusement, du bout des doigts, se forçant à l'optimisme, elle va les retrouver ces lentilles, il n'y a pas de raison. Mais non. Rien sur les pommettes, rien sur les joues. Elle plisse les yeux, colle son menton sur sa poitrine et inspecte les plis de ses vêtements avec une moue bizarre. Elles ont pu s'y accrocher, c'est déjà arrivé. Mais non, rien. Elle se jette au sol alors, rattrapée par la panique. A quatre pattes, le nez dans la bâche, elle scrute, repoussant tant bien que mal ses envies d'automutilation. Elle frôle le polyester en utilisant sa main comme un détecteur de métaux sur la plage. Mais toujours rien. Elle étudie nerveusement les pans de sa chemise, c'est idiot, elle l'a déjà fait.

- Bon, elle dit, en s'essuyant les mains sur ses fesses, je suis aveugle.

C'est embêtant, certes, mais ça ne change pas l'objectif de départ. Dans le brouillard, elle pose une main puis deux mains sur le dossier de la chaise. Elle entend le croissant asséché, en équilibre, qui tombe dans la bâche. A l'aveuglette, elle traîne la chaise sous la fenêtre et, d'un pied incertain, l'escalade maladroitement. Elle se retrouve debout, courbée en avant, vacillante et sans repères, les mains agrippées au châssis de la fenêtre, avec la sensation d'être à mille mètres de hauteur, sur un pont suspendu. Reléguée au choix binaire, croupir ici ou fuir, elle n'hésite pas longtemps. Elle avale une goulée d'oxygène et s'élance dans le vide, les bras ouverts. Elle flotte en l'air une seconde magique, se préparant à la violence du choc, pliant les genoux pour amortir sa chute. Mais le sol arrive plus tôt que prévu. Un pic de douleur lui transperce le talon. Ses genoux percutent son menton et referment sa mâchoire comme un piège sur ses lèvres. Elle culbute en avant, cris étouffés, paumes écorchées, encore. Le sang s'épanche en nappes écœurantes dans sa bouche et coule en ruisseaux épais sur son menton ouvert.

Elle met du temps à se relever, produit des « tss » de douleur et compense en se grattant les cheveux. C'est un os fêlé, presque rien, elle se répète en positivant agressivement, les mâchoires serrées, le regard sauvage. Fuir. Déguerpir. Coûte que coûte. Elle lance sa jambe valide devant elle, pousse sur l'autre, feignant d'ignorer la fulgurance de la douleur qui la traverse. Grimaçante, la bouche en sang, elle se met à courir cahin-caha entre les plates-bandes du potager, distinguant vaguement les taches vertes des salades et, plus loin, la masse floue des sapins qui semblent lui tendre les bras.

Déguerpir on a dit.

Coûte que coûte.

17

Des contours qui mentent.
Des voiles sur les bougés.
Alice avance. Sans savoir, plissant les yeux inutilement, se cognant les tibias contre des branches mortes invisibles, s'écorchant les paumes à des troncs qu'elle pense plus près. Haletante, traquée, elle marche. Evitant de s'appuyer sur son pied blessé, compensant, croit-elle, par de grandes enjambées douloureuses. Courbée en deux, sur une jambe, elle souffre le martyre à chaque pas. Sa patte folle creuse un sillage derrière elle, écartant les plis du tapis d'aiguilles sur son passage, révélant la terre noire touchée par les gouttes de sang qui tombent de son menton. Elle ne sanglote plus. Elle avance. Programmée, imbécile. Elle s'essuie le front régulièrement, d'un revers de main agacé et crasseux, empêchant les gouttes de sueur de pénétrer ses yeux ; ces sourcils, ces cils, tous ces poils s'avèrent inutiles quand on en a besoin, c'est bien la peine. Tout à l'heure, en chutant dans la terre du potager, elle a perdu le bracelet qu'Henri lui avait offert. Elle ne s'est pas attardée, tant pis pour le bracelet, de toute façon, ils se cassaient toujours à un moment donné, ces bracelets. Elle n'a pas de temps à perdre. L'autre fou n'en perdrait pas, lui, lorsqu'il allait se rendre compte qu'elle s'était fait la malle. Elle essaye de ne pas y penser et fait une pause, en nage. Elle calme sa respiration, fait silence. Par où aller ? Les yeux fermés, concentrée sur ses sensations, elle sent,

respire, écoute. Les pépiements des pinsons couvrent peut-être l'écho perdu d'un moteur, là-bas.

Mais c'est une marche étouffée, chaotique et encore lointaine qui lui parvient aux oreilles. Elle le connaît bien, ce rythme saccadé. C'est le même qu'à Nanterre, quand, déjà, elle tentait de lui échapper, courant à perdre haleine, slalomant entre les monstres de béton de la résidence des Lilas.

Mais qu'est-ce qui lui avait pris de se jeter ainsi dans la gueule du loup ?

C'est en renfilant son jean, après le yoga, qu'elle avait trouvé le *Mappy* imprimé la veille indiquant comment se rendre chez Brigitte Krüger, 8 résidence des Lilas, à Nanterre. Qu'était-elle allée chercher là-bas ? Elle n'en avait aucune idée. Elle voulait voir, aller au bout de ses doutes, vérifier ce que lui avait dit Rebecca l'autre jour au café *le Denfert* :

- Vous savez, moi qui l'ait visité pendant deux ans je peux vous le dire : Mathias est malade. Il a des hallucinations. Sa petite amie est morte mais il continue à croire qu'elle est en vie. Il a peint son visage dans sa cellule. Il continue de lui envoyer des lettres. C'est pour ça que je lui ai donné mon numéro de téléphone. Je voulais l'aider à s'en sortir. Trouver une église qui puisse l'accueillir. Mais je n'aurai pas dû. J'ai fait une erreur. Vous savez, en tant que visiteur de prison, on croit toujours qu'on peut faire plus que ce qu'on peut vraiment...

Alice avait pâli.

- Est-ce que vous croyez qu'il me prend pour... pour cette... morte ?

- Pour être franche, c'est ce que je pense depuis que j'ai reçu votre coup de téléphone.

En sortant de son cours de yoga, Alice avait repensé à tout ça, à l'Américaine, au petit numéro d'Henri. A peine rentrée de son rendez-vous avec Rebecca, le cerveau brumeux, encore agité par ces surprenantes révélations, elle s'était pliée aux mielleuses injonctions d'Henri. Assieds-toi là s'il te plaît, ce ne sera pas long, décontracte-toi, écoute-moi. Sur son trente et un, sa veste en velours et son pantalon trop court soigneusement repassés, il lui avait annoncé avec un sourire d'agence de voyage qu'ils partaient en vacances, tous les deux. Ils allaient voir Louise en Savoie, il avait tout organisé, ça leur ferait du bien. Alice avait tiqué au « leur. » Elle avait eu un petit sourire condescendant, l'avait même trouvé attendrissant. Puis elle s'était improvisée pédagogue. Comment dire. Elle n'avait rien contre le principe des vacances, non, c'était un bon principe ; ce qui la dérangeait, c'était le principe de son attitude. Elle avait soufflé à l'intérieur d'elle-même pour rester froide et lucide et, voyant qu'il ne comprenait toujours pas, avait parlé d'une voix ferme, mis sans tension les points sur les i. Personne n'avait aimé, ni elle, ni lui. Elle avait commis une erreur en venant ici et un peu de distance s'imposait. Il fallait qu'il fasse son deuil sans elle. Elle n'irait nulle part avec lui, que les choses soient bien claires. Elle n'était pas amoureuse – elle avait insisté sur le « pas » histoire de bien marquer la rupture une fois de plus, de faire comme si le passé n'avait jamais existé –. Plus tard, peut-être, on verrait, s'était-elle sentie obligée d'ajouter pour faire passer la pilule. Ça avait été comme rompre une deuxième fois.

Alors non, elle n'était pas pressée de retourner prendre ses affaires. Elle préférait rouler.

Au sortir du tunnel de la Défense, des traînées de lumière orange aux coins des yeux, elle avait remis un coup de gaz pour mettre à distance ses contradictions. Qu'était-elle en train de faire ? Comment pouvait-on porter plainte un jour et rendre visite à son bourreau un autre ? Alors c'était quoi ? Les conditions de détention, savoir qu'elle risquait d'envoyer un homme au trou en sachant pertinemment ce qu'il allait endurer ? Où y avait-il autre chose, une fascination du pire, un intérêt morbide qui comblait son vide intérieur, lui donnait le frisson manquant du quotidien ? Au point de commencer à enquêter. Car comment appeler ses investigations de l'autre jour autrement qu'un début d'enquête ? Henri parti, elle était allée terminer ses recherches au café Internet en bas de la rue, avait tapé « Mathias Krüger » en jetant deux ou trois coups d'œil idiots dans son dos, pour le cas où Mathias lui saisirait les épaules en faisant « bouh ! » Quelques minutes plus tard, elle avait localisé quatre Mathias Krüger sans photo, inscrits sur le site *copaindavant*. Des profils laissés en friche. Des cases qu'on remplit à la va-vite, qui intéressent pendant une semaine, un mois tout au plus, et puis on n'y revient plus, une fois peut-être, au bureau, pour se désennuyer quelques minutes. Mais Internet a bonne mémoire. Rien ne s'efface. Preuve en est, devant ses yeux, trois villes étaient apparues : Toulouse, Massy, Nanterre. Elle s'était connectée au site des pages blanches, s'était remémorée la conversation avec l'Américaine, avait tapé « Krüger, Nanterre » et lancé une impression. Les feuilles récupérées, elle s'était enfermée dans une cabine et, un à un, avait composé les numéros affichés sur les pages, une trentaine en tout. Chaque fois, elle avait demandé à parler à Mathias, chaque fois, elle avait guetté une inflexion de voix, un silence évocateur. A l'avant-dernier appel, au moment où elle commençait à se faire une raison, où, presque soulagée d'avoir fait chou blanc, elle se moquait d'elle-même en souriant aux tarifs vers l'Afrique punaisés au mur, une voix d'outre-tombe l'avait sortie de sa torpeur.

L'espace d'un instant, elle s'était sentie maraboutée.

- Mathias ? L'est pas là. S'rait pour quoi ?
- Pour rien... pour rien... J'ai dû me tromper, pardon...

Elle avait raccroché.

Seule dans sa cabine, elle avait rigolé, un peu sur les nerfs, tapotant la tablette en bois beaucoup trop fort. Elle ne s'attendait pas à une voix pareille. Mais qu'attendait-elle au juste ? Un nom ? Une adresse ? Quelque chose à quoi s'accrocher ? Et si toutes ces recherches ne tenaient qu'à ça ? Un prétexte pour se perdre dans d'autres vies que la sienne ?

Elle avait laissé cette pensée de côté et était retournée au PC numéro huit imprimer un *Mappy*.

A la vue du panneau Nanterre, Alice avait décéléré et coupé la bande pointillée en se penchant dans le virage.

Elle y était presque.

Encore ce mur gris à longer, qui protégeait le parking du centre commercial abandonné, en pleine zone industrielle. Face à elle, au bout de la ligne droite, le complexe *Rive Défense* apparaissait tel un mirage urbain. A droite, sur le panneau d'affichage au-dessus du talus d'orties, une réclame pour *Karting 92* résistait aux intempéries ; elle pariait qu'on n'avait jamais changé l'affiche depuis l'implantation du panneau. Dans ce no man's land de béton moderne, un homme, sorti de nulle part, déambulait baguette sous le bras, attestant malgré tout de la présence d'êtres humains. Alice avait pensé : « bienvenue en banlieue parisienne » et avait passé le pont au-dessus du maillage impressionnant des voies de chemin de fer. Un peu plus loin, elle avait repéré d'anciens rails coulés dans la chaussée, qui traversaient la route et terminaient leur course dans l'entrepôt *Peugeot*. C'était là, après les poids lourds garés sur le trottoir. Le panneau fléché était formel : « Résidence des Lilas, cinquante mètres. »

Elle avait choisi une place au milieu du parking, incliné l'engin sur sa béquille, et avancé au jugé. Cherchant un peu de réconfort, elle avait marché du côté des espaces verts, s'était assise deux minutes sur la balançoire, près des tape-culs, et avait planté la pointe de sa botte dans la crevasse de sable labouré par les pieds des enfants. Avachie, concentrée sur le couinement du roulis provoqué par son léger mouvement de va-et-vient, elle avait négligemment levé les yeux vers le numéro huit de la résidence qui lui était apparu tout à l'heure au-dessus de la double-porte vitrée, quand on avait allumé la minuterie. Mais maintenant, il faisait noir et Alice se disait qu'un parking la nuit, décidément, c'est fou comme ça peut faire peur. Que faire à présent ? Sonner, dire bonjour ? Bonjour madame, je cherche Mathias pour aller faire de la balançoire ?

Mais on descend.

Derrière le sas formé par les deux portes vitrées, la lumière blafarde du néon éclaire la cage d'escalier en deux temps. Il y avait si peu de chances que ce soit lui. Jouant avec la visière de son casque qu'elle serrait tout contre sa poitrine, Alice se murmure ces mots, immobile, focalisée sur le pan coupé des marches. « Peu de chances que ce soit lui, peu de chances que ce soit lui. » En même temps, elle sent la panique l'envahir tranquillement, s'épanchant en elle par coulées froides. Poussée par une force supérieure, elle se met sur pied, s'avance vers la lumière. A mesure qu'elle se rapproche du mystérieux visiteur, ses yeux fouillent le parking désert. Elle distingue à peine les contours de son scooter noyé dans l'obscurité, là-bas, si loin. Dans une minute, il sera sur elle. Déjà, elle entend ses pas résonner sur le palier du premier étage. Elle comprend qu'elle est en train de se jeter dans la gueule du loup. Parant au plus pressé, elle plonge derrière la carrosserie d'une *R5* blanche, garée à vingt mètres de là. Elle réalise son salut d'entrée. C'est bien lui. Elle reconnaît son imposante silhouette qui se découpe à contre-jour devant l'entrée de l'immeuble, redevient ombre sitôt la minuterie éteinte. Tapie derrière la voiture, elle limite les froissements de ses vêtements. Elle laisse simplement dépasser ses yeux au-dessus de la poignée de porte. A travers les épaisseurs vitrées, elle observe l'homme, fascinée. Il sort un paquet de *Marlboro* de sa poche, attrape l'un des sésames avec les dents et l'allume en le protégeant du vent dans son poing. Le bout incandescent dans l'intérieur de la paume, il fume déjà façon cow-boy, avec de grandes bouffées nerveuses qui semblent le soulager. Un coup d'œil au ciel étoilé, il s'étire, bombe le torse, puis semble se dégonfler complètement et décroche son téléphone. Malgré ses efforts, elle n'entend rien. La conversation terminée, il évacue un peu de tension, donne un uppercut au vide. Il s'avance maintenant vers elle, dans une diagonale improbable, pouces dans les poches, comme papa, réduisant la distance qui la sépare d'elle à vitesse grand V. Pendant une poignée de secondes, Alice ne bouge pas, convaincue qu'il va bifurquer au dernier moment. Mais non. Il s'approche d'un pas désinvolte, comme on se dirige vers sa voiture, normalement en somme, sans en faire tout un foin. Il fait sauter son trousseau de clé dans sa paume même. Il s'avance tranquillement vers la *R5* et il n'y a aucun mal : c'est la sienne.

Alice avait donné un coup d'œil rapide par-dessus son épaule. Une dizaine de mètres la séparait de la voiture d'à-côté. Qu'elle fasse le trajet en canard ou en courant, aucun moyen de passer inaperçue. Quant aux manières diplomatiques, elle avait abandonné l'idée avant même de l'avoir complètement formulée. Ne lui restait plus qu'une seule solution : la fuite à découvert.

Elle avait lâché son casque, pris ses jambes à son cou. Elle était sortie du parking tête baissée, avait viré à gauche et couru sans se retourner, aussi vite que ses bottes le lui permettaient, comptant sur l'effet de surprise pour prendre un maximum d'avance. Dans son dos, elle l'avait entendu murmurer « Alice ? », redire son prénom un peu plus fort. Mais elle était loin déjà, elle courait, toutes voiles dehors, avec une volonté de fuir énorme. Au coin de l'entrepôt, elle s'était persuadée qu'elle avait fait le plus dur. Les fils de fer claquaient le long des mâts qui supportaient les drapeaux *Peugeot*, quinze mètres au-dessus de sa tête. On l'applaudissait, on l'encourageait. Un court moment, trompée par sa respiration sonore, elle avait pensé qu'elle avait gagné, que Mathias avait abandonné, qu'il était confortablement installé au volant de sa *R5*, qu'il se disait dans un sourire que cette fille était bizarre, que cette Alice, oui, quelle fille bizarre. Puis, entre deux prises d'air, un martèlement de pas lui était venu aux oreilles. Mathias faisait son retard, mètre après mètre, foulée après foulée. Elle avait pensé que c'était inéluctable, qu'elle allait y passer.

Mais elle avait encore un peu d'avance et tout n'était peut-être pas perdu. Ses jambes, malgré les courbatures de yoga, répondaient encore. Il lui restait un zeste de lucidité. En ligne droite, elle n'avait aucune chance. Elle avait bifurqué dans une ruelle qui, au bout, se transformait en chemin de terre. Il lui avait fallu traverser un jardin partagé, enjamber le reste d'un pan de mur abattu et s'engouffrer dans les ronces pour rejoindre la voie ferrée. Elle se revoit courir sur la voie abandonnée, en nage, égratignée, le cœur battant. Dans les soubresauts de sa vision, elle distingue une allée sur la gauche, entre les baraquements aux toits de tôle ondulée. Elle s'y engouffre. Devant elle, à moins de cinquante mètres, un grillage termine le chemin en cul-de-sac. C'est la fin de l'aventure, elle se dit. Les mains sur les genoux, elle jette un coup d'œil dans son dos, attrape une goulée d'air chaud entre deux respirations rauques. S'entendre ainsi respirer, à grands bruits, comme une bête traquée, augmente sa panique. Comment en est-elle arrivée là ? Le canapé d'Henri lui tendait les bras, avec sa grosse couette molletonnée et ses coussins confortables. Mais elle a voulu jouer les kamikazes, mettre sa main au feu pour constater que oui, le feu, ça brûle, cruche va. Elle n'a pas beaucoup le temps pour s'apitoyer sur son sort. Mathias est sur ses talons et il faut se décider. Derrière le grillage, le parking immense de *Rive Défense* s'étale. Son faible pour les centres commerciaux l'emporte Elle s'élance vers le grillage avant de repérer un passage providentiel sur sa droite, étroit comme deux hommes. Ni une ni deux, elle plonge à l'intérieur mais n'a pas le temps d'aller beaucoup plus loin. A une quinzaine de mètres, tapie dans l'obscurité, une volée de marches lui barre la route. La main sur la poitrine, à la recherche d'un second souffle, Alice contemple son Everest. C'est une chose de monter des marches à son rythme, c'en est une autre que de faire le vide, de se dire qu'on est capable, lorsqu'on a un fou furieux aux trousses. Dos au mur, elle s'avance d'un pas soudain plus mesuré, trempe un orteil dans l'eau glacée. Le pied posé sur la première marche, c'est sans surprise qu'elle accueille les premières décharges électriques, dans la cuisse sollicitée. La seconde d'après, ses repères se troublent. Derrière elle, la silhouette sombre bouche l'entrée du couloir. Mathias ne court plus. Il a compris que ce n'était plus qu'une question de temps, que le gibier blessé n'irait plus très loin. Dans un effort désespéré, Alice appelle tour à tour l'image mentale de Stella, puis celle de l'Asiatique dans les hauteurs et parvient, est-ce l'énergie du désespoir, l'instinct de survie ou ces ficelles mentales pour rester à flots, impossible à dire, à se hisser sur la seconde marche. Son corps, alors, ne lui appartient plus. Comme si, montant d'un niveau, elle avait enclenché un nouveau processus de panique inconnu jusqu'alors. Elle reste plantée là, incapable de faire un pas de plus, l'oreille qui bourdonne, le cœur qui s'emballe, des picotements au niveau des doigts, des lèvres, du visage et une sensation d'être détachée du monde ; ses pupilles dilatées se concentrent sur la peinture verte qui s'écaille sur la rampe, ses deux mains en sueur s'y accrochent, comme à la rambarde d'un navire en pleine tempête.

Et puis une chaleur dans le cou, une main sur l'épaule, ce mot, « enfin », ce mot, et puis c'est tout, l'apaisement, le noir.

Et voilà qu'à nouveau, il faut courir.

Mathias doit être dans tous ses états après avoir découvert son absence, la fenêtre ouverte, les chouquettes non consommées. Mais que faire ? Continuer à fuir ? Se cacher dans un fourré ? Mais comment ? Avec quels yeux ? Dans quel fourré ? Autour d'elle, les sapins, alignés en file indienne forment des allées aux vues dégagées, propres et interminables. De l'artificiel, elle pense, des rayons d'hypermarché. C'est elle, la tête de gondole mouvante, le produit unique et avarié, qui va à l'oblique maintenant, passe d'une allée à l'autre à découvert, en traînant sa patte blessée. Elle se retourne, constate que Mathias a pris la bonne direction, suivi le sentier GR tout comme elle, au lieu de poursuivre sur la route goudronnée. L'animal la sent d'instinct. Derrière elle, Alice distingue un fantôme en pointillés, qui disparait, réapparaît entre deux rangées de sapins, deux diapositives floues entrecoupées de noir. Elle l'imagine en homme des bois, courant, passant sous les branches basses, enjambant d'un bond les troncs morts. Il faut regarder la vérité en face : elle n'a aucune chance. Alice s'arrête sous un sapin, ferme les yeux et, anticipant sa douleur au talon, plie les genoux pour se propulser en l'air. Elle accroche une branche des deux mains. L'arbre plie mais ne rompt pas. Elle remonte un peu les genoux, donne du poids en grimaçant mais non, rien à faire. Découragée, elle se laisse tomber sur le sol. Couchée sur le flanc, l'oreille au sol, elle écoute les pas tremblés qui se mêlent aux sons des cloches de vache, imperturbables. Mathias hurle son nom. C'est sûr, cette fois, elle va y passer. Bon. C'est bien. Puisqu'il le faut, elle mourra au champ d'honneur. Dans un ultime effort, elle se met debout, bravache et titubante. Elle claudique sur quelques mètres, percevant nettement les pas cadencés maintenant, la voix qui se rapproche et les prises de respiration. Elle passe en revue les choses qu'elle aurait aimé faire dans sa vie, qu'elle ne fera jamais, des trucs originaux, apprendre à jouer du ukulele, parler Thaï ou faire des claquettes, des trucs ringards aussi, avoir des enfants, les regarder grandir, se réveiller tous les matins avec un amoureux dans une maison au bord d'un lac. Et là, dans sa demi-conscience, dans son brouillard humide, elle distingue une forme étrange, sa pensée matérialisée, son tombeau, son salut peut-être : une cabane. Des enfants ont construit une cabane, ici, humanisant cette forêt sans âme, créée de toutes pièces par la main de l'homme. Une branche épaisse fait charpente, en travers de deux sapins. Plusieurs couches de longs rameaux épineux, allant du sol à la charpente, sont posées en oblique, façon tipi. A l'entrée, une petite pancarte en bois, clouée au tronc, pyrogravée, prévient : « refuge des aiglons. Alexis, juin 2012. » A genoux, Alice rampe à l'intérieur, met sens dessus dessous le tapis de fougères prévu pour être douillet et intime, se cale dans un coin, sort son carnet en cuir aussi vite qu'elle le peut. La voix grave est là, toute proche, de l'autre côté du mur frêle. Elle lui ordonne d'être raisonnable, de sortir de ce trou. Alice tire le crayon à papier coincé sous la ficelle, s'efforce d'être aussi précise que possible dans ses mouvements, approche la page de son visage, s'assure de sa virginité et griffonne à l'aveuglette, d'une écriture peureuse et grelottante. Elle déchire le mot, le glisse sous une fougère, dissimulé aux yeux de Mathias, pas trop quand même pour qu'on le retrouve, ce mot. Maintenant, elle entend ses semelles prudentes sur les épines. Elle voit des morceaux de jean à travers les rameaux. Aussi vite que possible, elle remet le carnet en place dans un dernier geste sensé puis s'abandonne, livre son destin au fou. A contre-jour, l'ombre de Mathias se découpe devant l'entrée de la petite cage, s'accroupissant à moins d'un mètre, bouchant l'entrée de lumière.

- Bon, il dit en reprenant son souffle, ça suffit. Assez joué. On rentre maintenant.

C'est au moment de saisir la main tendue qu'une aiguille de pin traverse l'épaisseur de son jean.

Ça pique !

C'est comme un coup de projecteur dans la grotte de ses souvenirs.

18

Il est quatre heures du matin et on doit sortir creuser une rigole sous peine de finir noyés, on n'a pas le choix mon amour, c'est une question de vie ou de mort je te dis, on est mal, mal, mal, la pluie rentre par en dessous, c'est mouillé partout et il y a des coins de la canadienne qui se sont affaissés déjà, tu vois les poches d'eau, là, il faut s'en débarrasser en poussant par en dessous, en utilisant nos index comme des bâtons mais si, comme des bâtons, arrête de rigoler, t'es bête, l'heure est grave, foi de marin, on n'a jamais vu ça un déluge pareil, je ne laisserai pas mon navire sombrer de la sorte, on a de l'honneur dans la famille, on ne s'est jamais laissés engloutir, on va y arriver, je te laisserai pas crever ici ma douce, ne t'inquiète pas, allez je sors, je ne mets pas mon ciré, j'y vais tout nu, y a personne de toute façon dehors, on est au milieu de nulle part, allez, je donne l'exemple, c'est pas toi qui sortirais, ah bah non bien sûr, allez j'y vais, à la une, à la deux, j'y suis, je suis dehors, et Alice voit son ombre grandir et rapetisser selon l'orientation qu'il donne à la lampe torche, elle l'entend injurier tout ce qu'il est possible d'injurier, la pluie battante et imprévue, la terre difficile à creuser, qui s'immisce sous ses ongles, sa capuche qui colle, son manque d'anticipation et elle aussi, sa petite personne, ne me donne pas de conseils il dit, tu ne sais pas de quoi tu parles, toi tu es bien au chaud, moi je lutte contre vents et marrées, mais non, ne dis pas de bêtises, ne sors pas, reste au chaud dans le duvet, je suis énervé, c'est tout, rassemble les vivres sur le radeau plutôt et si on doit couler, on coulera ensemble ma douce, je te le promets, dans ce duvet en plume d'oies oui, drôle de mort quand même, faut avouer hein, quoi tu ne m'entends pas, drôle de mort je dis, j'ai presque fini, j'arrive au bout, je suis tout sale, je te préviens, je rentre, je vais avoir besoin d'être frictionné, va falloir un énorme câlin pour me remettre, je suis traumatisé, si si, je te jure, viens là.

19

Février 2006. Hôpital d'Annemasse. Haute-Savoie.
Alice émerge de trois jours de coma. Henri Dupraz est à ses côtés. A son réveil, on lui explique qu'elle est tombée dans les escaliers et qu'une zone, à l'arrière de son cerveau, située dans l'hémisphère droit, dans la partie ventrale du temporal, est touchée. Si elle ne reconnaît pas son petit ami, c'est normal, pas d'affolement, ça va revenir. Au moment fatidique de rejoindre cet inconnu dans le lit conjugal, Alice ressent une gêne indescriptible. Emmitouflée jusqu'aux oreilles, raide comme un piquet, elle croise les doigts en espérant que sa tenue de cosmonaute décourage d'éventuelles approches. A un moment, il fait ce geste pour éteindre la lampe de chevet et elle sursaute, à fleur de peau, électrique. Cette nuit-là, elle s'endort en se répétant en boucle la phrase du docteur : « ça va revenir, ça va revenir. »

Les lundis des semaines suivantes, elle suit des séances pour « remettre en place certaines choses. » La psychiatre, spécialisée dans les troubles post-traumatiques, lui demande de se raconter. Elle montre des photos pour stimuler sa mémoire et diagnostiquer le mal. Des personnalités passent devant ses yeux. Jacques Chirac, Jean-Paul II, Marilyn Monroe, des proches, son père, sa mère, Henri. A force de travail, Alice reconstruit les ponts entre ses neurones, associe progressivement les photos des visages aux histoires racontées, et, finalement, rassemble la plupart des souvenirs égarés. Mais elle n'obtient aucun résultat concernant ceux de son petit ami supposé. Son visage lui dit quelque chose mais les images associées à lui restent floues. Elle a beau fixer les clichés de leurs albums photos des minutes durant : l'émotion n'arrive pas. Le Maroc, ce week-end à Lausanne, ça ne lui dit rien du tout.

- Il peut s'agir, lui explique la psychiatre, d'une amnésie psychogène. Comme si, en quelque sorte, votre cerveau avait pris votre traumatisme crânien comme excuse afin d'évincer des choses qui le dérangeait.

- J'aurai combiné deux sortes d'amnésies ?

- C'est une possibilité en effet. Sauf que la seconde, liée au traumatisme, a été relativement facile à soigner. La première, l'amnésie psychogène, est plus complexe et peut prendre plus de temps.

- Combien de temps ?

- Une semaine. Un an, dix, toute une vie. Certaines personnes vivent très bien avec leurs troubles.

- Et pourquoi ces variations de temps ?

- Pour l'amnésie psychogène, les raisons sont en général d'ordre psychiatrique. Il faut à certains patients de longues années d'analyse pour parvenir à voir clair en eux-mêmes. Chez d'autres en revanche, un événement particulier peut déclencher le souvenir. C'est variable. Il s'agit souvent d'un choc émotionnel, quelque chose qu'on ne veut pas ou qu'on ne peut pas voir. On n'est pas prêt à faire face à une certaine réalité alors on refoule, on oublie.

- Vous voulez dire que Henri a pu me traumatiser dans le passé et que c'est pour ça que je l'ai effacé de ma mémoire ?

- C'est possible. Mais vous seule avez la réponse.

Après cette conversation, Alice se terre pendant plusieurs semaines, prise d'angoisses, suspicieuse, criant au complot. On lui a volé un bout d'elle-même. Qu'est-ce qui a cassé ? Impossible de le savoir. Et qui est vraiment cet Henri Dupraz ? Où se sont-ils rencontrés ? Où se sont-ils embrassés pour la première fois ? Parfois, revenue de ses crises, elle mène l'enquête avec un détachement et une méticulosité qui fait froid dans le dos. Elle refait les chemins à l'envers, pose des questions avec entêtement, sans savoir vraiment ce qu'elle cherche, suivant son intuition et rassemblant des bribes d'informations tous azimuts, sans queue ni tête. Elle exige des réponses. On ne lui donne pas les bonnes et ça ne va pas. Polis, hypocrites ou sincères, les voisins disent n'avoir rien remarqué depuis son retour. Non, franchement, rien de spécial. Seul Fabrice Fort, un jour, laisse échapper le mot « curieux » ; oui, comment dire, c'est le terme, « curieux. » Mais attention, il ne juge pas, la vie privée, c'est la vie privée. Alice le pousse cependant à raconter cette nuit de juillet où il l'a vue flirter avec un homme. Henri ? Non, ça c'est sûr, ce n'était pas Henri. Le parapentiste raconte. Il dit qu'il promenait Eddy à la fraîche, son fox-terrier de trois ans, un animal magnifique au poil impeccable, soyeux et doux au toucher. Ce jour-là, il dit qu'il doit descendre en camionnette sur Grenoble, pour accueillir des touristes qui veulent voler au-dessus des Ecrins. Il s'est levé tôt. Il doit être quatre heures. Il en a pour trois heures et demie de route. En passant devant la maison Dupraz, il entend des gémissements, il y va de son coup d'œil et, ce qu'il voit, ma foi on n'est pas habitué à le voir par ici, surtout dehors, même quand la nuit est agréable, si elle voit ce qu'il veut dire. Il n'a rien dit à personne, ça non, ce n'est pas son genre, pas comme certains ici, chacun fait ce qu'il veut avec... oui, ça va, elle a compris.

A l'époque, Alice avait remisé ces histoires dans un coin de sa tête, pas certaine de croire le bonhomme, pas certaine surtout de vouloir découvrir cette Alice infidèle et libertine. Ce jour-là, elle comprend que vouloir savoir à tout prix n'est pas la solution. Elle se meurtrit. Elle se ponce de l'intérieur, fait crisser ses méninges comme la craie sur un tableau noir. Elle réalise que courir après cet alter ego est une tâche aussi vaine qu'épuisante. Elle n'y arrivera jamais. Quoi qu'elle fasse, il y aura toujours ces zones d'ombres insondables. L'exhaustivité est impossible. Pour vivre en paix, elle doit accepter le vide. Désormais, elle décide d'emprunter une autre voie, plus raisonnable, moins éprouvante, plus saine peut-être. Elle essayera de s'accommoder de ses no man's land mémoriels, d'apprendre à vivre avec ces plages de flou qui parsèment ses souvenirs. Elle se met alors à apprivoiser cette nouvelle Alice qui pousse en elle. Elle compose avec ce caractère nouveau qu'elle se forge pour cacher la peur du loup. Elle veut avancer, forte et fière, les deux pieds dans le présent. Quant à ses angoisses nouvelles, ces peurs d'escaliers, ce déni de la sensualité, elle prétend les ignorer, leur marcher dessus sans état d'âme.

En juillet, elle quitte Henri et monte sur Paris.

Une nouvelle vie commence. C'est dans cette période de reconstruction, au moment où elle se relève doucement, que les voix commencent à murmurer dans sa tête et qu'elle réalise que, où qu'elle aille, quoi qu'il advienne, ce passé inconnu lui collera à la peau pour toujours, comme une excroissance de chair impossible à enlever.

20

Les enceintes plaquées chêne soufflent encore quelques crachotements souffreteux. Finalement, le bras s'élève au-dessus du quarante-cinq tours qui tourne encore et regagne sa place dans un mouvement de grâce immuable, le long de la platine vinyle. Le disque s'arrête tout à fait et Henri remplace la chaleur du saxophone par un rythme à quatre temps. Il martèle en cadence le livre d'Emmanuel Lasker ouvert devant lui à la conférence numéro huit. Sur le papier glacé, le bout des baguettes de batterie rend un bruit de micro-armée en marche. On a du mal à se défaire de cet air-là. Les notes crissent sous son crâne. Il peut au moins se dire qu'il a essayé. Mais décidément, il n'est toujours pas prêt à réécouter Charles « Bird » Parker. Encore moins ce titre à l'ironie mordante, « Just Friends. » Autrefois, oui, il avait été fanatique du musicien. Mais le jour où elle s'était mise à jouer du saxophone, il avait complètement arrêté de l'écouter. Il ne pouvait plus entendre le son de cet instrument sans penser à elle. Et aujourd'hui encore, plusieurs années après, il est incapable de dépasser cette souffrance.

Depuis combien de mois l'incitait-il à jouer d'un instrument ? Quatre ? Cinq ? Elle répétait sans cesse qu'elle voulait s'essayer au saxophone mais que le courage lui manquait. Il aurait tellement voulu composer avec elle. Il les imaginait noircir des pages de notes dans la cuisine, chacun leur tour, buvant des quantités de thé, réalisant trop tard qu'ils avaient oublié de déjeuner. Il battait la mesure avec des cuillères en bois pendant qu'elle cherchait le thème qui allait les rendre célèbres. Tantôt quelques fausses notes le faisaient grimacer, tantôt son ustensile pointait le saxophone et il levait la tête, illuminé. « Rejoue cette série de notes s'il te plaît, il disait, oui, celle-là, juste avant le si bémol. » Et elle reprenait, inconsciente de son talent, surprise de pouvoir extirper une si belle mélodie de son petit corps de femme. C'était un mystère, la création, elle disait. Toute à sa joie, elle soufflait avec envie et, comme un murmure de fée, les notes voyageaient jusqu'au marché de la place du village. Elles accompagnaient des marchands sur le départ qui débranchaient des appareils de rôtisseries, terminaient d'empiler des cagettes de fruits dans le camion ou pliaient de grands parasols difficiles à manier. L'effet était immédiat, contagieux. Un à un, ils reprenaient l'air en sifflant, sans même s'en rendre compte, sans même se demander d'où il provenait.

Justement, Henri était dans la cuisine quand elle était descendue lui annoncer la nouvelle. Il allait être content, elle avait dit les joues rosées, un peu ébouriffée, avec le sourire de quelqu'un qui vient juste de faire l'amour : elle s'y mettait. Mathias trouvait ça sexy. Il se souvient avoir souffert en silence, avoir essayé d'être content pour elle, avoir dit « c'est super » en souriant le plus sincèrement possible. Puis il avait dû enfiler un gant de cuisine pour aller vérifier la cuisson de son poulet à l'orange. Une seule et horrible petite phrase avait suffit. Mathias trouve ça sexy. Il n'en revenait pas. Les mois qui suivirent, il allait l'entendre travailler à l'étage des morceaux que Mathias choisirait pour elle. Chaque soir, il l'entendrait s'acharner sur l'instrument des heures durant. Chaque soir, elle arriverait en retard pour dîner, les lèvres abîmées, avec du mal à boire normalement. Et chaque soir, il maudirait sa veulerie.

Qu'aurait fait ce cher Emmanuel Lasker à sa place, lui qui était connu pour combattre son adversaire au mental, jouer le coup qui dérange plutôt que de s'appuyer, tel son concurrent cubain de l'époque, Capablanca, sur le calcul pur et les principes stratégiques du jeu d'échecs ? Comment aurait-il pu contrer Mathias Krüger ? Aurait-il agi différemment ? Aurait-il eu les moyens de sauver son médiocre empire de carton ?

Dès qu'Alice lui avait parlé de cette histoire de traque, Henri avait senti le vent tourner. C'était la fin de la cavale. Il avait pris le temps de rédiger une lettre de dix pages, pour le cas où les choses tourneraient mal. Soigneusement pliée, il l'avait glissée dans une enveloppe blanche qu'il avait scellée d'un coup de langue. Il avait pensé qu'elle aurait aimé ce petit goût sucré de la colle sur sa langue. Puis il avait écrit Alice sur l'enveloppe avec la même solennité que l'on met à reproduire ses premières lettres minuscules sur son premier cahier d'école. Ceci fait, il s'était levé, était monté sur une chaise de cuisine pour ouvrir la trappe du grenier. Il avait déposé la lettre dans la boîte en carton de la *Freebox*, aux côtés du modem Internet et de ses maquettes de train qu'il s'était empressé de dissimuler quand elle avait débarqué chez lui la semaine dernière. Surtout ne pas se faire prendre. Surtout continuer à entretenir l'image façonnée des années durant, dans la douleur et le secret. Henri le gentil bibliothécaire, réfractaire à toutes formes de technologie, proche du vrai, de l'authentique, amoureux des belles choses, de la vieille pierre et des livres qui sentent. Redescendu de son perchoir, il avait tapé sur ses cuisses et c'est là, en voyant que la poussière ne partait pas, qu'il avait remarqué qu'il suait des paumes, comme au temps où il mentait sur tout. Sans le savoir, en frappant sur ses cuisses, il sonnait le glas de la défaite. Il avait toujours su qu'un jour, la vérité éclaterait. C'était imminent désormais. Il observait ses mains et réalisait que son empire était en train de subir le même sort : il tremblait. Ce n'était plus qu'une question de temps avant son effondrement.

21

La lumière du soleil, entrée par l'unique fenêtre à croisée de la grange, jette des taches orangées sur les planches constellées de brins de paille. A certains endroits du sol, les noeuds du bois ont sauté.

A moins d'un mètre, Alice voit flou. La seule chose qu'elle distingue, c'est cette diagonale divine dont elle s'est approchée à quatre pattes. Les particules de poussière en suspension, prisonnières d'un tube invisible, tourbillonnent au ralenti, la fascinent complètement. C'est comme si elle redécouvrait le monde à travers un microscope. Elle devine l'endroit où commence le tube et accompagne sa trajectoire à quatre pattes, jusqu'au nid d'hirondelles qu'il éclaire, sous la charpente. Elle écoute mais n'entend rien. Les oiseaux ont dû partir en quête de nourriture.

Son estomac gargouille aussi. Elle s'écarte du cercle de déchets qui l'entoure puis, de nouveau à l'intérieur, se surprend à apprécier le confort mental procuré par ses propres souillures. Elle a fait des petites attentions de son bourreau les murs d'une pièce unique, un intérieur précaire mais bien réel. Un vieux *Paris-Match* avec Sarkozy et Carla en couverture traîne à côté d'un transistor qui capte mal. Des papiers gras, des canettes de *Minute Maid* complètent le tableau. Elle se résout à piocher dans le dernier sac plastique monté par Mathias, en ressort un sandwich surimi-crudités qu'elle observe d'une moue sceptique. Le papier marron, ramolli par la mayonnaise la dégoûte un peu. Mais enfin, il faut manger si elle veut conserver des forces et espérer s'évader. Elle mord dans la baguette sans conviction, mastique lentement. C'est son troisième jour de captivité, sa sixième formule « classique. » Depuis qu'il a décrété qu'elle adorait le surimi et la tartelette au citron, Mathias lui monte invariablement le même sandwich, la même tartelette. Il a aussi apporté une cuvette en plastique pour ses besoins, qu'il a eu la délicatesse de poser à l'écart, près de la ferraille, et une autre remplie d'eau, pour le cas où elle déciderait de se laver.

Voilà l'état auquel elle était réduite. L'eau et la paille.

« A l'ancienne. »

Moustafa. Serge. Fresnes.

On est samedi et c'est son jour de visite normalement.

Anne-Cécile Delacroix, la responsable du SPIP de Fresnes, le lui avait dit : « la régularité des visites, c'est important pour les détenus et, si vous le pouvez, il est préférable de toujours venir le même jour. » Alice avait opté pour le samedi et s'y était tenu. Elle limitait les sorties le vendredi soir, se levait tôt le lendemain et filait sur le périph' de bon matin. Elle passait les barrières rouge et blanche de la guérite d'entrée, s'engageait dans l'allée qui longe l'hôpital pénitentiaire. Arrivée devant l'austère bâtiment, elle montait sur le trottoir, coupait le moteur, penchait le petit bolide sur sa béquille. Autour d'elle, ça circulait gentiment. Les mamans étaient contentes de retrouver les petites amies, les petites amies contentes de retrouver les mamans.

La tête renversée en arrière, Alice ferme les yeux. Un courant d'air tiède, passé à travers les interstices des planches, lui chatouille la nuque. Elle se revoit palper son sac à dos, vérifier qu'elle n'a pas oublié le *Lonely Planet Inde* pour Serge. Normalement, il a dû faire une demande d'autorisation. Derrière le plexiglas, le gardien finit d'étudier ses papiers, lui fait signe d'y aller. Le voyant de la petite porte automatique passe au vert, accompagné de son bip interminable. Elle pénètre dans le petit vestiaire. Le couloir d'un mètre de large agit sur elle comme un sas de décompression. Elle le sait, elle vit là son dernier moment d'intimité avant d'affronter l'administration pénitentiaire, cette bête ensommeillée. Sa pièce d'un euro glissée dans la fente, elle fourre son sac dans le casier métallique de piscine. Entre mur et casiers, elle se déleste lentement : casque, portefeuille, ceinture, portable... Puis : autorisation, vérification, jeton en métal et portique de sécurité. Elle pénètre maintenant dans la cour d'honneur pavée. En haut des marches, sous l'horloge à chiffres romains, des gardiens fument et plaisantent avec des auxi. On décompresse. Ici, on est presque à l'extérieur. Elle avance, diminuée, dominée par les regards, trop nouvelle pour prendre un air assuré. Sa féminité dérange, sa jeunesse étonne.

- Vous êtes notre plus jeune visiteur, lui avait dit sa marraine, lors de sa première visite.

L'enseignante retraitée lui avait alors dressé le sombre et classique portrait de la prison. Un manque de personnel, des rats qu'on n'arrivait plus à éradiquer, deux, parfois trois détenus par cellule. Et des suicides en pagaille. « Un par jour, mais on ne sait pas tout » avait glissé la marraine. « Sans parler de la nourriture infecte et de ce bruit ! Mon Dieu ce bruit ! »

Elle avait dit « Mon Dieu » et Alice avait pensé « Catho. »

Au moins c'était clair : leurs motivations étaient différentes. Pour Alice, il y avait d'abord eu cette série de portraits tournée pour France 3 sur des jeunes en réinsertion, après un bref séjour carcéral. Les semaines qui avaient suivi, elle s'était documentée, touchée par leurs histoires. Elle avait lu *De la haine à la vie*, de Philippe Maurice, avait écouté *Radio libertaire*, avait surfé, le site *Ban Public*, les articles du *Monde*, *Libération*, puis le site de l'ANVP, l'Association Nationale des Visiteurs de Prison, de fil en aiguille. L'idée avait fait son chemin, comme une lente montée de sève. Le deux janvier 2012, poussée par le vent des bonnes résolutions, elle se décidait finalement à écrire sa lettre de motivation. Suivirent plusieurs entretiens et quelques mois d'attente jusqu'à cette autorisation provisoire, envoyée par la poste. « A l'ancienne » aurait dit Moustafa, « ma parole, le courrier, ça se fait plus M'dame, vie d'ma mère, c'est périmé ! »

Au fil des semaines, Alice avait découvert qu'effectivement, tout, ici, était « périmé. » Tout, ici, se faisait « à l'ancienne. » Le temps s'était arrêté, quelque part entre le Moyen-Âge et les années quatre-vingt. Un minitel empoussiérait le local visiteur depuis des générations. Des jetons en laiton, qui faisaient désespérément penser à des louis d'or, servaient de laissez-passer entre les galeries.

Un claquement d'ailes la ramène un instant à sa triste réalité. Papa hirondelle vient de regagner le nid. Alice ferme les paupières, rattrape le fil de ses souvenirs fresnois.

Elle remonte la large galerie voûtée maintenant. Elle croise une file indienne de détenus, encadrée par deux gardiens, qui transitent du CNO vers la galerie principale. La main sur le barreau de la grille, l'œil sur le voyant, elle ignore les regards qui tentent d'intercepter le sien, pousse une énième grille. Ça y est, c'est la troisième division. Dans la cabine, deux gardiennes discutent chiffons avant de remarquer sa présence derrière la vitre. Serge Rozier. Numéro d'écrou 9208. Cellule 13. Elle saisit le petit bout de ferraille qu'on lui tend et donne le papier au Rez de chau qui hurle : « troisième sud ! Yo yo ! » et l'invite à patienter à l'intérieur du parloir minuscule. Le samedi, il y a moins de circulation, moins de stress que dans la semaine. Même en prison, elle peut sentir l'effet du week-end. Le personnel lui paraît moins tendu. Les détenus eux-mêmes semblent s'être mis d'accord pour respecter le week-end. Aujourd'hui les gars, c'est le week-end, on se tient à carreaux, pas d'évasion O.K ?

Pas d'évasion... Elle rit jaune aujourd'hui. Elle l'a testée, elle, l'évasion. Le premier jour, après que Mathias l'ait laissée seule dans sa nouvelle prison suspendue, elle a ouvert la fenêtre en grand et s'est mise à hurler comme une démente. Bêche à la main, chapeau de paille sur la tête, Patrice a lentement levé la tête dans sa direction. Elle lui a fait des gestes de sémaphore, a hurlé son nom, « Patrice ! », sans que l'hurluberlu ne fasse autre chose que regarder autour de lui, comme si ces cris de mutante ne lui étaient pas adressés. Mathias est alors apparu derrière la volière. Le visage fermé, Alice l'a vu débouler à grands pas. Il regardait droit devant lui. Visiblement, il savait ce qu'il avait à faire. Elle l'a perdue de vue un moment quand il a contourné la grange puis elle a entendu la lourde porte coulisser sur ses rails. D'en bas, il lui a demandé de cesser immédiatement ces cris de putois. Voyant qu'elle s'entêtait, il a ramassé l'échelle en bois posée au sol, l'a plaquée contre le plancher du grenier et Alice a vu le haut de l'échelle rebondir devant elle : il la déplaçait comme un rien. Elle s'est réfugiée dans un recoin, subitement redevenue muette. Il venait de poser le pied sur le plancher en capitaine de navire autoritaire, montant sur le pont pour annihiler un début de mutinerie. Elle l'a regardé se frotter le nez avec le pouce, faire « non non » de la tête en marmonnant des « Alice Alice » qui annonçaient une colère imminente.

- Tu recommences ! Mais pourquoi ? Pourquoi Alice ?

Il a cogné la charpente du poing, les hirondelles se sont envolées. Le plancher a vibré sous elle et Alice s'est immédiatement protégé le visage. Au bout d'un moment, le silence est retombé. Elle a osé ouvrir l'œil, regarder entre ses doigts. Il n'était plus là. Il était redescendu.

Deux heures plus tard, il revenait, lui donnait du « ma petite panthère », s'excusait dans les larmes. Elle avait raison, il disait, on ne pouvait rien pour lui, il ne méritait pas de vivre. Il s'accroupissait devant elle, fragile, rentré sur lui-même, comme si ce grand corps n'était pas fait pour lui. Il la regardait avec son regard spécial, liquide et hypnotique, et implorait son pardon. Déroutée, cernée par deux feux contradictoires, aussi attendrie que terrorisée, elle laissait sa main sous la sienne. Une sensibilité féminine habitait cet homme. Quand il avait pleuré, elle avait eu l'envie fugace de le consoler, de lui passer la main dans les cheveux. Ça n'avait duré qu'une demi-seconde, presque rien, mais ça avait suffi pour la troubler.

Le cliquetis métallique et liquide de la canette de *Minute Maid* effraie maman hirondelle. Les gorgées de jus de pomme hydratent sa gorge sèche, l'aident à engloutir les dernières bouchées de son sandwich. Son repas terminé, elle essaye de bouger son pied droit serré dans les bandages qu'il lui a apportés hier. Ça a l'air d'aller mieux. On dirait même qu'elle peut bouger le gros orteil. Tout n'est pas si noir, allez.

22

- La Jeanne, par exemple. Elle disait qu'elle achetait ses oeufs à la *Coop* alors qu'en fait pas du tout, il n'y a pas d'inscription en rouge sur les oeufs frais que je sache...

Mathias éclate de rire.

- ... et, du coup... pour camoufler, elle collait des plumes de poules dans les cartons à oeufs, pour faire authentique. Même que quand on lui disait, elle la jouait Euripide, elle se touchait le cœur comme une tragédienne grecque, comme ça.

Il mime un pic dans le cœur, la tête rejetée en arrière, mimique offensée, puis se rassoit, reprend sa position sous la fenêtre, à côté du gobelet en plastique qui fume sur les planches.

- J'ai pas pu l'inventer, ça non plus.

Des deux mains, il enserre le petit verre ramolli par la chaleur, le monte à sa bouche et siphonne une gorgée de café brûlant.

Ça doit faire deux heures qu'ils discutent comme ça, assis en tailleur sur les planches, comme deux vieux copains évoquant leurs souvenirs de colonie de vacances.

Au début, Alice entendait la voix de l'Américaine en écho aux paroles de Mathias. « L'homme est malade. Il a des hallucinations. Il continue de croire que sa petite amie est en vie... » Mais elle s'est vite aperçue que son discours n'avait rien d'un illuminé. Cette femme existait toujours. Elle a constaté ça avec une distance qui l'a étonnée elle-même et qu'elle a attribué sur le coup à la brutalité de la révélation. Mais force était de reconnaître : Mathias parle d'elle depuis le début. Le bâtiment d'une nouvelle réalité surgit de terre devant ses yeux. Alice découvre un temple enseveli sous une luxuriante végétation tropicale que Mathias élague avec les mots. Il coupe les branches à la serpette, laisse apparaître ici des bas-reliefs de l'époque maya, là les marches d'un escalier gigantesque. Peu à peu, le temple se dévêt. Peu à peu, les anecdotes racontées mettent à nu ce passé englouti. Alice examine, compare, vérifie. Elle recoupe ses dires avec des histoires entendues, avec certains souvenirs que Mathias rafraîchit et qui, d'un seul coup, lui reviennent en mémoire comme un claquement de fouet.

La Vernaz, cette petite commune comme les autres où tout se sait, tout se tait, tout se déforme. Ses anciens voisins, les commerçants, la Jeanne. Il avait décrit avec précision les pièces de la maison dans laquelle elle vivait avec Henri. Il parle d'elle, il dit que la plupart des ragots, il les tient de sa bouche. Il les répète à sa manière, en prenant sa voix fluette et son accent traînant gommé par ses années parisiennes, mais qui revient, dès qu'elle met un pied en Savoie : « il y en a des personnages ici, il dit, l'idiot du village, Victor Ego on l'appelait, tu te souviens ? Il annonçait toutes les semaines qu'il allait écrire un bestseller et on lui disait de commencer par écrire convenablement sa liste de courses... » Alice sourit maladroitement, écoute, balance entre le rire provoqué par l'imitation ratée, la gêne de l'oubli. Impossible de s'imaginer au bras de cet homme. Mais face au vide, Mathias ne se décourage pas. Il redouble d'efforts. Ils ont vécu ensemble, il martèle, il peut même décrire la façon dont elle mange les mangues, tiens. Elle les découpe en petits cubes, les pique avec une fourchette pour ne pas se salir les doigts. Quoi d'autre ? Sous son oreiller, on trouve un minuscule sac, rempli de poupées censées éloigner les mauvais rêves, elle a ramené ça de Colombie. Elle a un grain de beauté derrière l'oreille aussi et elle est agile de ses pieds, elle peut attraper des stylos, des briquets, des cigarettes, même que c'est très pratique des orteils pareils quand on a les mains occupées, si elle voit ce qu'il veut dire. Elle a les plus beaux pieds du monde, il dirait, en toute objectivité. Il a déjà largué des filles à cause de leurs pieds, elle sait ça ? Et maintenant ? Des preuves, elle en veut encore ? Il parle et parle encore. Il dit qu'en prison il a écrit des lettres, des milliers de lettres où il évoque tout ça, ses pieds, leurs plus beaux souvenirs. Cette fois où ils sont allés randonner, où ils ont planté la tente au milieu de nulle part, dans ce décor de fin du monde, à deux mille mètres d'altitude. Même qu'il était tombé des cordes, qu'ils avaient dormi dans le même duvet pour se tenir chaud. Non ? Toujours rien ? Et ces journées d'été passées à jouer du saxophone sur la terrasse ? Ça commençait au lit sur un air de Tom Waits, comme ça, « *It's dreamy weather...* », ça s'appelait « *Alice* », tiens donc. Je t'embêtais, je te susurrais les paroles à l'oreille jusqu'à ce que tu acceptes de m'accompagner au saxophone. Alors je sortais ma voix, partais dans les graves. Je me prenais pour un chanteur noir de la New Orleans, je poussais la chansonnette en prenant ton vibromasseur pour micro...

- Arrête, arrête.
- Mais attends...

Il a dévalé l'échelle qui a fait un bruit étouffé en tombant sur les ballots de paille et a disparu par la bouche béante de la porte grande ouverte. Cinq minutes plus tard, il lui tendait son carnet.

- Et ça ? il a montré, en s'essuyant le front, rien non plus ?

Alice a prudemment saisi le carnet à spirales, a tourné les pages au ralenti, abasourdie de se découvrir les cheveux longs, les épaules nues, saxophone en bouche. Il y avait différents types de croquis. C'étaient parfois des détails, son petit doigt en extension pour atteindre le do dièse, ses joues gonflées, son front plissé de douleur, et parfois des plans plus larges en pied, où elle apparaissait droite, la colonne vertébrale alignée et les

jambes légèrement écartées, ou cambrée, les genoux pliés, la tête rejetée en arrière en quête d'un second souffle.
- C'est moi ça...
Mathias s'est s'accroupi à sa hauteur, a pris le temps de la regarder dans les yeux avant de saisir ses petites mains glacées.
- Alice...
- Oui ?
- Il faut que je te dise quelque chose.
- Oui ?
- On t'a menti.
- Arrête Mathias, je t'en supplie, arrête.
Il a fait disparaître ses mains dans les siennes, comme pour protéger un oisillon tombé du nid.
- Henri et toi, ça n'existe pas.
Alice est restée muette. Ce qu'elle comprenait lui clouait le bec. Il y avait les anecdotes, toutes ces choses qu'il savait sur elle. Ajoutées à son intuition, à ce sentiment de déjà-vu ressenti place Sainte-Marthe et à ses rêves mystérieux qu'elle faisait, elles permettaient d'expliquer beaucoup. Son envie souterraine et irrépressible d'aller vers lui par exemple ou ce sentiment de répulsion lorsqu'elle s'était allongée aux côtés d'Henri, le premier soir précédant sa sortie d'hôpital. La faute à l'amnésie avaient dit les médecins. Mais aujourd'hui, Alice suggère autre chose : ses souvenirs ne se sont pas volatilisés. Les événements n'ont simplement jamais eu lieu.
- Henri m'a menti...
Mathias s'est accroupi près d'elle en faisant craquer les planches.
- Alice, il dit, regarde-moi.
Elle lève lentement la tête et il saisit délicatement son menton.
- Qu'est-ce qu'il t'a dit ?
Elle déglutit avec peine.
- Que je vivais avec lui avant mon accident.
- C'est faux Alice.

Il se lève, appuie son front sur la croisée de la fenêtre. Il tire une cigarette de son paquet, ferme les yeux, fume sans bouger. La vitre se teinte de buée à mesure qu'il recrache la fumée, fonce encore quand il se met à parler, comme une seconde couche de peinture grise.

- Au départ, il dit, Henri était ton colocataire. Tu lui louais la chambre du haut. Quand ta mère est tombée malade, tu es redescendue dans la région pour t'occuper d'elle. Tu cherchais un logement pas cher, t'as cherché sur Internet et c'est comme ça que tu es tombée sur l'annonce d'Henri.

- Mais il n'y connaît rien à Internet !

Ses épaules remuent, secouées d'un rire bref.

- Riton, c'est un malade Alice. A Aiton, il est venu me dire que tu n'avais pas survécu à ton accident !

- Je ne comprends pas...

Il se retourne, la considère un instant avec ses yeux clairs, comme pour mieux lui faire comprendre, par le regard. Il tire nerveusement sur sa cigarette et elle entend distinctement le petit crépitement à mesure que la cendre diminue. Il garde tellement longtemps la fumée dans ses poumons qu'elle se dit qu'il l'a oubliée, accaparé par de nouvelles pensées insondables. Finalement, il la recrache devant lui, dans un long soupir, une sortie d'apnée.

- Moi non plus, si tu veux savoir, je ne comprends pas...

Il mord dans son poing. Elle n'est pas sûre mais elle jurerait que c'est pour repousser une montée de larmes. Quelques secondes passent avant qu'il ne se décide à bouger, à ôter sa casquette, éponger son front en sueur. Quand il se tourne vers elle, ses yeux sont brillants.

- Je ne comprends pas comment j'ai pu en arriver là.
- De quoi tu parles ?
- De ça, de tout...

Il termine sa phrase d'un geste vague.

- Alice ?

- Oui ?
- Ferme tes yeux.
Elle hésite.
- Ferme tes yeux je te dis.
Elle obéit.
- Tend ton bras.
Il tremble un peu.
- Arrête de trembler.
- Je peux pas.

Il retrousse sa chemise ample, effleure le biceps mou de l'index. Elle ferme les yeux pour résister à la morsure de la caresse.

- Détends-toi, il dit. Tu me dis « stop. »

Son doigt descend. Malgré elle, Alice pense à une barque qui navigue doucement, remonte un peu, tournicote.

- Stop.
- Raté.

Ses yeux s'agrandissent sous l'effet de la panique, elle a fauté, une fois de plus. Mais non, il sourit, appuie son doigt à la saignée du coude.

- Tu vois : tu te souviens. On jouait à ça tout le temps.

Elle plaque sa paume à l'endroit de l'index, comme piquée par une abeille, gommer le parcours du doigt oui, effacer cette scène de sa mémoire.

- Ça gratte, elle dit, en se frottant le bras.

Il reste un instant à l'observer, sourcils levés.

- Ça me fait de la peine tout ça tu sais. Bon. J'y vais.

Restée seule, Alice cache ses yeux derrière ses mains.

Comment imaginer qu'elle a pu partager son lit avec cet homme ? A t-elle caressé d'un souffle amoureux ses paupières vibrantes de sommeil ? A t-elle pu tapoter les veines de ce cou en tension, apaiser ses nerfs pour calmer le débit de ces gros rouleaux de sang qu'elle voyait littéralement avancer sous sa peau il y a deux minutes ? Difficile de croire qu'un jour, elle a été cette musicienne aux cheveux longs, souriante et porteuse de robes. Cette pensée-là lui donne le vertige. Où est cette femme ? Est-ce elle qui se glisse dans sa peau lorsqu'elle chante dans sa salle de bain ? Etait-ce elle qui se trouvait aux commandes de son inconscient lorsqu'elle est allée se fourrer dans la gueule du loup à Nanterre ? Ou lorsqu'elle avait rencontré cette Rebecca Clarke Bellisson ? Soudain, en un balancement de cloche, son point de vue change de bord, éclaire l'évidence. Pourquoi est-elle devenue visiteur de prison ? Plus que jamais, cette histoire de reportage lui apparaît comme une excuse fabriquée. Pour elle, pour les autres. A moins qu'elle ne soit qu'une partie de la croûte épaisse formée par le temps et l'absence, une croûte recouvrant des sentiments indicibles, tapis sous la vase, difficiles à débusquer. Des sentiments si lointains qu'elle a fini par croire à un discours inventé de toutes pièces, plus pratique, plus accessible. Si enfouis qu'elle a réussi à oublier l'unique raison qui l'a poussée à devenir visiteur de prison : se rapprocher de lui. Elle se rapprochait physiquement, s'éloignait mentalement. D'une part, elle « décidait » d'être amnésique, construisait un barrage mental au flux des souvenirs, et de l'autre, elle prenait des petites routes pour contourner sa propre construction mentale, utilisait des manières tortueuses pour accéder aux souvenirs.

Mais pourquoi ce barrage ?

Alice regarde droit devant elle. Elle ramasse un brin de paille et le rompt solennellement. Elle le sent, l'occasion de se découvrir enfin lui tend les bras. Savoir d'où lui viennent ces peurs d'escaliers. Briser les barricades qu'elle a dressées.

En somme, elle est au pied du mur.

Et quelque chose lui dit que c'est l'heure.

Le verrou mental doit sauter.

23

Ces souvenirs peu glorieux le liquéfient. Henri ne tambourine plus. Il observe la baguette qu'il vient de lâcher rouler sur sa partenaire, finir sa course dans la pliure du cahier. Il les fixe un moment, immobile, et voit dans ces bouts de plastique inutiles, orphelins de leur instrument, le reflet de sa propre médiocrité. Il voudrait pleurer pour laver ses pêchés, se prouver qu'il est encore un homme. Mais les larmes espérées ne viennent pas. Son corps dit « non. » Il fait barrage à ce refoulement qu'il considère sans doute comme trop facile.

A une époque pourtant, il avait su mouiller l'oreiller de larmes sincères. Après l'accident, avant qu'il ne fasse chambre à part avec Alice, il avait eu, en certaines occasions, le bonheur de se réveiller avant elle et il avait pu alors la dévorer du regard, un coude enfoncé dans l'oreiller, les yeux humides d'un bonheur si longtemps empêché. Tandis que les volets en bois laissaient filtrer les timides rayons de ce soleil d'hiver, il écoutait sa respiration régulière se mêler aux pépiements espacés des premières grives réveillées. Il était le plus heureux des hommes. Ce moment magique justifiait toutes ses angoisses. Il récompensait les efforts d'une vie. Après avoir éprouvé ça, on pouvait mourir.

Mais aujourd'hui ?
Peut-il envisager de disparaître sans qu'elle sache ?

Vers dix-sept heures, en sortant de la bibliothèque, après une journée passée à se ronger les sangs, il s'est décidé à passer chez elle muni d'un « je passais juste faire un petit coucou » guilleret et sympathique, préparé à l'avance, répété plusieurs fois de suite dans sa tête sur tous les tons possibles, pour le cas où elle aurait eu l'idée de rentrer. Mais l'interphone s'est entêté, sonnant dans le vide une trentaine de secondes et il est monté. Il a ouvert avec le double des clés qu'elle lui avait laissé et a farfouillé sans trop savoir quoi chercher, un signe peut-être, la trace d'une présence récente. Après tout, elle avait pu décider de rentrer chez elle après leur petite altercation de la semaine dernière, lorsqu'il lui avait proposé de descendre voir Louise. Prise de remords, elle avait pu vouloir se racheter de son comportement cavalier et réfléchir à la façon dont les choses pouvaient s'arranger entre elle et lui. Mais il rêvait. La fouille de l'appartement ne lui avait rien révélé. Son poisson flottait entre deux eaux, c'était tout. Une éclaircie tout de même, cet album photo, ouvert sur eux. En effleurant le film plastique qui recouvrait le *Polaroïd*, il a souri tristement. Alice faisait l'idiote au premier plan. Elle s'était fabriquée une moustache en ramenant une mèche épaisse de ses longs cheveux sous ses narines. Lui lisait sur le lit. Elle avait pris la photo à bout de bras, à son insu, après qu'ils soient enfin parvenus à faire l'amour. Elle s'était plainte d'avoir mal aux doigts à force de taper sur l'ordinateur. Ça tombait bien, il distillait l'un des meilleurs massages de doigts de toute la Savoie. Ah oui ? Et oui. Il l'avait allongée sur le lit et, patiemment, avait épluché ses vêtements, sa chemisette, son pantalon en cuir et ses socquettes. Il avait regardé son sourire béat de plaisir s'écraser sur l'oreiller. Elle avait rouspété un peu, pour le jeu, s'étonnant qu'il faille se dévêtir ainsi pour se faire masser les doigts. Lui avait insisté. Il avait dit « si si, je t'assure » et développé des arguments improbables : « c'est important, les énergies négatives logées dans les pouces remontent le long du corps. C'est une méthode chinoise très ancienne. » Devant tant d'érudition, Alice avait feint l'étonnement, poussé des « Ah ! » admiratifs et laissé ses caresses vaincre sa mince résistance. Il avait posé ses lunettes sur la table de nuit et obtenu l'autorisation de baiser la cuvette de son dos puis de remonter, par petites touches successives, jusqu'à l'intérieur de son cou, son endroit sensible. Elle avait cédé alors, paupières closes, et, cette fois, il l'avait eue pour lui.

Henri avait soufflé un baiser sur le film plastique protecteur et était rentré chez lui mort d'inquiétude. Et ce SMS, reçu il y a une heure, après ses huit appels laissés sans réponse, n'a fait qu'augmenter son tracas. Elle était chez une copine... Quelle copine ? Depuis quand Alice avait des copines ? Il l'a relu trois fois avant d'aboutir à la conclusion que, non, vraiment non, cette façon de faire, ça n'avait rien de son Alice. Quelqu'un avait dû usurper son identité, s'emparer de son téléphone.

Mais non et non. Henri Dupraz ne laissera pas passer ça. Un vent de rébellion souffle en lui. Il se lève d'un bond et arpente la pièce en réfléchissant. Il est bien décidé à remuer ciel et terre s'il le faut. Mais que faire ? Le manque de solutions fait retomber le vent aussi vite qu'il est arrivé. Il s'écroule lourdement dans son fauteuil en cuir, face au secrétaire. A peine assis, il entend la voix rieuse d'Alice se moquer de lui : « Financier ! » l'accuse t-elle en brandissant son petit poing. « PDG ! Exploitant ! », précise t-elle en désignant les gros accoudoirs en cuir. Malgré tout, ces insultes imaginaires lui rendent un sourire. Un sourire triste et fatigué mais bel et bien là, affiché, visible dans le reflet de la vitre. Et en tournicotant dans son fauteuil, de gauche à droite, il en conclut qu'il n'est vraiment bon à rien. Il pense à ses pointes de pied collées au sol, à ses talons en l'air qui bougeottent dans un ballet minimaliste et synchronisé et se dit que ça aussi, elle aurait aimé. Son sourire s'efface à la vision de son ordinateur assoupi sur la nappe du salon. Il jette imperturbablement sa lueur de veille, ce point lumineux, paisible et intermittent. Il glisse sur ses roulettes, se propulse jusqu'à la table et soulève l'écran. La bête endormie se réveille dans un petit bruit de court-circuit. Sourcils froncés, il navigue sans la moindre hésitation. Il relit l'historique de *Firefox* ligne par ligne, pour la troisième fois cette après-midi. Il a dû y avoir une erreur, ce n'est pas possible autrement. Mathias Krüger n'aurait jamais dû apparaître sur la toile. *Reputation Defender*, l'entreprise américaine qu'il avait payée une petite fortune pour éliminer les traces digitales laissées par Mathias, avait mal travaillé. Alice n'aurait jamais dû le retrouver.

Henri recule, roule sur le parquet dans une position de penseur, le coude dans une paume, l'index en travers des lèvres. Et si Alice l'avait vraiment retrouvé, physiquement ?

- Allons Henri...

Il émet un rire un peu trop sonore pour être complètement sincère. Il note qu'il vient de se parler à haute voix et que ça n'est pas très bon signe. Saisissant les baguettes d'un geste vif, il les range dans leur étui de velours, conscient de son stratagème de diversion. Il cherche encore quelque chose à faire, pousse l'abattant cylindrique du secrétaire qui coulisse à l'intérieur du meuble. Derrière apparaît un petit cahier de sudokus. Il commence une nouvelle grille. C'est ça qu'il lui faut. De nouveaux horizons, de nouveau défis à relever. Mais son stylo reste pointé sur une case vide. Impossible de se concentrer avec ce « et si » en tête. N'y tenant plus, il laisse tout en plan, décroche son vieux téléphone filaire accroché au mur. Il plante son index dans les trous du cadran à chiffres, dix fois de suite. Enfin, une tonalité tendue remplace les sonneries de dactylographe. Au bout de quelques secondes, un « allô » frêle retentit.

- M'man ? C'est moi.
- Ah mon pt'it gars...
- Dis-moi, personne n'est venu te voir dernièrement ?
- L'infirmière ?
- Quelqu'un d'autre. Un inconnu par exemple ?

- Un inconnu ?
- Excuse-moi m'man, je t'embête.
- Tu ne m'embêtes jamais mon p'tit gars. Tu viens me voir bientôt ?
- Bientôt m'man, bientôt.
Un éclair passe dans les yeux d'Henri.
- Au fait, tu mets toujours les lettres dans la boîte à sucres ?
- Voui, comme tu m'as dit.
- Ah bon. C'est bien ça, c'est bien...

Henri essuie ses paumes trempées sur son pantalon en velours. Les lettres. Mathias essaierait de les récupérer un jour ou l'autre. Du pouce et de l'index, il caresse le bouc qu'il se laisse pousser depuis quelques semaines, pour lui plaire, se donner un air viril. Il est presque content de lui pour une fois, de la sagacité dont il vient de faire preuve. Le combiné coincé entre la joue et l'épaule, il tend le bras, pioche dans l'un des tiroirs secrets du secrétaire. Il en ressort un agenda à couverture dorée, qu'il ouvre sur ses genoux. Samedi, il ne travaille pas. Avec un peu de chance...

- M'man, que dirais-tu si je passais te voir demain ?
- Demain ? Ça me ferait plaisir mon grand.
- Et bien on dit demain alors.

Mais une heure plus tard, Henri est déjà parti. Et ses mains glissent beaucoup sur le volant en cuir de sa *BMW*.

24

Le bec posé sur la lèvre, la bouche entrouverte, elle attend sa partie, les doigts en lévitation au-dessus des clés, elle est bien concentrée, elle sait que c'est à elle après le mot « wand » mais zut, elle manque le début et c'est un son de canard qui vient tout gâcher alors qu'elle pensait connaître la partition sur le bout des doigts, depuis le temps qu'elle répète le morceau, mais il faut croire que non, le travail ne suffit pas, laissons tomber, reposons l'instrument, et puis non, essayons, qu'en penses-tu toi qui es là à me juger, il a bien un avis Monsieur le juge, si, on continue, bon bah alors on continue, mais attends, je vais faire autre chose, je vais m'avancer dans le salon, m'approcher de l'halogène et presser des clés au hasard, je vais me faire plaisir pour une fois, pas de contrainte de tempo, tu vas voir que, allez, appuie sur le bouton de la chaîne hi-fi s'il te plaît, je vais jouer sans souffler, ce sera comme dans un rêve, je vais faire semblant, ah ça y est, voilà la chanson, j'accompagne Tom Waits et son chapeau sur le côté, je joue juste et sans forcer, tout à l'économie, dans un style dépouillé qu'un Miles Davis, de passage à Paris, bonsoir Miles, aurait apprécié, n'est-ce pas mon cœur que c'est dépouillé, c'est très dépouillé ma chérie, allez, c'est à moi, je m'élance, je prends la lumière, un journaliste est dans la salle, il a l'œil, ce journaliste, il dit qu'il sait reconnaître un talent quand il en voit un, cette Alice Grimandi, oui, il va falloir compter avec elle dans le futur, je penserai à en faire mention dans mon article, c'est un homme influent, ce journaliste, il peut m'aider, donner un coup de pouce à ma carrière mais ça y est, la chanson est finie, j'éteins, on arrête de rigoler, ce soir, je te fais ta soupe au potiron mon amour.

25

Elle dirait trois heures du matin.

Elle ferme les yeux pour séduire le sommeil, se rendormir et disparaître quelques heures encore. Elle pense qu'elle va se réveiller demain matin et que tout sera comme avant, la douche de soleil sur le parquet, les pigeons qui roucoulent dans la cour et la douce voix de *Fip* qui annonce les bouchons. Mais un hululement de chouette la réveille officiellement. Elle rouvre les yeux, devine par la fenêtre ouverte un bleu profond, altéré par le halo de la pleine lune. Dehors, la nuit vibre du petit chant régulier des grillons. De temps en temps, Alice entend le vent balayer la terre. Il semble nettoyer sa peau, la préparer à une nouvelle journée de soleil. Elle est jalouse. Elle aussi veut du vent. On étouffe ici. D'un geste ample, elle écarte la couverture de trappeur canadien sous laquelle elle s'est réfugiée hier soir. Puis elle déboutonne sa chemise blanche imprégnée de sueur et libère ses seins de l'emprise de son soutien-gorge crasseux. Elle soupire d'aise, avide de la moindre parcelle de liberté. Un test des sourcils fait bouger ses oreilles, l'assure que son corps répond bien.

De l'air.

Elle déplie son corps, avance à cloche-pied jusqu'à la fenêtre ouverte. Elle reste là quelques secondes, les yeux fermés, à apprécier le souffle tiède qui caresse les pentes douces de ses petits seins. Au-dessus d'elle, elle devine les taches floues et minuscules des étoiles. A chaque fois qu'elle revient dans la région, elle réalise que les étoiles existent. A Paris, elle ne lève jamais la tête. Il n'y a rien à voir. La ville avale les étoiles en même temps qu'elle dilue l'humilité de ses habitants. On peut se croire intouchable à Paris. On oublie les étoiles, la juste distance de notre rapport à la terre. Les poulets des centres commerciaux semblent sortis des mêmes machines qui les emballent et les lieux de fête méprisent le cycle naturel du soleil. A Paris, on oublie notre misérable condition d'être humain et il faut des cyclones ou des tsunamis pour nous la rappeler. Ou bien aller à la campagne et observer les étoiles. Alice se demande s'il existe un endroit où les observer à Paris. A Montmartre peut-être ? Quand elle rentrera, elle ira à Montmartre. Mais dans combien de temps ? Quand réalisera t-on qu'elle a disparu ? Comment sortir d'ici ?

Il doit bien y avoir une issue quelque part. Elle se tape les deux joues pour se motiver. A quatre pattes, elle s'approche du vide et risque un coup d'œil. En contrebas, le bâtiment anarchique formé par les ballots de paille baigne dans une atmosphère de lune pâle. Ils sont trop loin pour pouvoir être atteints en sautant. Sur la gauche, sous l'espace mansardé, elle distingue le bric-à-brac que Mathias a évoqué hier matin. Les mains à plat sur le sol, elle s'y traîne en marchant sur les genoux. Déconcertée par la rapidité de son déplacement, sa fulgurante adaptation au milieu, elle se fige un instant, l'air d'avoir rêvé, enfant sauvage, prisonnière d'un corps qui n'est pas le sien, puis elle envoie sa main au hasard. Des toiles d'araignées s'agglutinent autour de son poignet à mesure qu'elle déplace les objets avec une moue écœurée. Elle a l'impression de plonger son bras dans une amphore remplie de bestioles visqueuses. C'est comme si sa main pénétrait dans un manoir hanté. Elle trouve de tout : une brouette, des cagettes de légumes, une luge, un banc, un boulier, un néon qui gerbe des fils électriques, un morceau de tuyau d'arrosage, une tondeuse, tout un tas d'appareils ménagers. Rien qu'elle puisse utiliser pour sortir d'ici mais un arsenal d'armes potentielles.

Du primitif. On en est là.

Alice met de côté la mallette qui la gêne afin de dégager la planche coincée dessous. Elle s'arrête régulièrement pour porter ses mains au visage, étouffer les éternuements provoqués par le nuage de poussière qu'elle soulève. Une fois extraite, elle palpe son arme de destruction massive. Elle sent la couche de poussière sous ses doigts sûrement très sales, les vieux clous rouillés et l'emballage cadeau de toiles d'araignées. Hormis ses détails de forme, la planche semble faire un bon gourdin : assez légère pour être rapidement soulevée, assez robuste pour ne pas casser. Satisfaite, elle la glisse sous son matelas et s'emploie à effacer ses traces. Au moment de remettre la mallette en place, elle s'interrompt, intriguée par la sensation qui lui traverse le corps. Est-ce cette valisette qui lui procure ce frisson ? Elle passe lentement sa main sur la paroi empoussiérée, confirmant que la sensation ne lui est pas étrangère. Elle place ses paumes dans les coins froids recouverts de métal, lit la petite plaque, au milieu de la valisette : « *Selmer*, Paris. » Elle dit tout haut :

- Selmer, Paris.

Elle pose la mallette à plat, soulève les deux fermoirs métalliques et l'ouvre religieusement. A l'intérieur, moulé dans une robe de velours probablement rouge foncé, un saxophone repose en plusieurs parties.

Elle sort délicatement l'instrument de sa boîte, retire le plumeau fourré dans le pavillon. Passé dans l'œsophage du corps tronçonné, un objet métallique heurte les parois cuivrées. Elle tire sur le chiffon sale attaché à la ficelle et s'aperçoit qu'un plomb leste l'autre extrémité pour former un ingénieux système de nettoyage. Son doigt caresse le bord effilé du pavillon et elle presse les clés à blanc, se délectant du « poc » discret émis par les tampons en cuir recouvrant les orifices. Les brillances de lune, sur le cuivre, la laissent songeuse : la sensation est familière. Elle visse le bec, se met debout. Chancelante, elle passe la sangle derrière sa nuque, cale le bas du bocal contre l'aine. Elle considère un instant le bec en ébonite, semble hésiter, pas très sûre du monde dans lequel elle s'apprête à pénétrer, puis se lance, prend l'instrument en bouche, souffle. *Dire « tu » avec la juste raideur de lèvres, sans forcer.* Elle ferme les yeux, se concentre sur ses sensations, devinant qu'il se remue quelque chose de trouble en elle. Le son sort mal, un couac, deux ou trois notes hideuses. D'instinct, elle dévisse le bec, extrait l'anche raide qu'elle porte à sa bouche. Elle fait ça sans réfléchir. C'est la chose à faire, c'est tout ce qu'elle sait, une question de vibration peut-être. Humidifié, elle remet le morceau de roseau en place, revisse le bec et souffle à nouveau. Le son hoquète, capricieux, difficile, puis le sax se lance, comme une vieille dodoche qui n'a pas roulé depuis longtemps. Une note grave et veloutée se stabilise dans l'air. Alice prend de l'élan et souffle encore, respirant par le nez, fermant les yeux maintenant, automatiquement. En elle, une colonne d'air se matérialise. *Tout doit partir d'en bas.* Elle souffle. Le son s'installe de nouveau, pur et long comme une corde tendue. Elle laisse faire ses doigts qui s'installent sur les clés, les pressent par deux ou par trois, envoyant en l'air des couleurs invisibles. Elle ouvre la bouche à demi, reprend de l'élan et souffle encore, souriant à l'intérieur. Ses doigts bougent, elle joue. Les notes duvetées, puissantes et rassurantes, caressent le dos de la nuit comme un revers de main prévenant. L'air est lent, envoûtant, quelque chose, encore une fois, de vaguement familier. Alice insiste sur une note qui semble faire articulation. Ses doigts se débrouillent, pressent les clés justes. Un souffle long, deux brefs, un long à nouveau. Et on tient. Elle répète cet enchaînement plusieurs fois de suite, se demandant par quel miracle elle parvient à jouer. A moins qu'il n'y ait pas de miracle. A moins qu'elle ait réellement appris ce morceau un jour. Elle essaye de ne pas trop penser à ça et s'oublie dans la musique, on analysera plus tard. Elle relâche ses muscles et le son sort clair et droit, plein d'air, sans rencontrer d'obstacle. Maintenant, elle bat lentement la cadence de son pied valide, sentant de mieux en mieux l'instrument entre ses mains. Elle joue, se penchant légèrement en arrière, le bassin en avant lorsqu'elle manque de souffle, pliant les genoux, arrondissant le dos quand elle se sent en confiance, offensive et sûre de sa mélodie. Les pieds rentrés vers l'intérieur, en recherche permanente d'équilibre, elle tourne en boucle les phrases du thème de jazz dont elle vient d'accoucher. C'est simple, répétitif, mais elle ne s'en lasse pas. Elle pourrait jouer ce morceau pendant des heures.

Aux premières douleurs dans la nuque pourtant, elle pose l'instrument sur le matelas. Qui joue ? D'un geste hésitant, elle effleure sa lèvre inférieure, pose une main derrière sa nuque. Elle connaît cette douleur. Il lui semble qu'elle est assaillie de toutes parts, encerclée de vieux démons qui demandent des comptes. Quelle étrangère habite ce corps ? A qui sont ces mains qu'elle observe avec défiance maintenant, les pupilles dilatées, la bouche ouverte, se reculant sur un pied, s'appuyant sur le mur d'une main frêle ? En un éclair, le discours d'Anaïs Clerc lui revient en mémoire, comme les paroles d'un oracle : « en dehors du système limbique, il existe un autre système de formation de la mémoire, situé dans le cerveau antérieur, probablement dans le striatum. Dans ce système, la formation de la mémoire ne s'effectue pas de manière cognitive mais naît d'une réaction à un stimulus. Pour simplifier, disons que ce système est fondé sur l'habitude. C'est grâce à lui que des patients touchés par des amnésies rétrogrades totales peuvent généralement se souvenir de certaines choses basiques comme faire leurs lacets ou se servir d'une fourchette. Ces informations sont stockées dans ce système. Comme si le corps se souvenait en quelque sorte, vous comprenez ? Il se peut très bien que vous recouvriez certains de vos souvenirs grâce à ce système, par un stimulus inversé. Gardez une attention particulière à vos faits et gestes, il est possible qu'un jour, vous ayez des surprises. »

Voilà. C'était ça, des surprises. Son corps avait tout vu, tout entendu. Il attestait que Mathias disait la vérité, que Henri la lui cachait.

Allongée sur le matelas, Alice ne dort pas. Elle a du mal à imaginer Henri endosser le costume du Grand Affabulateur. N'est pas mythomane qui veut. Pour mentir, il faut de la carrure, un certain aplomb qui lui fait complètement défaut. A moins qu'elle ne se soit trompée sur son compte. Après tout, elle aussi se découvre différente, plus complexe, plus complète, loin de l'image de chapelle froide qu'elle peut renvoyer. A l'époque, elle n'a eu d'autre choix que de s'enfermer dans un bunker. Comment vivre sinon ? Mais aujourd'hui tout vole en éclats. Ces indices du corps et de l'esprit, ses rêves et ses peurs d'escaliers, autant de galets semés par sa mémoire pour l'aider à retrouver son chemin.

Et Henri ? S'était-il perdu en route lui aussi ?

26

Mathias lisait Lacan quand c'est arrivé.

Il n'est pas spécialiste. Il lit à sa manière, sans marquer beaucoup de respect pour l'œuvre, d'une seule main, la première de couverture rabattue sur la quatrième. Il saute des chapitres entiers. Ce qu'il cherche, c'est une phrase-clé, une phrase qui fait « tilt » et qui, soudain, allume l'interrupteur, éclaire les tréfonds de sa propre psychologie.

Patrice l'avait installé dans ce qu'il considérait comme sa chambre mais dont la décoration portait encore sérieusement la marque de Marguerite, l'ancienne propriétaire. Il y régnait une odeur étrange, entre naphtaline et sinsémilla. La petite balance électronique de Patrice prenait la poussière dans un carton posé au sol. C'était toute une époque cette machine. A Nanterre, Patrice s'en servait pour peser studieusement son herbe. On pouvait lui parler, lui poser des questions, il demeurait imperturbable. Il répondait sans un regard, complètement accaparé par son travail d'orfèvre-herboriste. Ses longs doigts osseux posaient sur la surface miroitante « ces petits morceaux de brocolis », comme il les appelait. Inlassablement, il piochait dans des sachets zip sur lesquels était soigneusement précisée la provenance de la marchandise, inscrite au marqueur noir. C'était quelque chose de le voir déposer ces tiges une à une, puis de s'arrêter, de guetter patiemment les chiffres digitaux qui finissaient par se stabiliser, et de piocher à nouveau, encore et encore. Il aurait pu faire ces opérations pendant des heures. Quand finalement le poids désiré s'affichait, c'était toujours une satisfaction immense, une joie sincère qu'il ne cachait pas. Ses lèvres découvraient alors un long sourire et il roulait un joint pour récompenser l'effort fourni.

Aujourd'hui, la machine est au musée. Il ne vend plus. Il cultive simplement pour sa consommation personnelle, un petit carré de chanvre derrière la volière. D'ailleurs, il n'a probablement ni le temps ni l'envie de vendre quoi que ce soit d'autre que ses prunes, ses pommes et ses poires.

C'est drôle ça, les vieux réflexes. Mathias était entré dans cette chambre et sans s'en apercevoir, il s'était retrouvé à faire son petit tour d'inspection comme au bon vieux temps. La chambre mesurait dix mètres carrés mais peu importait : il examinait, touchait, déduisait. Comme à Aiton, la première fois qu'il avait mis le pied dans sa cellule. Comme pendant ces trois années d'errance à vivre chez les autres. A peine entré, son œil scannait la pièce comme au jeu des sept différences. Il avait vite repéré les micro chamboulements produits par l'arrivée de Patrice, *l'Equipe* sous le pot de chambre, les raquettes de de ping-pong dans le carton, le fanion *PSG*, suspendu au crucifix.

Il s'était dirigé vers la bibliothèque et, entre les livres de botanique, les cartes de la région et les romans de vide-grenier, avait choisi un traité de Lacan sur la paranoïa. Qui de Marguerite ou de Patrice l'avait glissé ici ? Mystère... Il mit une option sur Patrice, tira sur la tranche du livre, s'allongea sur le lit. Il y avait bien longtemps qu'il ne se déshabillait plus avant d'aller se coucher. Les lits étrangers, sa cavale et les maisons d'arrêt avaient transformé ses nuits en salles d'embarquement. Il se tenait toujours prêt à partir. Pour l'aider à trouver le sommeil, le médecin de l'hôpital de Fresnes avait eu la bonne idée de lui prescrire des somnifères qu'on lui glissait tous les matins sur un plateau en fer, après le courrier. C'était présenté comme quelque chose de complètement naturel, compris dans la peine de prison. On vous servait des pilules avec le café, en remplacement des tartines. Il était ressorti de là complètement accroc. Dehors, son médecin refusa de les lui prescrire et il dut se fournir sur Internet via des sites américains moins scrupuleux. Aujourd'hui, si l'effet produit est quasiment nul, l'addiction psychologique est telle qu'il ne peut plus s'en passer. Pour s'endormir, il comptait donc davantage sur Lacan que sur le troisième *Stilnox* qu'il venait d'avaler. De toute façon, il sentait que cette nuit, il n'y arriverait pas. Le matelas était trop mou, ça tournait trop vite dans sa tête. « Comment a t-elle pu oublier ? Comment ? » Cette question remplaçait la phrase qu'il lisait en boucle depuis cinq minutes. Rarement l'idée qu'il puisse retourner en prison ne l'effleurait. Si elle pointait le bout de son nez, il la reléguait bien vite dans des tiroirs fourre-tout où il rangeait les dossiers délicats. Il ne pouvait imaginer un seul instant retourner vivre cet enfer.

Et puis ce bruit, à l'extérieur. Il a d'abord cru qu'il venait du couloir. Par habitude, il guettait de ce côté-là. Il avait laissé la porte ouverte et entendait distinctement les coups de revolver du western que regardait Patrice sur son PC portable. Allongé sur le matelas où Alice avait dormi la première nuit, dans la chambre en travaux, il rigolait tout seul. Mathias n'en revenait pas qu'on puisse se bidonner autant tout seul et, qui plus est, devant un western. Mais sitôt la provenance du bruit identifié, Mathias s'est rué à la fenêtre.

Il a éteint la lampe de chevet, scruté le paysage rongé par la nuit. Il voulait que ses yeux s'habituent vite à l'obscurité et les plissait, pour accélérer le processus. Au bout d'un moment, Alice lui est apparue. Mains dans les poches, contemplant la lune poitrine nue, cou tendu vers les étoiles. Il a mis du temps à se remettre. Finalement, il a ouvert le couvercle de la boîte en gaïac que lui avait fabriqué Patrice et a choisi un fusain potable, pas trop entamé. Dans la cour de Fresnes, Serge lui avait confié un jour qu'il avait eu la chance de voir de très près une aurore boréale lors d'un voyage en avion. C'était un long-courrier, tout le monde dormait, sauf lui. Il avait eu le sentiment d'être en tête-à-tête avec la beauté. Mais quelques heures plus tard, redescendu sur terre, coincé sur le périphérique extérieur, entre Porte de Clignancourt et Porte de Saint-Ouen, il avait regretté de ne pas avoir d'appareil photo. Mathias pensait à ça en faisant siffler le fusain sur le papier *Canson*. Lui ne raterait rien. Il était décidé à faire tomber sur elle la lumière qu'elle méritait. Mais Alice a fait un pas en arrière et ses plans sur la comète se sont effondrés. Elle avait disparu. Perturbé, il a levé son fusain, attendu que son modèle réapparaisse. Il est resté comme ça dix minutes, sans bouger, avant qu'elle ne revienne en musique. Il a posé son calepin alors, s'est mis debout en disant : « c'est pas vrai » et a mordu dans son poing.

- Elle joue, il a dit.

Il est resté debout à écouter, comme pour l'hymne national. Des notes trébuchaient dans la nuit.

Dieu sait comment la mallette *Selmer* s'était retrouvée là-haut mais Alice rejouait et c'était le principal. Le thème de « Just Friends » se précisait. Dans sa façon de jouer, c'était comme si elle faisait du rangement. Elle déplaçait les notes, les remettaient à leur place tout en mettant à la corbeille celles qui ne servaient pas. C'était un peu cahotant, on sentait la machine rouillée, mais elle avait toujours le sens du rythme. Mathias l'encourageait en pensée maintenant. Allez... c'est ça ma douce, comme ça, ton petit doigt, sur le si bémol.

- Je préfère jouer un morceau « bien » plutôt que trente « mal. »
- Si tu le dis poupée.
- Et je suis pas ta poupée !

L'index tendu pour dire « gare à toi », elle le faisait jurer de ne pas la faire rire. Elle disait que c'était gênant pour souffler. Alors, il se cousait la bouche avec une clé imaginaire, la jetait par la fenêtre et écoutait en se faisant tout petit. Il trouvait du charme à tout, à son front plissé sous l'effort de la concentration, à ses doigts hésitants, à ses mimiques désolées quand elle produisait des fausses notes.

Oui, il en avait fait, des croquis d'aurore boréale.

C'était une nuit étouffante et Mathias s'est mis torse nu. Calepin en main, concentré sur le souvenir et la mélodie, les coups de fusain ont animé ses biceps, ses pectoraux et, au fur et à mesure que les lignes du dessin apparaissaient, il oubliait la musique alors même que c'était elle qui le plongeait dans cet état de créativité. Il la dessinait à l'oreille. Il travailla une heure en s'arrêtant de temps en temps, le nez en l'air, perdu dans des futurs fous. Il reprenait son ouvrage, soufflait sur sa mèche tombante, balayait d'un revers de main les cendres de cigarette tombées sur le croquis. Il était si pressé de la voir apparaître qu'il en cassa son crayon par deux fois. Il grogna un peu, garda son calme, en profita pour prendre du recul, juger son travail. Le bec du saxophone, les veines bouillonnantes du cou, c'était perfectible. Il estompa les lignes du pouce, les modifia.

Puis Alice a cessé de jouer. Il travailla encore une demi-heure avant d'exposer le dessin contre le pot de crayons de couleur, sur le bureau. Ça faisait très scolaire tout ça. Les yeux brillants, il est resté à la fenêtre quelques minutes encore et, debout, s'est épongé le front avec son tee-shirt jeté un peu plus tôt sur le lit. Il ne se sentait toujours pas fatigué. Le sommeil était là pourtant, en planque, logé derrière ses paupières, incapable de les traverser, d'irriguer ses membres. Il releva le réveil qu'il avait couché, regarda les aiguilles phosphorescentes avec inquiétude : 3h30. Elle devait dormir à poings fermés maintenant. Il n'entendait plus rien.

A la fin du morceau, il avait naïvement espéré un petit geste à la fenêtre, façon reine d'Angleterre, histoire de dire : « ça y est mon amoureux, j'ai retrouvé la mémoire. » Mais le carré de la fenêtre ouverte était resté noir. Alors il a un peu craqué, violenté l'armoire de famille qui n'avait rien demandé. Il a hurlé « putain » dans la foulée, de toutes ses forces, surtout pour lui, mais en détachant bien les syllabes, des fois qu'une oreille traîne. « Pu-tain », il a articulé, cette indifférence générale, ce comportement d'amnésique, ça n'était plus possible. Il a ensuite marmonné des insanités, dit que ça lui ressemblait finalement, de montrer ses seins à la fenêtre comme ça, et que si Patrice avait été là, ça aurait été pareil, parce qu'on ne changeait pas finalement, on avait beau, on ne changeait pas. Il a craché sa haine, son mal-être avant de s'éteindre, de se sentir bête ; parler aux murs comme ça, qu'est-ce que ça voulait dire. Il s'est excusé, trop tard il a pensé, c'était toujours trop tard. Il a dit « pardon », s'est convaincu que tout allait bien, qu'il était seul, qu'elle n'avait rien entendu. S'il devenait dingo, c'était la faute au sommeil qui se moquait de lui. Il s'est allongé quelques minutes, a repris ses esprits, essayé d'apprendre quelques noms d'oiseaux dans un livre d'ornithologie puis s'est relevé d'un bond pour aller dans la salle de bain, lancé par sa main qui bleuissait. Son reflet dans la glace lui a complètement fait oublier l'eau qui coulait. Patrice, réveillé par le raffut, a confirmé son impression en pyjama rayé.

- Mathias, il lui a dit, tu ressembles à un fantôme.
- C'est à cause d'elle Patrice : elle me tue.

Et l'eau a giclé sur son visage.

27

- Vas-y ! Cogne !
Cogne salaud !
Acculée au mur, il ne lui reste que ça, la provocation. Il lève la planche et elle se met en boule, protège son visage avec les mains.
Ces gestes d'auto-défense, tu les connais.
- Alors ? Qu'est-ce que t'attends ?
Sa petite voix minuscule porte toute l'énergie du désespoir. Elle se terre à l'intérieur d'elle-même. Elle attend. La sanction va tomber. Elle a froid, elle tremble, c'est l'ombre de Mathias qui doit la refroidir. Elle compte jusqu'à cent très vite, tente de faire abstraction des essoufflements rauques au-dessus de sa tête, qui s'éloignent on dirait, oui, ça marche les mathématiques. D'ailleurs, elle ne sait pas encore si c'est lié, mais une douce chaleur caresse ses paupières scellées. C'est un rayon de soleil qui donne le signal : la voie est libre. Elle ouvre un œil prudent en gardant ses doigts pour faire barrière, par sécurité. Mais non. Il est encore là. Il arme sa planche comme un joueur de base-ball et l'envoie dans l'espace vide devant lui. Elle traverse la grange, fait l'hélicoptère, disparaît sous la ligne du plancher pour s'écraser plus bas.

- Pourquoi Alice ? Pourquoi tu m'obliges à faire ça ?
Il descend à sa hauteur.

- Et viens là. Arrête d'avoir peur.
Elle agite la tête pour dire « non non non. »
- S'il te plaît, viens là.
Elle esquisse un mouvement.
- Plus près.
Relever la tête lentement maintenant, l'interroger d'un regard implorant. Ça y est, la voilà à quatre pattes, humiliée, résignée. Elle pensait avoir mis son corps hors tension mais un frisson la parcourt au moment où il pose son index, effleure sa lèvre.
- Ecoute-moi ma douce... Je vais pas te lâcher... Tu m'entends ? Je vais pas te lâcher. On est soudés toi et moi...
Sa caresse s'égare sur sa joue et elle doit faire un énorme effort pour garder les yeux ouverts. Elle résiste en serrant les dents, en se disant que ça, c'est un petit truc à elle qu'il ne peut pas contrôler.
- Je vais au marché, je te ramène quelque chose ?
Encore un « non non non » muet et puis voilà, il s'en va, les montants de l'échelle en bois se décollent imperceptiblement de la tranche du plancher. C'est sûrement sa dernière occasion de fuir qui disparaît avec cette échelle que Mathias soulève maintenant et jette au loin une fois le pied posé sur la terre ferme.

Bien sûr, si la planche avait atteint Mathias au crâne, elle serait libre à l'heure actuelle. Mais il a eu ce réflexe de boxeur, baissant la tête au dernier moment, esquivant le coup comme sur un ring. Le bout de bois lui a échappé des mains, est venu se briser net sur la charpente. Une hirondelle s'est cognée au plafond avant de repérer une lucarne, de plonger dans la lumière blanche. Elle s'en est souvenue par la suite, quand elle a reconstitué mentalement les circonstances de sa chute. Emportée par le poids de la planche, elle avait basculé vers l'avant, durci son corps pour atténuer le choc. Ses mains avaient fouillé l'air à la recherche d'une prise et c'est là qu'elle avait senti un frôlement d'ailes, juste avant de palper le vide sous ses pieds. Le temps d'apercevoir le flou d'un monticule de pierres cinq mètres plus bas et Mathias l'empoignait.

- Mais laisse-moi ! elle avait hurlé.
- Je te lâcherai plus.

A la force du bras, il l'avait hissée jusqu'à lui et ils s'étaient retrouvés l'un à côté de l'autrre, allongés sur les planches, essoufflés, dans une intimité forcée.

Adossée au mur, à l'intérieur de son demi-cercle d'immondices, Alice ôte une à une les brindilles de paille collées à son jean. Elle termine le travail de quelques tapes puis ramène prudemment les genoux sous son menton. Il est parti et elle se sent plus sereine. Elle pense à l'Américaine. Elle imagine mal les sujets qu'elle et Mathias ont pu aborder. Que lui racontait-il ? « Il voit sa petite amie partout... » et si... et si Alice changeait de cap ? Et si elle lui donnait ce qu'il désire ? Après tout, elle n'avait qu'à lever le petit doigt. Il suffisait qu'elle gagne sa confiance pour mieux la tromper. Il suffisait de s'immiscer dans son esprit pour y injecter des sentiments fabriqués. Elle deviendrait un peu machiavélique. Elle couverait sa vérité en secret pour lentement, très lentement, desserrer l'étau de sa vigilance, s'échapper.

Alice se compose un sourire. Elle veut voir si elle est capable, endosser ce rôle de femme aimante. Les commissures s'étirent difficilement. Mais peu à peu, un sourire éclaire son visage creusé par les émotions des dernières heures. C'est un sourire d'amoureuse fatiguée qu'elle donne, pas tout à fait comme dans le poème d'Eluard, mais assez ressemblant pour que l'illusion soit parfaite.

28

Depuis le début, Patrice sait ce qui se trame.
Il y a deux nuits, il a croisé Mathias dans tous ses états.
Avant-hier, il a vu et entendu Alice appeler à l'aide.
Et, aujourd'hui, il s'est vu interdire la grange.
Sa grange.
Sans compter les précédents, à Fresnes d'abord, au parloir où il écoutait Mathias parler d'elle avec ce grain de folie dans les yeux. Et avant, bien avant, en 2005, quand il habitait encore Nanterre et qu'il était descendu à La Vernaz pour faire la surprise. Il s'était fait mettre à la porte, sa guitare sur le dos, soi-disant que ce n'était pas le moment. C'était l'époque où, pour un rien, Mathias se mettait dans des états pas possibles. L'époque où il l'appelait en pleurs, s'insultant, menaçant de se flinguer dans l'heure. Il ne pouvait pas comprendre, il disait, mais il faisait beaucoup de mal à Alice et à lui-même. Il avait le diable au corps et tout ça allait mal finir. Il était pressé qu'on le coffre parce que c'était la seule vraie bonne solution avec lui, l'enfermer, le priver de liberté. Il était dangereux. Plusieurs fois, il était parti de son propre chef mais, au bout de deux jours, il devenait dingue, il avait besoin de l'appeler, de savoir où elle était, ce qu'elle faisait, avec qui, comment, où, pourquoi. Et alors tout recommençait, il ne savait plus qui il était, il devenait incontrôlable et cognait, passant d'un excès à l'autre, insistant lui-même pour passer la pommade sur ses bleus, rampant à ses

pieds comme un chien, réclamant des coups pour rétablir l'égalité, pleurant, geignant, s'humiliant.

Parfois, Patrice pensait qu'il exagérait. Il raccrochait, se disait qu'il faudrait faire quelque chose quand même. Puis il laissait passer deux jours, repensait à la conversation, mettait leur amitié de quinze ans dans la balance et se rassurait avec des phrases toutes faites. Tout allait rentrer dans l'ordre, il ne fallait pas s'en faire.

Mais au fond de lui, il savait. Il mentait. A lui-même, aux autres.

Après l'incarcération de Mathias, il n'était pas allé parler à Alice comme son ami le lui avait demandé.

A vrai dire, il fuit ses responsabilités depuis longtemps.

Les yeux fermés à demi, plongé dans une semi-conscience, il chasse lentement la fourmi tombée de l'arbre, qui grimpe maintenant sur son avant-bras. C'est un repos bien mérité après tout. Il vient de tondre le verger, un peu à l'écart de la ferme, et ça sent bon l'herbe coupée. Son râteau l'attend, posé à l'envers contre un des pommiers qui supporte le hamac, et c'est bien comme ça. Il prend le temps. Sa main passe par-dessus bord, en dehors du lit suspendu, et donne une petite impulsion sur le sol. Le hamac se balance doucement. Sous ses fesses, le sommet fragile d'une motte d'herbe s'écroule, le taon posé sur son jean sale s'envole. Voilà la vie, il pense, l'herbe coupée, les taons qui s'envolent. Et un sourire béat efface ses pensées coupables. De l'index, il tapote le long cône d'herbe superbement roulé, le pose au milieu de sa grosse lèvre inférieure, tire longuement dessus. La fumée recrachée monte au-dessus de lui en un épais nuage, aussitôt dissipée par une brise légère.

- Patrice !

On le dérange. Bon. Il se redresse, force sur ses abdominaux. Les coudes osseux plantés dans le tissu souple du hamac, il observe en contrebas, distingue la silhouette rustaude du docteur Champenoix. Et immédiatement, il sait que quelque chose cloche. Il est 17h30 et, à cette heure-là, le doc est devant la télé. Pour rien au monde, il ne raterait une étape. Depuis 2003, tous les ans, il fait le tour de France en même temps que les coureurs, sur son vélo d'appartement. Il règle sa machine en fonction des difficultés du jour et roule bandeau au front à la Fignon, maillot jaune sur le dos, pressant le ventre de sa bouteille *Coca-Cola* de temps en temps pour s'hydrater. *France 2* allumé, *RTL* pour les commentaires en appoint, il pédale. Pour l'instant, il n'a jamais fini dans les délais impartis mais il s'améliore de tour en tour. Quand il a commencé, il scindait les étapes en deux, finissait fin juillet alors que certains coureurs étaient déjà partis sur les critériums. L'année dernière, il avait abandonné. Mais cette fois, il n'a rien laissé au hasard. Il a soigné la préparation. Course à pied toute l'année, repérage des cols à la Toussaint. Patrice le revoit encore évoquer son tour 2012, pipe en bouche, sa carte *IGN* dépliée sur la toile cirée de la cuisine, suivant du doigt le tracé marqué au feutre rouge : « la victoire finale risque de se jouer dans les dernières étapes. Ils ont mis la montagne la troisième semaine, ça va favoriser les grimpeurs. » Il avait retiré sa pipe, avancé sa bedaine contre la table, et déclaré d'une voix solennelle : « Patrice, n'ayons pas peur des mots : cette année, le tour est taillé pour moi. »

Alors le voir là, en plein milieu de l'étape du Galibier, c'est suspect.

Sur le gravier, devant la ferme, le docteur n'ose pas franchir le pas. Il allonge le cou par l'embrasure de la porte ouverte :
- Patrice ?

Il se dirige maintenant vers la grange, à petits pas, sur les talons, en retenant son embonpoint dans la descente raide. Il tourne sur lui-même, croyant entendre des bruits, cherchant le propriétaire des yeux. Mais rien. Sous l'ombre mouvante des pommiers, Patrice observe à distance, pétard en bouche. Immanquablement, le docteur va pénétrer dans la grange. Immanquablement, il va découvrir ce que Mathias tente maladroitement de dissimuler depuis des jours. Mais il ne bouge pas. Il enfreint le code d'honneur et ne protège pas son ami. Pas cette fois-ci. C'est au-delà de ses forces. Il a pu s'effacer, fermer les yeux sur les agissements louches de ces derniers jours, mais s'ériger en chien de garde, mordre au mollet, s'opposer physiquement, ça, il est désolé mais il ne peut pas.

Et son inaction a des allures d'action concrète. Ne pas répondre aux appels répétés du docteur, c'est agir contre. Il assiste à son arrivée sans esquisser le moindre geste. Pas un cri, pas même une tentative pour ouvrir la bouche. Silence radio. Il l'observe contourner les rangées de bûches accotées au mur de la grange, remonter la pente caillouteuse et faire trembler la porte du poing. Il crie « y'a quelqu'un ? » et, devant l'absence de réponse, fait coulisser la porte sur son rail.

29

Elle se laisse faire. Il a légèrement penché sa tête en arrière, posé deux doigts sur son front pour se stabiliser, saisi le crayon noir. Il lui a ensuite demandé de fermer les paupières, de ne plus bouger. Cette fois, elle n'a pas eu peur. Elle s'est imaginée chez la coiffeuse, tête renversée dans la cuvette, massage du cuir chevelu, long shampouinage. Automatiquement, sa bouche s'est ouverte, a formé un 0 bien régulier. Mathias a demandé pourquoi les filles ouvrent toujours la bouche quand elles se maquillent et Alice a senti la mine grasse du crayon s'écraser sur sa paupière gauche, traîner horizontalement et partir en s'envolant. Maintenant, il s'occupe de la paupière droite. Elle a confiance. Son geste est celui du dessinateur expérimenté. Sa main ne tremble pas. Il n'y a aucun doute possible : ce n'est pas leur première fois. Les gestes sont trop naturels. Il la maquille et, pendant ce temps, elle se répète que c'est le prix à payer pour s'échapper. Lorsqu'il a terminé avec le rimmel, elle papillonne des yeux et on passe au rouge à lèvres. Depuis combien de temps ne s'est-elle pas maquillée ? C'est toujours la même chose : depuis l'accident, depuis l'accident, depuis l'accident. A son retour d'hôpital, elle s'y était essayée, à la féminité. Sur l'étagère au-dessus du lavabo trainaient une paire de boucles d'oreilles. Elle les avait mises en s'observant dans la glace, en laissant couler l'eau à fond pour couvrir les voix dans sa tête qui lui répétaient qu'elle était vilaine. Les fourmis étaient montées.

Des doigts jusqu'aux oreilles. Elle avait tout arraché et s'était éclaboussé le visage pour l'effacer. Ses mains avaient encore traîné sur ses yeux et puis, avec des ciseaux, elle s'était coupé les cheveux. Mèche après mèche. Sur sa lancée, elle avait fait disparaître ses produits de maquillage, ses boucles d'oreilles. Nouvelle vie, nouveau look. Elle repartait de zéro.

Mais les temps changent. C'est peut-être parce qu'elle n'a pas le choix, peut-être parce que l'ancienne Alice toque à la porte depuis quelques jours, dans tous les cas, elle se surprend, par moments, elle apprécie ces soins du visage. Elle se demande quelle tête ça lui fait, tout ce maquillage. Est-ce qu'elle ressemble à une créature tout droit sortie d'un film d'Almodovar où à une élégante parisienne photographiée par Doisneau ? Elle aimerait se voir dans une glace. Cette bouche ouverte, elle a l'impression de demander la communion. Elle le lui dit et ils rient ensemble.

- Allez, concentre-toi s'il te plaît.

Elle se tait, il s'applique. Son poignet prend délicatement appui sur son menton et l'extrémité fendue du rouge à lèvres court sur sa lèvre supérieure, avec assurance. « C'est fini », il dit finalement. Alice rentre ses lèvres à l'intérieur, étale le rouge en les massant l'une contre l'autre puis les transforme en framboise, à la Marilyn Monroe, et il ne résiste pas, il l'embrasse.

- Mathias... non...

Elle recule, pose un doigt sur sa bouche. Une coupure, une perle de sang provoquée par une aiguille hasardeuse. Dans sa tête, le son du baiser résonne comme un clic d'interrupteur. On a allumé le plafonnier. Le charme des minutes précédentes est rompu. Sa respiration s'accélère maintenant, à mesure qu'elle prend conscience de l'espace autour d'elle. Ces canettes de jus de pomme, ces papiers gras, ce transistor rafistolé, ce *Paris-Match* déchiré, cette cuvette, ce matelas... elle vit comme un animal captif... et hier encore, elle voulait fuir...

Mais Mathias a déjà passé la main derrière sa nuque.

- Mathias... non...
- Monsieur Patrice ?

Au son de la voix, leurs yeux se croisent. Ils comprennent au même moment que quelque chose d'anormal est en train de se passer. Les doigts de Mathias se crispent sur sa nuque. En bas, quelques coups de poing font trembler l'immense porte coulissante.

- Y a quelqu'un ?

Mathias regarde le long rectangle de soleil orangé qui se dessine progressivement sur le sol, à mesure que la porte coulisse sur son rail. L'ombre s'allonge, se coupe en deux et remonte l'escalier formé par les bottes de paille.

- Iciiiii !

Mathias plaque sa paume sur la bouche d'Alice, presse ses joues, transforme sa bouche en cul de poule. Il regarde ses yeux prisonniers et chuchote quelques mots glacés :

- Si tu gueules encore, je te plie.

Elle cherche une porte de sortie. Du coin de l'œil, elle distingue la lumière du soleil qui pénètre à l'intérieur de la grange. Il mange la pénombre en quelques bouchées, comme une fin d'éclipse totale.

- Regarde-moi bien Alice. Si tu gueules encore, je te démonte, tu comprends ça ?

Alice déglutit, voit sa pomme d'Adam monter, redescendre, et parvient à faire « oui oui » de la tête.

- Y a quelqu'un ?

Mathias lâche son visage, un revers de main solennel, une dernière caresse avant de partir au combat. Il dégringole l'échelle à toute vitesse, disparaît de son champ de vision.

30

En bas, il découvre un homme aux joues rouges, à la moustache épaisse, aux cheveux blancs coiffés sur le côté. Des chaussettes de sport lui montent mi-mollets. Un cycliste noir associé à un maillot jaune *Française des Jeux*, bariolé de logos, moulent son corps de bon vivant. Avec ses jambes arquées, sa bedaine bien devant, l'homme semble davantage taillé pour la pétanque ou les compétitions de bières berlinoises que pour le vélo.

- Bonjour, je suis un ami de Monsieur Patrice.
- Salut.
- Tout va bien ici ?
- Et chez vous ?
- Il m'a semblé entendre des cris.
- C'est une erreur.
- Comment ça une erreur ? Il n'y a personne ici ? Monsieur Patrice n'est pas là ?
- C'est une erreur j'ai dit.
- J'ai entendu des cris quand même, je ne suis pas fou !
- Vous vous êtes trompé. Y a pas de cris.
- Ah oui ? Et pouvez-vous m'expliquer, Monsieur, ce que cette jeune femme fait ici ?

Il désigne Alice qui a choisi son moment pour apparaître dans les hauteurs, coudes dans les paumes. Elle porte la petite robe à pois qu'il lui a demandé d'enfiler tout à l'heure. En la voyant, Jean-Rémi Champenoix soulève ses sourcils dans un étonnement sincère.

- Vous voyez bien que...

Il frappe sans réfléchir. Le direct au ventre arrache à l'homme un hurlement de douleur. Mathias ne lui laisse pas le temps de récupérer, il enchaîne avec un uppercut au menton qui fait claquer ses dents dans un bruit de piège rabattu. Il pousse sur ses côtes d'un coup de talon, lui fait perdre l'équilibre. L'homme à terre, il recule, comme pour mettre à distance sa propre violence, se désapproprier l'acte dont il est l'auteur. Une flèche de douleur lui transperce la main, l'empêche de trop cogiter. Mathias mord dans son poing, suce ses phalanges pour apaiser la douleur. Il jette un regard noir vers Alice. C'est de sa faute tout ça. Il pointe son index vers elle en levant le pouce. L'œil fermé, il actionne la gâchette virtuelle, lui tire dessus en silence, accompagne le ralenti du geste par un « pow ! » muet.

Le docteur se rappelle à lui en gémissant et Mathias lui envoie un coup de pied dans les côtes.

- Chut !

Il écrase sa *Puma* sur la joue du docteur.

- Alors comme ça t'as entendu des cris ?

- ...

- J'entends rien ! Réponds !

Il presse un peu plus fort.

- On fait moins le malin maintenant hein ? Quels cris t'as entendu mon gros ?

Sa semelle vrille sur la peau du docteur.

- Réponds putain ! Quels cris ?

- Non...

- Tu voulais te la taper hein ? T'as entendu des cris, tu t'es dis, c'est la fête du slip, on peut en profiter ?

- Non...

- Tu crois que c'est une traînée ma femme ? Hein ? C'est ça ?

Ça y est, les freins ont lâché. Mathias croit dur comme fer

que Jean-Rémi Champenoix est venu pour Alice. Il pense que c'est en partie la faute de la jeune femme, qu'on n'a pas idée de montrer son décolleté à un étranger. C'est un aimant à mecs, cette petite robe. Il a pensé bien faire en la lui achetant, c'était une bourde, il regrette. Elle ne peut donc pas s'empêcher. On ne change pas. Elle s'obstine. Il aurait dû rester moisir en prison, tiens. Mais il lui montrerait. Elle ne perdait rien pour attendre. Il lui apprendrait à ne pas montrer son cul au premier venu. Henri a dû en profiter convenablement. Parce qu'il peut l'ajouter à la liste, celui-là, même si elle dit que non, qu'il n'y a jamais rien eu, l'habitude du mensonge sûrement. Mais il sent ces choses-là. On ne peut pas lui faire confiance. Il faut toujours être derrière elle pour la surveiller. Elle cache son jeu derrière sa petite frimousse adorable, il connaît la musique. A qui s'est-elle encore donnée pendant qu'il croupissait en taule, ça, il vaut mieux qu'il n'y pense pas. Combien ? Dix, vingt types ? En même temps ? A deux, à trois ? Par devant ? Par derrière ? Des blancs ? Des noirs ? Des vieux croulants comme lui ?

Mathias tombe sur l'homme à terre.

- T'en as redemandé hein mon salaud ?
- Mais de quoi vous parlez ?

A califourchon sur le ventre du médecin, Mathias monte un poing frémissant au-dessus de sa tête, hors de lui-même. Le goût de la vengeance surpasse tout, ses envies de changement et les promesses faites aux autres, à Alice, à Patrice, à Rebecca. Au moment de faire pleuvoir les coups, plus rien ne compte. Il n'y a que l'instant. Mais un élastique semble retenir son poing. Il lève la tête, aveuglé par le soleil qui se couche dans l'axe de la porte ouverte. Une silhouette longiligne et osseuse se découpe à contre-jour, dans l'embrasure de la haute porte. Tee-shirt de l'équipe de France sur le dos, légèrement voûté, la tête de Patrice s'avance comme une tortue, scanne lentement l'espace de la grange. Il tient son râteau à l'envers, manche contre terre. Lui, sait mieux que quiconque. Il peut se raconter ce qu'il veut, devant son ami, impossible de tricher. Patrice Matongué regarde, voit les choses et déduit. Et Mathias le sait d'avance, ce qu'il voit ne lui plaît pas. Il doit avoir du mal à comprendre les belles résolutions de parloir, lorsqu'il promettait de se soigner mordicus en jurant sur la tête d'Alice. Un instant, il quitte son corps, s'élève au-dessus de lui-même. Patrice lui prête ses yeux. Il s'observe de haut, incapable, perdu. Lorsqu'il retombe dans son corps, il imagine que les choses ont changé. Mais il n'y a rien. Il y a toujours ce poing au-dessus de sa tête, cet homme coincé sous ses cuisses. Et Patrice qui ne bouge pas.

- Patrice ! A l'aide !

Et celle-là, qui hurle.

Le grand noir penche la tête de côté, avance d'un pas.

Soudain, une fulgurance dans le dos. Propulsé en avant, Mathias mord la poussière. Un ours blanc est passé sous son entrejambe. L'instant d'après, le docteur beugle, s'abat sur son dos. Son menton rebondit contre le sol et le sang amer s'épanche en coulées chaudes, sous sa lèvre inférieure. Mathias se demande si ça fait comme ça, la mort, une lente coulée chaude dans le corps. Il tente bien de se débattre comme une anguille mais la bête lui maintient les poignets au sol.

- Monsieur Patrice ! Aidez-moi ! Tenez-lui les poignets !

Patrice s'approche. Les rayons du soleil passent sous son bras, aveuglent Mathias par intermittence. Râteau à la main, le grand échalas s'arrête à quelques mètres de lui, hypnotisé par la scène qui se déroule sous ses yeux.

- Occupez-vous des poignets nom d'un chien !

- Vas-y ! hurle Mathias, cogne-moi mon vieux ! Je suis un cas désespéré !

Dans une demi-conscience, il voit alors Patrice élancer son râteau dans l'air, à l'horizontale et, un instant, il pense qu'il rêve, que son ami tente de faire l'hélicoptère pour s'envoler. Il ferme les yeux, attend le choc. Il appréhende la sentence mais après tout, bon débarras, c'est mieux comme ça. Cessons de nous débattre, attendons la coulée chaude. Patrice va le soulager et il dit chapeau. Il ne le croyait pas capable, prendre une telle décision. Ça y est, la sensation de chaleur est là, elle l'enveloppe, c'est un souffle chaud dans la nuque. Le passage vers l'éternité n'est pas difficile. Mais cette odeur de vin, cette sueur dans le cou, c'est autre chose. On dirait que l'autre rive, ce n'est pas pour tout de suite. Des poils drus lui frottent l'oreille. Le poids d'un ours mort dans son dos. Il tousse. Un bruit métallique résonne en cascade dans toute la grange ; les dents du râteau rouillé finissent par s'immobiliser, à dix centimètres de son visage. A travers elles, Mathias distingue la silhouette de Patrice qui s'enfuit à grandes enjambées maladroites. En quinze ans d'amitié, c'est la première fois qu'il le voit courir.

Peu à peu, il sort de sa torpeur, fait le dos rond, se débarrasse du corps inerte. Il tombe lourdement sur le côté et Mathias se relève, se tape sur les cuisses et le torse pour faire partir la poussière. Il jette un coup d'œil au docteur, s'assure qu'il respire encore et quitte la grange clopin-clopant.

.

31

- Monsieur ? Vous m'entendez ?
- Oui !
- Il est parti ! On peut parler !

L'impression qu'il s'écoule deux minutes entre chaque phrase hurlée. Il faut le temps qu'elles parviennent à l'autre, que le cerveau les assimile, les transforme en mots intelligibles et sensés.

Dans le flou, Alice s'est concentrée sur le paysage sonore pour essayer de deviner l'endroit où Mathias emmenait le docteur. Elle a reconnu le bruit de fuite d'un robinet puis de l'eau qui s'agglutinait, montait en pression, giclait. Mathias a aspergé l'homme au tuyau d'arrosage pour lui faire reprendre ses esprits. Ensuite, elle a entendu des bruits gutturaux, des crachats, quelques coups de pieds. Il y a eu des rebuffades encore et des « Avance ! Avance ! » qu'on ne discute pas. Pour finir, quelques impacts mats, des gonds qui grincent et des cliquetis de serrure moyenâgeux. Et puis plus rien pendant de longues secondes, de l'eau qui ruisselle dans l'herbe et c'est tout. Finalement, des planches ont gémi et Alice en a déduit que Mathias avait enfermé le docteur dans la dépendance qui tombait en ruines, de l'autre côté de la grange. Elle a attendu et lorsque les pneus de la *R5* ont crissé sur le gravier, elle a repris espoir. Les plaintes des rapports de vitesse dispersées dans la nature, elle a ouvert la bouche.

- Monsieur ? Docteur ?
- Oui, je suis là.

Elle a poussé un soupir de soulagement : l'homme était vivant.

Elle colle maintenant ses mains en porte-voix, contre les planches.
- Où êtes vous ?

Le temps du décodage paraît infini.
- Il m'a mis... grenier... noir complet.

Accroupie, l'oreille collée au mur, elle fronce les sourcils sous l'effort de concentration, elle ne veut pas faire répéter. « Grenier » elle a compris. Il est dans le grenier, dans l'un de ces coffres-forts de campagne construits dans du bois qui brûle mal. Autrefois, les fermiers y cachaient les objets de valeur, l'argent, les vêtements de cérémonie. Elle imagine le pauvre docteur ramassé en boule dans ces oubliettes.
- Comment ça va ?
- Je crois que ça va. Je saigne à la tête mais ça va.

Elle voudrait dire quelque chose de rassurant mais elle ne trouve pas.
- Ça va aller.
- Quoi ?
- Je dis ça va aller !

Elle déglutit, passe la langue sur ses lèvres et goûte le rouge à lèvres qui lui donne envie de vomir. Elle crache dans ses mains pour se débarbouiller.
- Alice ?
- Oui ?
- Votre père est en route !

Elle n'est pas sûre d'avoir très bien entendu.
- Quoi ?
- Nous avons trouvé votre note dans la cabane ! J'ai appelé votre père ! Il est en route !

Elle laisse les mots faire sens dans son esprit. Elle se revoit traquée, désespérée, griffonnant son appel au secours, la peur au ventre. Difficile de faire le rapprochement direct entre ce bout de papier et la présence de cet inconnu avec qui elle discute maintenant. Le décalage semble surréaliste. Mais elle trouve de bonnes raisons pour laisser la nouvelle se répandre en elle. Elle savoure comme un carré de chocolat. Elle imagine son pirate de père assis sur un banc dans les hauteurs du parc des Buttes-Chaumont, fumant une cigarette. Il a ressorti la chemise à col Mao, le pantalon en lin et les sandalettes en cuir. La sensation de chaleur doit lui rappeler ses années asiatiques, la touffeur de Bangkok, la pollution, les odeurs de nourriture bouillie, les vapeurs de vaisselle mêlées aux fumées de barbecue, où cuisent des brochettes au caramel. Peut-être a t-il des pensées maritimes, avec cette chaleur. Peut-être pense t-il à son voilier, quelques allers et retours à Bordeaux, quelques heures de grattage et de ponçage encore pour en terminer la réfection et l'embarcation sera fin prête. Une mise à l'eau pour mai prochain qui sait, avec l'arrivée des beaux jours. A moins que l'incorrigible séducteur ne soit devant la glace de sa salle de bain, lissant ses sourcils, chantonnant du Piazzola avant d'aller danser le tango. Il peigne ses favoris de pirate, teste son sourire en coin qu'il sait ravageur. Et puis soudain, dans sa sacoche en cuir, son téléphone qui sonne, sa main qui va au sac. Il dit « allô » sans se douter. Le docteur lui explique tout et il raccroche fissa, lâche un « minchia ! » tout sicilien et accélère le pas, dévale la rue de Belleville, rattrapé par la panique. Il imagine sa fille chérie aux mains de ravisseurs cagoulés. Il bouscule un couple sans s'excuser, oublie ses manières impeccables, son début d'ampoule et ses magnifiques sandalettes qu'il est en train de tuer. Il court, bredouille des « madre mia » dans sa barbe, reconnecte avec Dieu.

Lentement, très lentement, un sourire fleurit sur le visage d'Alice. Luigi est couché sur sa machine de guerre maintenant, il roule à tombeau ouvert, héros moderne, papa sauveur. Je suis là dans quatre heures, il a dû dire, quelque chose de définitif comme ça. Il brûle le bitume, vole à son secours en ce moment et elle le revoit faire le gorille dans ce film *Super 8*, poings dans la pelouse, elle sur son dos, short rose bonbon. Et tout à coup, elle se met à pleurer. Sans crise, sans hoquet, une émotion pure, comme elle n'en a pas eue depuis des siècles, une larme perdue sur sa pommette.

Elle l'essuie dans sa robe, où sont passés ses films *Super 8* d'ailleurs, elle n'en sait rien. Elle renifle un bon coup pour trouver l'énergie de crier des remerciements. Mais c'est un hurlement qu'elle pousse. La tête hirsute de Patrice Matongué vient de surgir au-dessus du plancher.

32

Mathias pile devant le dos d'âne qu'il n'a pas vu, à l'entrée d'Habères-Poche. Au rond-point, des barrières métalliques lui interdisent l'accès au sommet et des bénévoles en gilet jaune fluorescent font la circulation. Des pancartes en forme de flèche ont été fixées avec du fil de fer, sous les panneaux de signalétique. C'est bien ce qu'il pensait, ce soir débute le festival « Rock'n'Poche. » Encore un souvenir, une cicatrice à l'air libre. Il se revoit un peu plus haut devant l'entrée, à l'écart de la foule, avec Alice. On les prie de terminer leur bière illico parce qu'ici, ce n'est pas Woodstock, on ne rentre pas comme ça avec son pack de *Kro*. Ils obtempèrent et, pour s'occuper, notent les festivaliers qui font la queue, font copain copain avec la sécu et les chiens. Mathias s'improvise « physio » pour l'épater. « Pas d'objet métallique, pas d'arme blanche ni de kalachnikov ? Très bien madame, vous pouvez y allez. » Les bières terminées, ils rentrent enfin, se ruent au bar pour recommander. Viennent les concerts, elle de dos, appuyée contre son torse, lui menton posé sur sa tête. Leurs doigts se touchent à peine et il trouve ça magnifique. Mais le loup rôde déjà. Il ne peut pas s'empêcher de scruter alentour. Qui la regarde ?

D'une pichenette, Mathias pousse la cassette à moitié sortie du poste de radio. Les baffles braillent du hip-hop et la voix de Sinik les fait trembler... *C'est de la lave qui coule dans mes larmes, des balafres sur mes joues, mes phrases...* Mathias monte le son qui crache, passe en trombe devant des bénévoles outrés et quitte le bled sourire en coin, pas mécontent de son petit effet.

Il encastre l'allume-cigare, regarde les choses en face. Sa dernière chance, ce sont ces lettres. Il va les lui montrer, la mettre devant le fait accompli et elle n'aura plus le choix. Elle devra baisser la garde, admettre la vérité devant cet amoncellement de souvenirs. Il tapote le fil de fer incandescent de l'allume-cigare contre le bout de sa cigarette, recrache la fumée par la fenêtre ouverte. Sur les bas-côtés, le soleil donne des brillances de lames dans les herbes mouvantes. Mathias avale les lacets de bitume sous le ciel bleu, joue au pilote, se penche dans les courbes, précis, intouchable.

Tu te crois intouchable Krüger ?

L'image du gros Toulousain s'installe sous son crâne. Son accent pointu, ses petits yeux perfides, ses joues rosées. Mathias ne connaît pas son nom mais il avait appris à reconnaître le pas du maton. Pendant ses rondes de nuit, il soulevait l'œilleton, l'observait pendant des minutes qui lui paraissaient interminables, sans rien dire. Puis il partait en sifflotant, sans éteindre la lumière de sa cellule.

Il frappe le volant du plat de la main, évacue les réminiscences assassines. A la vue du panneau Le JOTTY-LA VERNAZ cerclé de rouge, il ralentit, rétrograde en troisième, pense à la façon dont elle lui a indiqué la maison, la première fois qu'il est descendu la voir, il y a plus de trois ans maintenant. « La dernière maison du village, sur la gauche. Les volets verts. » Il s'était imaginé une petite chaumière perdue dans la montagne, comme sur un dessin d'enfant, repérable de loin grâce à la fumée de la cheminée. C'était raté. La maison était au bord de la départementale. Les voitures arrivaient à fond et il fallait faire attention en traversant.

Première surprise : une *BMW*, garée sur la terrasse.

La dernière fois, elle n'était pas là. A peine libéré de prison, il avait foncé vers les volets verts.

Ce jour-là, le 24 juin, une vieille folle aux yeux bleuâtres l'accueille. Elle s'appelle Louise, c'est la mère d'Henri, elle loge ici depuis que son fils l'a abandonnée pour monter à la capitale, en septembre dernier. A sa demande, la vieille dame lui donne son adresse parisienne. Elle précise plusieurs fois que, en ce moment, Henri est en Italie. Une visite-surprise à Patrice et, le lendemain, vers quinze heures, Mathias débarque Porte de Clignancourt. Il repère le 14 rue Belliard avant de revenir une heure plus tard avec un serrurier. Il paye avec l'argent emprunté à sa mère, joue le soulagement sincère comme au bon vieux temps, et fait mine de s'installer dans l'appartement, merci monsieur le technicien, vous pouvez disposer. Rapidement, il met la main sur le répertoire d'Henri, retient légèrement son souffle au moment de l'ouvrir, à la lettre G. Son doigt descend, descend encore, jusqu'à Grimandi. Grimandi Alice, 12 rue Lesage, Paris. Vivante. Elle est vivante. Il s'en doutait, Patrice le lui avait dit mais le voir écrit là, c'est autre chose. En reposant le carnet, il sent quelque chose d'inconnu et d'inévitable sourdre en lui. Puis, d'un seul coup, il éclate en sanglots. Il pleure par rafales, s'essore pendant plusieurs secondes, crachant les larmes de frustration que retient son corps depuis plus de deux ans ; et quand il n'y a plus rien à pleurer, il arrête. Dès cet instant, sa deuxième vie commence. Il va tout reprendre à zéro. Il remet le carnet en place, sort discrètement. Quelques heures plus tard, entrant par le même procédé, il est chez elle, arrosant ses plantes avec amour, nourrissant son poisson rouge. Il note la date de son retour, inscrite en orange sur son calendrier des pompiers : 27 juin. Bien. Il repassera. Le 28 juin, à 8h00, il fait le pied de grue en bas de son immeuble. Deux heures d'attente avant qu'elle ne se décide à sortir. Il s'est positionné dans l'axe de la porte pour qu'elle le voit bien. Mais son regard glisse sur lui. Elle ne le voit pas. Alors il la suit, tente de comprendre. Jusqu'à son travail. Jusque chez elle. Il se fait son idée : ses cheveux longs, cette barbe, c'est à cause de ça qu'elle ne le reconnaît plus, bien sûr. Dans la salle de bain de maman, il prend du temps pour s'arranger. Il se rase comme il faut, se paye un coiffeur, reparaît devant sa porte frais et dispo, une publicité pour *Gillette*. Quelques heures plus tard, il est de nouveau devant chez elle. Place Sainte-Marthe, il prend son sourire comme une invitation à la conversation. Mais c'est un échec, un énorme coup de poing au ventre.

Patience, il se dit, ça va revenir... Au fond d'elle, elle doit savoir. Comment oublier ? Une telle passion, ça reste. Ils ne se comprennent pas, c'est tout. Il y a cette théorie de l'amnésie, du flanc selon lui, il n'y croit pas, ils sont pareils tous les deux, allumés, assoiffés l'un de l'autre, ça va revenir, c'est forcé.

Sur le parking désert de La Vernaz, Mathias serre le frein à main. Il claque la portière, traverse la route à grandes enjambées. Sous le petit rectangle vitré de la boîte aux lettres, trois noms soigneusement imprimés apparaissent en lettres capitales : Louise Dupraz, Henri Dupraz, Alice Grimandi. Mathias imagine ce facteur qui, pendant deux ans, a glissé ses lettres dans cette fente horizontale, sans imaginer une seule seconde ce qui se jouait à l'autre bout de la correspondance. Il lève les yeux, comme s'il allait le voir débouler au bout de la rue, poussant son caddie *La Poste*. Où sont ses lettres ? Si Henri ne vit plus ici, qui d'autre que la vieille folle a pu réceptionner le courrier destiné à Alice ?

Il lève le poing pour cogner à la porte quand il aperçoit, sur la plage arrière de la *BMW*, des baguettes de batterie. Vérification de la plaque d'immatriculation : 75.

Aussitôt, ses muscles se tendent sensiblement.

- Alors comme ça, Riton s'est payé une BMW.

Il fait quelques pas de côté, pose ses mains en conque sur la fenêtre de la cuisine, pour annuler les reflets du soleil. Henri fait les cent pas dans la cuisine tandis que sa mère écosse des petits pois sortis d'un sac en plastique rose. Mathias note que la cuisine a été arrangée. La porte défoncée a été changée. Les flyers et autres cartes postales qu'elle collectait dans les bars, qui tapissaient leur frigo, ont disparu.

Il extirpe le vieux *Nokia* d'Alice, rappelle le correspondant, Henri, qui a encore essayé de la joindre tout à l'heure. Oreille collée au combiné, tranche de la main plaquée sur la fenêtre, il visualise son appel : en vibrant, le téléphone se déplace légèrement sur la nappe cirée. Dès qu'il s'en aperçoit, Henri bondit dessus.

- Alice ?

- Nan, c'est pas Alice. C'est une bonne vieille connaissance. Sors donc un peu mon Riton, on va danser.

Henri cherche d'où vient l'écho et évite la crise cardiaque de justesse en découvrant Mathias le nez collé à la fenêtre, habillé d'un sourire carnassier, les yeux fous.

33

- Où est Alice ?
- C'est moi qui pose les questions champion. Sors un peu.

Henri regarde Louise qui les observe tour à tour sans bien saisir tous les enjeux de la conversation.

- Ça va aller m'man. Je sors quelques minutes.

Il se lève solennellement, époussette sa veste en velours, se faire beau avant d'aller à son propre enterrement. Au fond, il a toujours su qu'un événement de ce type arriverait un jour. C'est la suite logique des choses. Il ferme les yeux, inspire par le nez, les rouvre au sommet de l'inspiration et s'élance au courage. Pour une fois, il va affronter son adversaire en face. Il pousse la porte d'entrée en bombant un peu trop le torse au goût de Mathias. A peine dehors, il est saisi par le col, entraîné derrière la maison, à l'abri des regards. Mathias le plaque au crépi, siffle à son oreille :

- Ça fait une paye hein ? Je croyais que t'existais plus. On n'est pas beaucoup venu voir son poteau Mathias en prison, hein ? On préférait baiser sa femme ?

Un coup de poing au ventre lui coupe le souffle. Henri étouffe un cri en grondant, les joues gonflées. Dans la panique, il agite les bras, essaye de rattraper ses belles lunettes qui tombent.

Mathias les lui remet sur le nez, lui tape la joue affectueusement.

- Là là... ça va aller mon grand... Bon. Raconte à papa.

- Qu... Quoi ?
- Ce que t'as fait à Alice putain !
- Je... je l'ai sauvée...

Mauvaise réponse. Henri n'a pas le temps de voir partir le coup de tête. Il entend sa mâchoire craquer. Presque instantanément, les vannes s'ouvrent, le sang se répand dans sa bouche.

- Joue pas avec moi Riton. J'suis un malade, oublie pas.
- Je... je... comment dire... elle ne se souvenait plus de toi à son réveil... j'ai juste... j'ai...

Mathias lui pince le nez, donne un quart de tour qui lui arrache un hurlement.

- Alors t'as fait du remplacement, t'as rendu service, tu t'es fait passer pour son mec, rien que ça.

Il s'approche de son oreille et susurre :
- Merci Riton. Tu bandais au moins ?
- Non...
- Non quoi ? Tu bandais ou tu bandais pas ? Répond bordel ! On est civilisés ici, on fait des phrases !
- Non, je ne bandais pas.
- Tu me dégoûtes...

Il le lâche en égouttant ses doigts.
- Je sais...
- J'ai pas besoin qu'on confirme.

Henri reboutonne sa chemise bleue ciel tachée de sang. Son adversaire le toise de toute sa hauteur et il n'ose pas le regarder.
- A plat ventre maintenant.
- Mais...
- A plat ventre j'ai dit.

Henri enlève ses lunettes comme à la piscine, les pose sur la bâche qui recouvre les bûches et se penche en avant. Il met un premier genou à terre, un deuxième et Mathias finit le travail en lui collant un coup de talon aux fesses.

A plat-ventre, Henri serre les dents, à la dure comme à la dure. Il pleurerait de se laisser humilier de la sorte. Mais il le mérite. Les coups remplacent ceux qu'ils n'a jamais pu se donner et il n'a pas l'énergie de repousser cette semelle crantée appuyée sur sa joue ; il se barricade mentalement, résiste à ce sentiment d'auto-destruction qui s'immisce en lui, conserver un brin de fierté, avoir l'air d'un homme, un minimum.

- Bon. On va parler technique. Est-ce que c'est toi qui m'a balancé aux flics ?

Il sent la semelle s'élever un peu au-dessus de sa joue. Il articule un faible « oui. »

Mathias mord dans son poing.

- Où sont les photos ? Y'a plus rien sur le frigo.
- Tout... à la poubelle...

La semelle s'en va. Un coup de talon à l'épaule, pour la forme, et puis plus rien.

- Tu me dégoûtes...

Ça s'agite au-dessus de sa tête. Mathias ne tient pas en place. Il se frotte le nez, dit :

- Bon. Ça suffit. Relève-toi.

Henri se met debout péniblement, époussette à nouveau sa veste en velours, remet bien comme il faut ses lunettes tordues.

- Va me chercher les lettres.

On y est, il pense. C'est le moment de contre-attaquer.

- Je n'ai pas les lettres.

Envoyez la cavalerie.

- Je les ai cachées.
- Quoi ?
- C'est comme je te le dis. Elle sont cachées, à quelques kilomètres d'ici. Je me doutais que tu allais venir ici et j'ai anticipé.

Déjà, il sent qu'il récupère un peu de dignité. Les positions de force s'inversent peu à peu.

- C'est quoi ce délire ?
- On peut aller les chercher ensemble si tu veux.
- Et pourquoi je te suivrais ?
- Parce qu'à l'heure actuelle, la police est probablement déjà

arrivée chez ton ami Patrice. Le père d'Alice m'a rappelé tout à l'heure pour me dire qu'il venait d'appeler la gendarmerie.

- Qu'est-ce que...
- Le piège allait se refermer tôt ou tard Mathias.

Son ongle du pouce tapote ses dents de devant.

- Réfléchis, poursuit Henri, je ne porterai pas plainte. Je peux même essayer de convaincre Alice de ne pas le faire.
- Ne prononce même pas son nom.
- Combien de lettres as-tu écrit ?
- Deux par jour.
- Ça fait combien ça... deux par jour pendant six ans...

Henri se délecte du calcul mental, marmonne des chiffres en vitesse accélérée.

- Deux mille cent soixante lettres. Combien en a t-elle lues ? Zéro. C'est dommage. Quelle meilleure façon de réactiver la mémoire que la lecture de bonnes vieilles lettres d'amour ?

Mathias flaire le traquenard.

- Et pourquoi tu me les donnerais ? Quel est ton intérêt ?
- Parce que je suis certain qu'Alice ne retrouvera jamais la mémoire. J'ai eu tout le temps de constater les dégâts que tu as causés chez elle. Tu l'as démolie Mathias ; elle t'a effacé de sa mémoire à jamais. Tu n'existes plus.
- Ne prononce pas son nom j'ai dit !
- Comme tu veux Mathias, comme tu veux.

C'est lui qui fait les cent pas maintenant, pour s'aider à réfléchir.

- Tu les as lu mes lettres ?
- Certainement pas.

Grisé par la demi-victoire qui se profile, Henri se laisse aller, se permet même un sourire condescendant. Mathias lui presse le visage d'une seule main.

- Et enlève-moi cette saloperie de sourire ! Me la fait pas à l'envers ! Pourquoi t'accepterais ce deal toi, hein ? Réponds !
- Parce que je l'aime vivante !

- Et comment je sais que tu ne vas pas me refaire le coup d'Annemasse ? Est-ce que je sais s'il n'y a pas des flics qui m'attendent dans ta cachette de Sioux ?

- Parce qu'après ce que j'ai fait, je n'ai aucune envie que la police s'intéresse à mon cas.

- Et moi ? Pourquoi j'accepterais ?

- Parce que c'est ta dernière carte à abattre.

A ces mots, une lueur de lucidité passe dans le regard de Mathias. L'étau se desserre lentement et il fait un pas en arrière, considérant Henri sans rien dire. Du pouce, il se brosse le nez, s'immobilise soudain, oublie Henri et l'espace qui l'entoure, les yeux rivés sur le parking quasi désert, après la route.

- Bon, il dit. C'est quoi ton truc ?

La question scelle le pacte. Henri va à la salle de bain pour passer sous l'eau sa lèvre enflée, se débarbouiller. Un quart d'heure plus tard, il prend place sur le siège passager, dans le cercueil roulant de Mathias où rampe une odeur de cigarette froide. Il réprime un sourire en pensant à une citation de Stephan Zweig : « les échecs sont un jeu au sadisme froid et aux exécutions polies. » L'Autrichien ne croyait pas si bien dire. Pour Henri, cette odeur de cigarette froide a des senteurs de mat.

34

Mathias suit. Il descend à petits pas. Sa main glisse sur la rampe en rondin, son pied fait œil. Il tâte le terrain en éclaireur avant de faire suivre l'autre jambe une fois l'appui trouvé.

Cinq minutes ont bien dû s'écouler depuis qu'ils ont quitté les lumières rassurantes du parking où affluent les voitures de touristes la journée. Les lampadaires, le panneau à glaces et le menu rédigé à la craie sur le tableau noir posé au sol ne sont plus qu'un vague souvenir de civilisation éteinte.

Ils s'enfoncent dans la forêt, le long du chemin en pente douce. Il est entrecoupé de larges marches caillouteuses qui doivent les mener aux gorges du pont du diable trente mètres plus bas, là où Henri dit avoir caché les lettres.

Mais vraiment, on ne voit rien. Les ombres des arbres projetées devant Mathias annulent la clarté donnée par la lune.

- C'est encore loin ton truc ?
- On progresse, ne t'inquiète pas.

Le crachouillis de la Dranse de Morzine, que Mathias avait d'abord pris pour du vent dans les arbres, semble effectivement se faire plus présent.

Ils arrivent finalement au kiosque d'où partent les visites en journée. Ils passent sous le toit qui doit abriter les touristes par temps de pluie et ignorent la porte en fer cernée de grillages, surmontée d'une carte aux couleurs passées. L'entrée sûrement.

- Par là. On va prendre à contresens.

Henri s'engage dans un chemin à droite.

A mesure qu'ils descendent, les jambes de Mathias le portent de moins en moins. La peur le gagne. Pas celle du couard, non, plutôt cette peur de lui-même qui le ronge depuis l'accident de Vincennes. Il sait que ça peut aller vite, plus vite qu'on ne le croit. On pousse fort avec les pieds et c'est fait, on a tué. Tout à l'heure dans la voiture, la radio a annoncé qu'un homme en état d'ébriété avait percuté la rambarde d'un pont. Un bloc de béton s'était détaché et s'était abattu sur les rails d'un TER. Bilan : trente-sept morts. Oui, ça pouvait aller vite, très vite. Il avait intérêt à tenir la bride ferme. Deux fois qu'il cognait en moins de quarante-huit heures. Ça n'était pas bon, pas bon du tout. Quand il était dans cet état-là, il ne s'appartenait plus. Parfois, il ne se souvenait même plus. Il regardait les bleus d'Alice et la traitait de menteuse ; ça n'était pas lui, comment c'était possible, qu'elle lui explique enfin, il l'aimait tant. Il se traînait à ses pieds pour se faire pardonner. « Viens là ma douce », il disait, je vais te passer de la crème. Elle pressait une noisette du tube d'*hémoclar*, il la recevait sur l'index et appliquait doucement la crème réparatrice. « Ouille, c'est froid » elle murmurait, souriant dans ses larmes et ça le faisait fondre. Il respirait ses cheveux, embrassait ses paupières gonflées et soufflait sur ses bleus. Ils faisaient l'amour avec passion juste après et tout était oublié. Il ne s'était jamais rien passé.

A mesure qu'ils descendent, le bourdonnement de la rivière se fait plus présent. Des projecteurs semblent illuminer les arbres par en dessous, c'est comme mettre sa lampe de poche sous son menton, pour effrayer son copain de colo parti uriner dans les bois.

- On y est.

Henri touche une porte constituée de barres de fer verticales, coupées au milieu par un tronçon horizontal, entourée de grillage aux mailles serrées.

- Tu les as planquées à l'intérieur ?

- Là où on les cherchera le moins : au milieu de la foule.

Leurs regards s'interceptent mais ils ne disent rien.

Mathias l'observe monter le genou, poser la semelle de ses randonneuses sur la barre horizontale. Il pousse sur sa jambe puis, debout, collé à la porte, se hisse à la force des bras et s'attache au sommet. Pendant une seconde, il ressemble à un koala qui fait la sieste. Mathias se retiendrait presque de rire. L'animal bascule, se rattrape de l'autre côté. Pas vraiment esthétique mais efficace. A son tour, Mathias enjambe l'obstacle.

Ils marchent. A la queue leu leu, sur les planches d'une passerelle large d'un mètre. A gauche, vingt mètres de vide et un reste de Dranse, coincée entre deux gigantesques parois rocheuses maquillées de lune. Henri ouvre la voie, penché sur le côté, pour ne pas se cogner contre la paroi qui empiète largement sur la passerelle. Une petite poussette serait mal venue, hein ?

Chut. Prends les lettres et tire-toi.

Partir loin, oui. Se reconstruire à distance, pourquoi pas après tout... Grâce aux lettres, il pourrait peut-être permettre à Alice de retrouver la mémoire. Il les lui enverrait une deuxième fois. Un peu de vide entre eux... peut-être que ça aiderait... Et puis quoi encore ? Se séparer ? Combien de temps cette fois-ci ? Douze ans ?

- Voilà. C'est là.

Ça résonne.

Ils viennent de prendre pied sur une plate-forme de dix mètres carrés environ, encadrée par des barrières de sûreté qui leur arrivent au ventre. Une sorte de belvédère sous voûte rocheuse, dans l'antre même des gorges.

- Il y a du marbre en dessous, dit Henri en touchant la paroi du doigt. Et là, devant nous, magnifique : le pont du diable.

Il indique le rocher titanesque tombé il y a des années, reliant les deux falaises, et sur lequel la végétation a pris.

Il ajoute, pouce vers le bas :

- Quarante-cinq mètres d'à-pic.

- Merci Monsieur le guide. C'est une visite privée ? Où sont les lettres ?

- On y arrive.

Mathias lève la tête, cherche la planque du regard. Les pas d'Henri résonnent à ses côtés. Il prend possession des lieux en marchant, à l'aise, propriétaire.

- Connais-tu la légende du pont du diable ?

- Oh ! Père Fouras ! Où sont les lettres j'ai dit ?

Henri sourit, subitement décontracté, respirant à plein poumons l'air frais et humide de la grotte.

- Jadis, il y avait deux villages. Sais-tu ce qu'on raconte ? Je suppose que non... On raconte que les jeunes gens de La Vernaz aimaient les demoiselles de la Forclaz. Mais pour s'y rendre et courtiser ces dames, ils devaient effectuer un très long détour. Un jour, ils incantèrent le diable pour créer un pont qui simplifierait leur vie. Dans la nuit, le pont était créé. Mais le diable exigeait le sacrifice de la première âme qui passerait sur le pont. Sais-tu ce que les villageois ont fait ?

Mathias baisse la tête, trouve le visage d'Henri à quelques centimètres du sien, ses sourcils arqués derrière ses lunettes rayées. Il attend qu'il réponde.

- Je t'écoute pas putain ! Donne-moi mes lettres !

- Ils ont sacrifié une chèvre. Une chèvre Mathias !

Et il recule, dépité, en écartant les bras qu'il laisse retomber sur ses cuisses dans un bruit mat. Il fait quelques pas pour dissiper son agacement et s'arrête, les yeux dans le vague, les deux mains sur la barrière, contemplant le vide.

- Moi, je suis toujours resté sur ma faim. J'ai toujours pensé que le diable méritait mieux pour avoir permis à des gens de s'unir comme ça.

Tête en l'air, Mathias relève le silence censé donner du corps à la suite du propos.

- Comme moi et Alice. Vois-tu, Alice est de la Forclaz et je suis moi-même de La Vernaz. Autrement dit, notre histoire était écrite à l'avance et j'ai toujours pensé que le diable s'était contenté de bien peu le jour où il avait accepté cette chèvre. Il méritait mieux...

Mathias suit des yeux les ruisseaux d'humidité sur la paroi lisse devant lui. A quelques mètres au-dessus de sa tête, il distingue des planches découpées pour laisser passer la roche massive. Des rayons de lune éclairent une terrasse rocheuse, juste au-dessous d'un dessin gravé dans la roche.

Une intuition : les lettres sont là-haut.

- ... vois-tu, il m'a toujours semblé qu'un être humain eût été plus conforme à ses attentes. Un homme à sa hauteur, un diable humain, pour nourrir son feu malin...

Accaparé par sa découverte, Mathias comprend ce qui lui arrive avec un temps de retard. Henri s'est rué sur lui sans un cri. Des mains pressent sa poitrine, le poussent furieusement vers le vide, quarante-cinq mètres plus bas. Quand il prend conscience de la gravité de la situation, il a déjà reculé d'un bon mètre. Bras tendus devant lui, Henri pousse méthodiquement, scolairement, le visage fermé. Mathias recule. A travers son tee-shirt, il sent la barrière métallique lui refroidir le dos. Sous lui : le vide. Acculé, il contracte férocement ses abdominaux, enserre les poignets sur sa poitrine. Il reprend un mètre puis chute brutalement sur les planches, place une semelle sur le torse de son adversaire. Henri ne voit pas le coup venir. Un coup de rein, jambe tendue, et le bibliothécaire bascule dans le vide. Il n'y a pas de cri. Juste un choc liquide quelques secondes plus tard, le temps pour le corps de voyager dans l'air, entre les falaises écorchées, et d'atteindre le lit de la rivière, presque asséchée. Allongé sur les planches, les yeux écarquillés, Mathias ne bouge pas. Il se demande ce qui vient de se passer, ce qu'il a encore fait. Cette fois, si on l'attrape, il est bon pour un séjour longue durée. Il regarde la voûte rocheuse baignée de lune au-dessus de lui, essaye de se concentrer sur le bourdonnement de la Dranse un peu plus loin. A quoi pense t-on l'ultime centième de seconde qui précède sa mort ? Dit-on au revoir à ses proches, mentalement ? Prie t-on ? Pleure t-on ? Imagine t-on le bruit de l'impact de son propre corps sur les rochers ? A qui Henri avait-il pensé avant de toucher le sol ?

Alice. Il avait pensé à Alice.

Les lettres.

Il se relève péniblement, fait quelques pas dans un état second, chancelant, automate un peu cassé. Au pied de la paroi qu'il a repérée, il lève la tête, évalue la difficulté de l'ascension d'un coup d'œil puis pose la main sur une saillie ronde qui épouse sa paume. C'est rond et frais. Assez apaisant à vrai dire. Il reste comme ça un moment, focalise son attention sur cette sensation, essaye de faire le vide, de mettre à distance les pensées négatives qui s'agglutinent, puis monte son pied sur la roche et s'élève d'un cran. En quelques prises, il atteint la terrasse rocheuse. Il jette ses mains sur le rebord et pousse sur son pied pour se hisser au-dessus. Il domine, le corps calé dans une excavation horizontale. Sous lui, l'érosion a fabriqué plusieurs vasques naturelles, comme autant de mini-volcans éteints. Dans la plus grande, deux vieilles boîtes à sucre métalliques, aux dessins fleuris et tachés de rouille, baignent dans un fond d'eau croupie. En équilibre, Mathias se baisse prudemment, s'en saisit. Il s'éjecte avant qu'elles ne lui glissent des doigts. En retombant lourdement sur les planches, il a un regard alentour, comme pour s'assurer qu'il n'a réveillé personne. Accroupi, il les dispose au sol et soulève religieusement les coins des couvercles. Mais il n'y a rien. Les boîtes sont vides. Un dernier pied de nez signé Henri Dupraz. Le Savoyard se sera moqué de lui jusqu'au bout. Comment a t-il pu être si naïf ? Pourquoi Henri aurait-il pris le risque de dissimuler ces lettres si loin, au milieu des touristes ? Ça n'avait pas de sens. Il avait dû les brûler.

Debout, les jambes encore flageolantes, il détaille pensivement la gravure qui l'a induit en erreur, sous la terrasse rocheuse : deux gros cœurs que des ouvriers amoureux avaient sans doute fabriqués au moment de la construction des passerelles. Mathias se penche pour lire la date qui scelle leur amour dans le marbre visible, sous le limon rocheux : premier août quarante-huit. Il avait compris mille-huit cent quarante-huit au début.

Et maintenant : que faire ? Le temps presse.

Les boîtes vides sous le bras, sans un regard pour la poupée ensanglantée qui gît dans l'eau trouble quarante-cinq mètres plus bas, il se dirige vers la porte en fer par laquelle il est entré.

Partir. Fuir de nouveau.

Le plus loin possible.

DEUXIEME PARTIE

L'amoureux

1

*Le 12 juillet 2009,
Fresnes.*

Alice,

Je te passe mes larmes de sang, mes coups de poing au néant. Je t'ai écrit des milliers de lettres et tu ne réponds toujours pas. Ecris-moi juste que tu penses à moi. Je ne demande pas grand-chose. Combien de temps vas-tu me torturer ? Je deviens fou ici. Je parle tout seul, je dis des phrases à ta façon, je cherche à retrouver tes intonations, le son de ta voix. Fou je te dis. Quand je vais à la douche, je pense toujours à ta remarque : « il y a un ordre pour se laver. On commence toujours par le haut, on finit toujours par le bas. » Je te vois insister sur le « toujours » avec ton petit index levé et je pleure comme une madeleine, nu sous l'eau brûlante. Je presse la bouteille de shampoing, regarde le liquide jaune tomber au creux de ma main et m'exécute consciencieusement : d'abord les cheveux, puis le visage, le ventre, le sexe, les jambes, les pieds. Je me rince à ta façon ensuite, en tournant lentement sur moi-même pour bien faire partir le savon. Si je pouvais, je resterais sous l'eau des heures. Les mecs me prennent pour un fou mais que veux-tu, je ne peux plus me passer de ce petit rituel.

Voilà. J'avance pas à pas dans nos souvenirs, comme ça. J'essaye de tenir debout, j'essaye de rester en vie. Je m'occupe. Je peins. Ton visage. Tes mains. Comment sont faites tes mains ? Je ne sais plus, je n'y arrive plus, ça fait trop longtemps Alice... Je gomme, j'hésite sur les contours. Ta ligne de vie a t-elle cette forme là ? Tes doigts sont-ils aussi effilés que ça ? N'ont-ils pas changé depuis le temps ? Où es-tu ? Que fais-tu ?

Mathias

2

La vie reprend ses droits.

La vie reprend toujours ses droits, quoi qu'il arrive.

On apprend la mort d'un proche et le lendemain, il faut se lever, faire du café, dire bonjour à la boulangère. La vie se moque bien des états d'âme.

Alice a appris la nouvelle dans la journée de lundi, en écoutant les messages laissés sur sa ligne fixe. Un officier de la brigade de recherche de la gendarmerie de Thonon-les-Bains, qui ne parvenait pas à la joindre sur son portable, lui demandait de le rappeler d'urgence, ce qu'elle avait fait immédiatement. En attendant qu'il décroche, l'oreille collée au fil tendu de la sonnerie, Alice avait pensé que quelque chose était arrivé à Mathias. Mais elle se trompait. Corps sans vie, autopsie, c'est par ses mots froids et techniques qu'on l'informa de la mort d'Henri Dupraz.

« Son corps a été découvert dimanche matin vers neuf heures, avait précisé l'officier, lors de la première visite des gorges du pont du diable. L'enquête est en cours et une information judiciaire va être ouverte par le parquet de Thonon. Les gendarmes ont trouvé une lettre dans la poche intérieure du veston de la victime. Une lettre qui explique beaucoup de choses et dans laquelle vous êtes mise en cause. A cet égard, j'aimerai vous interroger au plus vite. Pourriez-vous venir au commissariat faire une déposition ? »

L'officier parlait et Alice flottait.

« Décédé », elle avait répété, en détachant bien les syllabes, comme si le mot ne renvoyait à aucun événement précis. Elle l'avait trouvé moche, ce mot, d'ailleurs. Compliqué. Haché. Elle s'était demandé si ça existait, un mot qui dit tout, qui rapproche du factuel, cerne tout entier le mystère de la mort.

- Je suis désolé mademoiselle.

Mais elle n'entendait plus. Ses yeux se sont perdus dans les reliefs de la carte du monde scotchée au mur et une boule s'est formée au fond de sa gorge. Elle avait attendu que ça passe, en vain.

- Quand pensez-vous pouvoir venir ?
- Je ne sais pas. Demain.
- Très bien. Demain. Merci mademoiselle.

Le fil entrecoupé de la sonnerie s'était mis à battre la mesure sous son crâne. Alice s'était concentrée sur la ficelle distendue qui partait de la punaise jaune plantée sur l'Islande. Elle dessinait une courbe et rejoignait le coin d'une feuille de papier retournée dans le vide, coincée entre des tickets de bus et une photo de lave séchée. Elle l'avait détachée d'une main molle en espérant que ça l'aide à pleurer. C'était un poème de Paul Eluard qu'Henri lui avait glissé dans sa valise avant qu'elle ne parte en tournage quelques mois plus tôt. Il avait placé l'addition de leur premier restaurant à la page de « l'amoureuse », invoquant pour sa défense quelques jours plus tard, un bien malin tour joué par le destin. Encore une bouteille à la mer. Comment fallait-il le lui dire, elle ne savait plus. Sa lecture achevée, elle s'était néanmoins empressée de recopier le texte pour l'apprendre par cœur.

Et maintenant, pouvait-elle encore se souvenir ?

Elle avait passé la langue sur ses lèvres, murmuré les mots doux au combiné, imaginant Henri à l'autre bout du fil :

> « Elle est debout sur mes paupières
> Et ses cheveux sont dans les miens,
> Elle a la forme de mes mains
> Elle a la couleur de mes yeux,
> Elle s'engloutit dans mon ombre
> Comme une pierre sur le ciel
> Elle a les yeux ouverts
> Et ne me laisse pas dormir
> Ses rêves en pleine lumière
> Font s'évaporer les soleils,
> Me font rire, pleurer et rire
> Parler sans avoir rien à dire »

Les mots moururent sur ses lèvres. Elle ne pleurait pas et ça la désespérait. Elle voulait jeter le combiné au mur, ce qu'elle fit, le deuil donne tous les droits. Elle se tira les cheveux ensuite, grogna, se griffa les joues et broya le papier qu'elle tint longtemps au bout de son bras ballant, dans son poing à demi-ouvert, le visage enfoui dans les plis de clic-clac.

En repensant à tout ça, Alice se cale au fond du siège moelleux. Elle voudrait se confondre avec les motifs bariolés, disparaître comme un caméléon. Derrière son reflet en surimpression, le massif des Bauges défile. Dans ses oreilles, King Crimson parle au vent. *I Talk To The Wind* dit la chanson, et la voix est un filet qui semble pousser la montagne dans un mouvement lent, à contre-sens de la marche du TGV. Derrière le sommet de la Tournette : Thonon-les-Bains, invisible, sa gendarmerie, ses képis, ses bureaux remplis de paperasse. Quelles questions vont-ils lui poser ? Où était-elle samedi dernier ? Comment connaissait-elle Henri ? Et qui ? Et quoi ? Et où ? Et il faudra parler, raconter en détails, l'accident, l'amnésie, la filature, le kidnapping, la séquestration, la libération... il y avait eu tellement d'émotions à gérer ces dernières semaines...

Peu après que Patrice Matongué ait fait son mea culpa et soit revenu les libérer, Piero-Luigi Grimandi avait débarqué avec les gendarmes. Il lui avait passé un savon qu'elle n'oublierait pas de si tôt. Quand elle avait avoué qu'elle hésitait à porter plainte, il était monté sur ses grands chevaux : « che cazzo fai ? Ma che cazzo fai ? » s'était-il emporté en écartant les doigts de ses paumes ouvertes vers le ciel, prenant les hommes en uniforme à témoin, s'en remettant à Dieu, impuissant. « Je veux comprendre » répétait-elle en boucle, le visage fermé, l'air buté, luttant contre des forces intérieures qui lui nouaient l'estomac. « Mais il ne s'agit pas de comprendre ! Il s'agit d'enfermer un malade ! » hurlait son petit père. « Jamais il ne m'a touchée... » « Mais on s'en fout de ça ! On s'en fout ! Dites-lui, vous ! » Et elle hochait la tête docilement mais les mots s'imprimaient mal dans son esprit. « On peut tous changer », elle pensait sans rien dire. Oui, elle leur trouvait des excuses à tous, Henri, Mathias, Serge. Elle voulait comprendre, toujours comprendre, quitte à se perdre, à gommer les frontières du bien et du mal, à flirter avec le ridicule.

Un interminable crissement de freins coupe court à ses élucubrations. Au-dessus de sa tête, à travers les haut-parleurs ronds, la voix nasillarde du conducteur retentit : « mesdames et messieurs, nous arrivons en gare d'Annecy. Annecy, Annecy, deux minutes d'arrêt. »

Alice remballe son *iPod*, relève brutalement sa tablette, bouscule son voisin cravaté. Elle attrape sa valise roulante d'hôtesse de l'air, dit « pardon, pardon » en avalant l'allée centrale et s'éjecte sur le quai avec, elle s'en rend compte après coup, un bon temps d'avance sur la fermeture des portes. Elle laisse passer les pressés, se remet de ses émotions, vérifie que tout est là, la valise, l'*iPod*, la tête. Ce faisant, elle a ce réflexe surgi des profondeurs du passé, ce geste pour se recoiffer, comme si elle avait encore les cheveux longs. Sur le quai, un couple d'amoureux détourne son attention. Au visage de l'adolescent se superpose celui de Mathias. C'est très clair, elle n'a aucun doute. Il dit : « regarde, essaye de deviner le sentiment que j'incarne. » Et le plat de sa main se promène verticalement devant son visage, efface l'expression du moment, donne à découvrir un nouveau masque immobile, une émotion figée de cartoon. Ses yeux s'allument, un sourire de joker apparaît sur ses lèvres et sa main fait essuie-glace de nouveau, transforme son expression en moue de clown triste. Elle rit, elle ne sait pas, c'est entrecoupé maintenant, elle ne visualise plus bien. Qui est cette femme ? Les yeux dans les yeux, leurs fronts se touchent. C'est une publicité pour un parfum, *Amor Amor*, quelque chose comme ça. Alice est fascinée. C'est ça l'amour, cette innocence sublime, cette impression d'être seuls au monde. Ses petites affaires sont déjà dans le train, elle attend le dernier moment pour monter. Mathias la couvre de son chapeau, en modifie l'angle, le penche un peu pour donner un côté Al Capone. Satisfait, il se recule, l'étudie en se caressant le menton, lui dit qu'elle est belle comme ça. Elle joue la flattée, pose une main prude sur sa bouche ouverte, papillonne des yeux exprès. Et puis le chef de gare donne un coup de sifflet, s'il vous plaît mademoiselle, il faut y aller. Vent de panique dans les cœurs, dernière montée d'adrénaline, il embrasse ses doigts menus, la laisse aller. Alice grimpe la volée de marches et ils progressent en parallèle, elle dans l'allée centrale du wagon, lui sur le quai. Mathias l'accompagne jusqu'à sa place côté fenêtre. Elle colle sa main contre la sienne, à travers l'épais double vitrage, dresse l'index, lui dit d'attendre une minute. Elle écrit quelque chose avec un stylo qui sort d'on ne sait où, plaque le papier contre la fenêtre. Ce sont des nuages blancs, une publicité pour *Air France*, ça parle de loto, oui, ses mots, écrits au stylo bic bleu : « n'oublie pas de vérifier mes numéros du loto. » Mathias hoche la tête d'un air entendu, t'inquiète pas ma belle, tout pour toi. Puis, à son tour, il sort son téléphone, écrit quelque chose de court, pris par le temps, le train démarre. Il appuie l'écran digital sur la vitre et les roues invisibles s'arc-boutent, les pistons soupirent, cette fois-ci, il faut vraiment y aller. Le TGV repart lentement et elle le voit courir à côté d'elle quelques minutes, faire l'idiot, mimer cet amoureux passionné avec des gestes d'au-revoir grandiloquents qui disent « ne pars pas, je t'en prie ! Comment vivre sans toi ? » Puis il ralentit sa course, marche un peu et s'arrête complètement, au bord du grand vide. Quand il se retourne, son visage est transformé : il est passé du rire aux larmes en un clin d'œil.

Alice s'appuie au pylône. Respire par le ventre.

Le couple est parti, le train aussi. Le quai est désert. Elle tire la poignée de sa valise, la penche sur ses roulettes et se dirige vers la pente douce qui mène au hall de gare, les jambes flageolantes.

3

Alice.

C'est bien son écriture, elle l'a confirmé aux gendarmes. C'est écrit là, au milieu de l'enveloppe kraft posée sur la table ronde, tout en attaché, avec la queue du « e » qui s'envole un peu. Elle s'est dit : « à midi pile, je l'ouvre . »

Midi. Elle l'ouvre.

Elle extrait le tas de photocopies pliées en deux, feuillette les pages d'abord, en évitant d'attraper les mots du regards, comme si l'impact émotionnel dépendait aussi du nombre de pages. Il doit y en avoir une trentaine. Trente-huit exactement. Henri a tout numéroté méticuleusement, en bas à droite, les chiffres sont encerclés. Elle pose la lettre sur la table, appuie dessus le plat de sa main, pour atténuer le vallon de la pliure. Elle prend une longue inspiration, comme avant de se jeter dans le vide, met la lettre sous la lumière de la lampe en aluminium. Elle essaye de ne penser à rien, de respirer normalement, de laisser aller son souffle sur les feuillets.

Trois quatre.

Elle plonge.

Chère Alice,

Je suis un piètre joueur d'échec. Je suis en train de perdre une partie que je joue depuis quatre ans. Où es-tu ? Quel coup jouer cette fois-ci ? Si tu lis cette lettre, c'est probablement que le roi est mort et qu'il roule sur l'échiquier. Nous sommes le vendredi 4 juillet, il est 18h30 et je me sens glisser irrémédiablement vers le vide, rattrapé par ce mensonge que je porte depuis trop longtemps. Une semaine que tu as disparu, une semaine que je ne vis plus et que j'avance à tâtons.

Sais-tu que les juifs n'ont pas le droit de prononcer le nom de Dieu ? Je leur suis semblable : j'ai du mal à articuler le mot « amour » tant il est lié à toi. La signification sacrée que tu lui as donnée malgré toi m'empêchera toujours de dire « je t'aime » à quelqu'un d'autre que toi : ce serait te tromper. A l'époque, je me souviens m'être dit : « Henri, souviens-toi de ce sentiment, incruste-le bien dans ton cœur, la vie ne vaut d'être vécue que pour cette émotion. » Après ça, plus rien ne compte. Le temps saccage tout. On se souvient mal. Les joies, les douleurs, tout fane avec le temps.

Au début, j'ai essayé de t'aimer comme j'ai pu, ma confiance limitée, mes attitudes d'adolescent maladroit. Mais jamais tu n'as eu l'occasion de me repousser. Mon admiration aveugle m'empêchait toute tentative. Quand tu te contentais d'avancer des pions, sans prise de risque, me traitant en ami de circonstance, j'échafaudais mille plans que j'annulais au fur et à mesure, toujours insatisfait de mon angle d'attaque. Peu à peu, la distance que tu as mise entre nous – et que tu jugeais probablement adaptée, appropriée, tous ces mots – m'apparaissait comme un mur de plus en plus difficile à franchir. Pierre après pierre, lentement, tu te protégeais de moi sans grande conscience, car le processus est invisible à celui qui n'aime pas. Proximité sans chaleur, partage sans amour, je devais vivre comme cela, sous le même toit que la femme que j'aimais mais avec l'interdiction formelle de la toucher et de la regarder. Un regard trop appuyé, qui en disait un peu trop et j'étais immédiatement recadré d'un fraternel et naïf : « pourquoi tu me regardes comme ça ? », « Pour rien, pour rien » Et je souriais gentiment, je proposais de faire la vaisselle, si si, ne t'embêtes pas, ça me fait plaisir. Je laissais passer quelques jours en espérant que l'incident se délite dans ton esprit puis je t'envoyais un texto criblé de points de suspension, auxquels tu ne répondais pas. La conscience du décalage s'installait. Une personne équilibrée, à ce moment-là, se serait fait une raison. Mais j'insistais, buté, aveuglé. Après quelques mois, tu finis par m'octroyer le statut de confident. Tu me parlais de tes ex, tu me demandais ce que j'en pensais, dans une volonté évidente de casser un amour que je camouflais par une écoute attentive, mais qui gonflait, poussait à l'intérieur de moi. Loin d'imaginer tout cela – tu considérais certainement que mon « intérêt pour toi » avait dû disparaître avec le temps – tu t'es rapprochée de moi en baissant la garde, en me donnant ton amitié. Que faire, sinon l'accepter, ronger ce bout de sentiment et essayer de se convaincre que le destin peut être forcé ?

Je n'osais plus faire un geste dans ta direction. J'avais peur de couper le cordon qui nous unissait. Tu pensais que j'avais abandonné, que je t'avais rangée dans la fameuse case des « bons amis. » C'était officiel, tu pouvais maintenant me donner de bonnes tapes amicales dans le dos avec un naturel et une spontanéité qui me rendraient encore plus fou de toi ; des espoirs nouveaux naquirent de ce rapprochement. Je luttais contre eux, contractant mes muscles, bétonnant mon corps pour endurer ton contact « amical » ; et progressivement, cette technique eut pour effet de me renfrogner, de m'empêcher d'imaginer toute approche. Tu étais devenu un fruit interdit. Je devais éviter les contacts sous peine de courir à ma propre perte. Oui, à l'époque, je pensais encore à moi. Ce mur, toujours ce mur, qui prenait de plus en plus de hauteur. Quand cette forme de relation eût atteint un degré insupportable (mais ce n'est pas le mot adéquat, c'est là toute ma contradiction : ta présence a toujours TOUT rendu supportable), j'ai fait quelques nouvelles tentatives pour attirer ton attention, des choses misérables pour exister à tes yeux, regagner un peu de terrain sur ton ombre, te plaire, oui. Je cachais ton linge. Je faisais mine de le retrouver devant toi quelques jours plus tard et tu me remerciais en me sautant au cou. Je changeais de lunettes. Et faisais comme si de rien n'était quand tu finissais par le remarquer, trois jours plus tard. J'achetais les même disques que toi. Et soulignais la coïncidence d'un air détaché. La distance, l'empathie, l'opposition : j'essayais toutes les techniques, préparant astucieusement mes plans parfois, ne pouvant que constater mon manque de finesse d'autre fois. Quoi que je fasse, tout rebondissait contre ce mur. Mes pitoyables manœuvres m'éclaboussaient le visage, me renvoyaient mon image lâche d'amoureux transi. Croyant dur comme fer au pouvoir de la volonté, je bataillais contre moi-même pour me détacher de toi. Je m'intéressais aux jeux de stratégie, aux mathématiques, aux échecs, pensant naïvement que cela m'aiderait à rationaliser mes sentiments. Comme si jouer l'indifférence pouvait réfréner mes pulsions, poncer les saillies de ma passion. Cela n'eut pour seul résultat que l'empilement de mes frustrations. Peu à peu, je construisais ce personnage qui nous arrangeait tellement tous les deux : Henri, le gentil bibliothécaire inoffensif et sympathique. Voilà. Voilà comment je suis devenu cette devanture, cette protection de moi-même, cet être incapable et insignifiant, féru d'échecs et de modélisme.

Puis Mathias est arrivé. Qui de nous deux t'a fait le plus de mal ? Ma cote est-elle plus élevée aujourd'hui ? Je ne sais pas... En essayant de te protéger, moi aussi j'ai repoussé les limites de la raison. Mais quand je parviens à me regarder dans la glace et que je me pose la question fatidique : et si c'était à refaire ? Il me vient une envie de vomir tant j'ai honte de mon honnêteté. J'en ai honte car la réponse est oui, je crois que je le referai. Parce que je suis un égoïste sans nom et que je suis trop heureux de t'avoir arraché ces quelques mois de bonheur qui ont fait ma vie jusqu'à aujourd'hui. Avec le recul, j'estime que Mathias a même été utile à mon mode de fonctionnement maladif : c'était quelqu'un contre qui se battre, quelqu'un qui, dans les premières semaines, m'a donné le sentiment qu'un combat à enjeux existait vraiment.

Mais cela ne dura pas.

Dès le début, les armes utilisées m'ont renvoyé dans la catégorie inférieure, supprimant en moi mon envie première de combats de coqs. Le plus intolérable n'était pas la régularité des coups mais plutôt la ténacité qu'il me fallait pour supporter les cris qui descendaient du premier étage. J'étais complice de ces crimes à répétition qui se déroulaient sous mon toit. Les premiers temps, je ne remarquais rien. Je ressentais juste une jalousie farouche à te voir heureuse dans les bras de cet homme mais j'en étais rendu à espérer qu'avec le temps, elle finirait par m'éloigner de toi. J'allais me retirer sur une île déserte, seul, sans tentation aucune, vaincu par l'évidence que tu n'étais pas faite pour moi. Mais ce sentiment ne durait pas. J'essayais de me changer, de lui ressembler pour te plaire. Je me mis à écouter du jazz et à prendre des cours de batterie. Mais rien n'y fit. C'est peu dire que tu l'aimais : tu t'oubliais dans cet amour. Et peu à peu, le cercle se refermait. Quand tu partais en tournage plus de deux jours, tu m'appelais parfois de ta chambre d'hôtel pour me raconter qu'à peine rallumé, ton téléphone était assailli de « bip bip » incessants, le temps d'afficher la vingtaine d'appels en absence. Bientôt, sa jalousie prit des proportions effroyables. Quand tu décrochas ce contrat pour la Colombie, sa première question fut « combien de temps ? » Autant il parvenait à s'accommoder dans la douleur de tes courtes missions pour France 3, autant il faut s'imaginer ce que signifiait pour lui cette offre d'embauche : ta disparition totale pendant plusieurs semaines. Cela dépassait son entendement. Malgré son interdiction, tu acceptas le poste. Et pendant trois semaines, tu vécus l'enfer du harcèlement téléphonique. A ton retour, il t'emmena au restaurant et, la nuit qui suivit, les coups se remirent à pleuvoir. C'était désormais la routine : l'éclaircie était irrémédiablement suivie de coups de tonnerre. Et plus le temps avançait, plus je te voyais dépérir avec tristesse. « Il peut changer, je crois en lui », tu disais, peinée. « Il n'a nulle part où aller » tu murmurais, à bout de forces. Et je te conjurais de le mettre à la porte. Parfois tu m'écoutais et tu le quittais. Et puis tu regrettais et il revenait. Je ne trouvais plus les mots pour te convaincre. Il te récupérait en se traînant à tes pieds, en te harcelant au téléphone, en te promettant de changer. Il finissait par te retrouver, par te montrer ses yeux humides et tu fondais. Il pouvait revenir, on effaçait l'ardoise, on remettait les compteurs à zéro jusqu'à la prochaine crise.

La première fois que j'ai voulu alerter la police, tu m'as convaincu du caractère exceptionnel de la situation. Tu disais que les choses allaient rentrer dans l'ordre, que ce n'était qu'une question de temps. Mathias n'était pas comme ça dans le fond. La deuxième fois, tu t'es mise à genoux et tu m'as accusé de vouloir briser la vie d'un homme. La troisième, tu m'as embrassé sur la joue, très près de la bouche, et je me suis tu. La quatrième, tu m'as annoncé ton départ. Cela a suffi pour qu'il n'y ait pas de cinquième fois. Voilà, j'étais au plus bas de moi-même. J'acceptais que la femme que j'aimais soit maltraitée sous mon toit plutôt que de la voir disparaître. Imagine donc quelle estime de soi il faut pour accepter cela. Au moment où tu m'enlaçais dans tes bras nus, pour me remercier, je touchais le fond. En acceptant, j'eu l'impression de signer un pacte d'agression en bonne et dûe forme. Je donnai à Mathias l'autorisation de cogner. Je me haïssais mais j'étais trop lâche pour me torturer moi-même. Un jour, je fus secoué de spasmes dans la salle de bains, une lame de rasoir entre les mains, incapable de me tailler les veines, incapable de verser une larme. Contre mon envie, je vivais. Je me dégoûtais. Je voulais être torturé, qu'on lise mon mal-être sur mon visage comme sur celui d'un héroïnomane. Mais je n'étais qu'Henri le bibliothécaire. Il serait si simple d'imaginer que je n'ai ressenti que de la haine vis-à-vis de Mathias. Mais tu n'as pas idée des ficelles dont mon esprit a usé pour se préserver. Pendant ces mois de cauchemar, je suis passé par des phases de démence pure où j'accompagnais en pensée les coups de Mathias, où je te punissais de ne pas m'aimer à des moments où, au contraire, je sanctionnais ma lâcheté. Combien de fois me suis-je menti à moi-même, atteignant des sommets d'irresponsabilité ? Inscription au club d'échecs d'Annemasse. Cours de batterie. Stages informatiques, Java, C plus, Photoshop. Toutes les excuses étaient bonnes. Je m'organisais de façon à passer le moins de temps chez moi. En rentrant tard, j'évitais ainsi d'être le témoin de scènes insupportables. Mais combien de temps pouvais-je continuer à ignorer l'évidence ? Nous nous parlions de moins en moins. Nous étions morts de honte, chacun pour des raisons différentes. Tu changeais. Tu mettais des pulls même en été, pour couvrir tes bleus. Tu portais cette casquette bouffante, pour masquer tes cheveux fragilisés (je retrouvais souvent des boules de poils dans la salle de bains). Tu souriais moins. Tu t'effrayais au moindre contact.

 C'était trop. Un jour où j'étais seul, je montais à l'étage dans un élan d'audace, fasciné par la tanière du loup, espérant au fond de moi-même un électrochoc qui me pousse à l'action. La chambre sentait la cigarette froide malgré l'interdiction de fumer dans la maison. J'enjambai le sac militaire et m'asseyais devant ton ordinateur. J'avais accès à tous tes messages... Je cliquais... J'étais face à des milliers de lignes, des « objets » qui me hérissaient le poil : « mon unique », « regarde ce que j'ai trouvé ! », « conversation de ce soir. » Je lisais ces mails en diagonale, pour me préserver, encore et toujours, car chaque phrase lue me piquait comme une banderille. Ainsi, je passai en revue ta messagerie jusqu'à ce qu'un mot aimante mon regard : « prison. » Je remontai en arrière et lus cette phrase : « je ne te laisserai jamais aller en prison. » Je compris que

Mathias Krüger était recherché par les services de police. Il était ici, sous mon toit, « au vert », « en attendant que les choses se tassent un peu » comme il disait. J'étais abasourdi. Non seulement Krüger m'enlevait la femme que j'aimais mais il utilisait ma maison comme une planque. « Assez » me dis-je alors. Je refermai l'écran et me levai, bien décidé à aller porter plainte, à faire montre pour une fois, d'un peu de cran. Mais il était là. Dans la cage d'escalier. Tout s'accélérait. Je fouillai l'étage des yeux à la recherche d'une issue, essayant encore de fuir mes responsabilités et d'échapper à la confrontation. Il m'avait vu de toute façon. « Qu'est-ce que tu fais là ? » il attaqua, bille en tête. « Je venais comme ça », je répondis, avant de sortir de ma réserve habituelle, porté par le vent tourbillonnant d'une petite rébellion interne. « Quand même, je suis chez moi, je peux faire ce que je veux non ? et puis... c'est trop... ça suffit maintenant... ça ne peut plus continuer comme ça... » Nous commencions tout juste à nous disputer quand tu es arrivée. Immédiatement, tu imploras Mathias qui n'avait encore rien fait. Tu anticipais la crise. Tu essayais de le calmer par des paroles douces. Mais il ne bougeait plus. J'en profitai alors et le poussai des deux mains. Il évita la charge et je me retrouvai à terre après avoir heurté le coin de la commode. Complètement sonné, j'entrevis par la fenêtre les stalagmites accrochées à la gouttière. Elles gouttaient, comme un robinet qui fuit. Je fus alors frappé d'une vision. Nous étions allongés, blottis l'un contre l'autre, emmitouflés dans des peaux d'élan avec au-dessus de nos têtes le plafond transparent d'un igloo de verre. Nous contemplions le ciel étoilé en attendant le halo vert et dansant des aurores boréales. Nous étions bien, main dans la main, seuls au monde, quelque part en Laponie. Et puis une claque sonore me ramène à la réalité. J'entends qu'on dégringole. Ça n'en finit pas. Grimaçant de douleur, je me traîne à quatre pattes. En bas des escaliers, ton corps gît, inanimé, une poupée de chiffon abandonnée. A ma droite, j'entends des halètements entrecoupés de reniflements. Mathias est accroupi et pleure avec de gros hoquets, il se balance d'avant en arrière, psalmodiant des inepties comme un moine en transe. Je me relève en chancelant, je descends les escaliers en me tenant au mur. Arrivé en bas, je me penche sur toi : tu respires. La minute d'après, je suis dans la cuisine, au téléphone avec les pompiers. Quand je remonte, Mathias n'est plus là, il a déguerpi, craignant l'uniforme sans doute. Devant les pompiers, je fais alors mon premier mensonge. Je dis que tu es tombée dans les escaliers. Je ne sais pas encore pourquoi je mens mais quelque chose se forme en moi, comme si les souffrances accumulées avaient moisi, donné une terre meuble prête à être fécondée. On me demande de décliner mon identité et les images de l'igloo de verre affleurent à mon esprit. Je réponds : « Henri Dupraz » dans un état second et j'ajoute sur le même ton ahuri, encore sous le choc sûrement : « le petit ami » ; les mots prennent une valeur inattendue, officielle, dès lors qu'ils sont repris par les uniformes, crachés par des talkies-walkies et écrits sur des registres. En cinq mots, je suis devenu ce que j'espère depuis une éternité. On le redit plusieurs fois. Au service des urgences, au service réanimation. On me prend à part, on m'explique ton état. J'ai soudain des responsabilités. Je suis quelqu'un. Et plus on me répète ces mots, « petit ami », plus je me fais au statut. Bien sûr, je sais que lorsque tu te réveilleras, la vérité éclatera au grand jour et mon mensonge partira en fumée mais en attendant, je profite, je ressens ce qu'il faut ressentir, l'inquiétude, l'espoir, l'agacement, je suis ton homme, solidaire et debout, fort dans l'adversité. A ton chevet, je dis « on » va s'en sortir, je parle de « nous », j'évoque quelques souvenirs que je travestis un peu, si peu, et je prends ta main dans les miennes en pleurant des mots d'une sincérité de vieillard ; et mes actions m'éloignent peu à peu de mon mensonge. Les médecins me mettent la main sur l'épaule, les infirmières coulent sur moi des regards compatis-

sants. Je veille comme il se doit ; je passe la moitié de la nuit recroquevillé en chien de fusil sur une rangée de chaises d'hôpital, sous la lumière froide de néons grillagés. Et puis vers dix heures, au café, mon téléphone sonne : c'est Mathias. Il veut savoir comment tu vas. Alors c'est l'évidence. Il doit disparaître. Il ne doit plus nous encombrer. C'est toi et moi maintenant, rien d'autre. Et puis quoi ? Pourquoi partir ? Pourquoi ne pas rester ici, dans notre maison ? « Donnez-moi une pierre et je construirai un empire » disait Napoléon... Oui... je ne le savais pas encore mais j'étais au pied d'un empire... ce que j'ébauchais allait me racheter de toutes mes faiblesses... j'allais devenir le plus grand... Je suggérai à Mathias de venir te rendre visite puis raccrochai et me ruai dans une cabine pour alerter la police sous couvert d'anonymat. Réfugié derrière un panneau en liège, dans le hall de l'hôpital, j'assistai comme dans un film à l'interpellation de Mathias, au moment même où il poussait la porte à tambour de l'hôpital. Dès que les sirènes s'estompèrent, je contournai le panneau, en parfait Judas, et fis mine de m'intéresser aux affiches punaisées sans pouvoir empêcher un infime sourire de venir éclairer mon visage. Sur le parking de l'hôpital, j'inspirai l'air glacial à pleins poumons. Nous étions le 2 février 2006 et, déjà, j'étais dos au mur : je ne pouvais plus reculer.

Ma vie commence vraiment deux semaines plus tard, le 13 février. Après dix jours de coma, tes paupières s'écartent doucement.

Quel sens actives-tu en premier ? La vue, avec la lumière froide des néons ? L'odorat avec cette odeur d'éther qui donne la nausée ? L'ouïe, avec le « bip bip » régulier de la ? Ou le toucher, avec ma main sur la tienne ? Ou peut-être que je me trompe, peut-être que tu ne ressens rien, encore trop éloignée de toi-même, revisitant des contrées oubliées et inaccessibles, connues de toi seule. « Alice ? » Je me penche sur toi mais tu ne réponds pas. « Alice, votre ami est là. » L'infirmière le dit pour moi, je n'ai même pas à mentir, tu vois. Elle ajoute mon nom, Henri Dupraz, et mon cœur s'emballe tout à fait à tes premiers battements de cils. Une désapprobation ? Un assentiment ? Je mets dans mon regard toute la tendresse que je peux, espérant te convaincre par les yeux. Mais qu'est-ce que j'imagine ? Allons, Henri, le train est à quai.

Et pourtant. L'improbable se produit.

Ton sourire en pointillés.

« Alice, si vous m'entendez, clignez des yeux. »

Tu clignes.

« Alice, écoutez-moi. Vous avez eu un accident. Vous allez rester quelques jours en observation et Henri va rester là, d'accord ? »

Nouveau battement de paupières.

« Il est possible que vous ayez mal à la tête, c'est une réaction normale après un traumatisme crânien. Nous allons vous donner des médicaments et ça va passer. Essayez de vous reposer à présent. »

D'un revers de main, j'ose une caresse qui te clôt lentement les paupières et tu t'endors comme par magie.

Prosopagnosie. Amnésie partielle rétrograde. Des mots comme ça.

Après quelques questions d'orientation, des exercices de mémoire et de multiples radios, les médecins tranchent. Tu as une lésion au niveau du cortex temporal inférieur qui indique un trouble de la reconnaissance des visages, ce qui expliquerait que tu ne me reconnaisses pas. Je sens pourtant que mon visage te dit quelque chose. Tes sourcils se froncent, tes paupières se referment, tu produis un effort mental ; c'est comme reconstituer ton rêve de la nuit à partir de bribes, en maintenant les yeux fermés pour les retenir, en essayant de faire le point sur des images qui restent floues. Qu'arriverait-il si la mémoire te revenait tout à coup ? J'ai peur. Je comprends que je n'ai pas le choix, qu'il faut que j'apprenne à vivre avec cette peur. Le présent est tout désormais, le passé et l'avenir n'existent plus.

Rentré à la maison, je procède méthodiquement. D'abord effacer les preuves de l'existence de Mathias. Je monte les marches quatre à quatre, me rue sur ton ordinateur et mets à la poubelle toutes les photos où il apparaît. Puis je vide ta boîte e-mail, supprime ses cadeaux, ses livres, ses vinyles. Je jette tout ça dans un grand sac poubelle, avec une paire de chaussettes qu'il a oubliée et sa brosse à dents. Je fourre tout ça dans le coffre de la voiture et prends la direction de cette décharge que nous connaissons si bien. Sur place, je balance le sac puis repars en quatrième vitesse pour commencer le grand nettoyage. Tout doit disparaître, même son odeur. Je passe l'aspirateur, aspire dans tous les coins. Je passe la serpillère ensuite, je cire, je brique. Je fais plusieurs machines pour laver tes vêtements, les draps, la couette. J'en fais dix fois trop, pour me rassurer, pour m'anesthésier et m'injecter à moi-même une partie de ton amnésie. Je range les jupes avec les jupes, les chemises avec les chemises. J'asperge ton écharpe de mon parfum. J'astique comme un dément, passant mes nerfs, m'oubliant dans l'effort, m'acharnant sur des cercles collants laissés par les culots de vos verres sur la table de nuit. Je ne laisse rien au hasard. Je fouille chaque recoin comme un flic de la police scientifique avant de m'interroger, le doigt en travers des lèvres : « qu'ai-je oublié ? » Puis de repartir à genoux, de vérifier des endroits vérifiés, de brûler, de m'esquinter.

Dans un deuxième temps, je m'attelle à l'impossible. Je commence par les photos. J'en sélectionne une centaine dans celles qui restent et, pour chacune d'entre elle, je détoure ta silhouette dans Photoshop. J'incruste ensuite ton portrait sur des photos où j'apparais seul. Je gomme, je contraste, je colorise. A mesure que j'exporte les fichiers, je gagne en vitesse d'exécution. Pour faire du volume, je vais même jusqu'à me mettre en scène, dans le jardin, dans l'atelier, déclenchant l'appareil photo automatiquement, souriant, posant, le regard en coin, enlaçant le vide et prenant soin de laisser suffisamment d'espace à côté de moi pour pouvoir t'incruster sur l'image. Progressivement, nos lèvres se touchent, nos bouches se sourient et, peu à peu, en empilant les clichés imprimés, je réussis à me convaincre moi-même, à oublier que c'est au diable que tu t'es d'abord offerte. Les photos fraîchement imprimées, je leur appose la marque du temps. Je corne les coins, frotte légèrement le papier glacé sur la table du salon. Et si cela ne suffit pas, je retrouve le fichier dans le disque dur, ajoute une pointe de sépia et réimprime. Je m'échine, besogneux, appliqué. Je modifie les dates des fichiers. Un calendrier de pompiers sur les genoux, je choisis nos dates de vacances a posteriori, les répétant à haute voix pour les apprendre par cœur : « Maroc... juillet 1999... Lausanne... août 2000... La Ciotat... en février. »

Tout doit être prêt pour le jour J. Je passe les dernières heures avant ta sortie à me ronger les sangs. Je marche des kilomètres pour m'aider à réfléchir. J'arpente le salon sans penser à prendre l'air. Je tourne en rond, ajuste trois fois le même cadre au mur qui me paraît toujours penché. Je change de chemise deux fois, à cause de la sueur. Je tire sur la peau de mes joues, teste ma capacité d'imagination, quelle histoire pour ce vase-là, où, quand, pourquoi ? Puis je réalise avec soulagement que dans bien des cas, raconter la vérité suffit ; je répertorie tout alors, il faut que je sache tout, que j'apprenne tout. Je deviens une encyclopédie. Je me répète à mi-voix des anecdotes de notre vie passée, travestis le réel, anticipe tes questions. Je me veux rassurant, sûr de moi, je travaille mon naturel en vérifiant mes mimiques dans la glace du salon. Comment être certain que tu ne découvriras pas le pot aux roses ? Combien de temps durera une telle mise en scène ? Vois-tu, j'ai appris à mes dépens que le mensonge a un gros défaut : il a une durée déterminée. La vérité, elle, est éternelle. Essayer d'inverser les forces est peine perdue, la partie est jouée d'avance... Mais allons : qu'ai-je oublié ? Quels indices ai-je laissé traîner ?

Et si les villageois parlaient ? Qu'adviendrait-il ? La veille de ta sortie, je vais au marché, je glisse un mot aux commerçants l'air de rien, en récupérant la monnaie dans le creux de la main. Mon amie va revenir à la maison, elle a eu un grave accident mais elle s'en est sortie oui... L'information se propage comme une traînée de poudre. Dès le lendemain, à la pharmacie, l'employé me demande de transmettre ses vœux de prompt rétablissement « à madame. » Je souris mais rien ne me rassure. J'ai la trouille. Progressivement, la honte, que j'ai réussi à tenir à bonne distance, plongé dans l'action de ces derniers jours, me rattrape. Qu'étais-je en train de faire ? Que se passerait-il si la mémoire te revenait ? N'allais-tu pas pointer sur moi un doigt frémissant et accusateur, briser les cadres des photos en mille morceaux ?

Mais la pendule sonnait huit heures. Que se serait-il passé si elle n'avait pas sonné ? Serais-je resté là, assis dans la cuisine à analyser la situation sous toutes les coutures ? Aurais-je finalement abouti à la conclusion que toute cette entreprise était une folie ? Aurais-je pu changer d'avis ? Que se serait-il passé ? Combien de fois m'est-il arrivé de refaire le chemin à l'envers et de me dire : « que serait-il advenu si, à ce moment-là, j'avais agi d'une autre manière » ? Tu ne peux pas imaginer non plus le nombre de fois où, usé par mon mensonge, j'ai eu l'envie de te déballer toute la vérité et où, rattrapé par ma lâcheté, je me suis tu, j'ai souri, découragé par un de tes « qu'est-ce que t'as ? » Finalement, tu vois, quand j'y pense, je me dis que mon seul acte de courage aura été mon mensonge...

Mais la pendule a sonné et il fallait y aller.
La suite, tu la connais. Je m'étais figuré que tu t'habitue-

rais à mon amour et que, devant ma débauche d'énergie, tu finirais par baisser la garde. Mais jamais tu n'as abdiqué. Si ton esprit avait gommé les visages et les souvenirs, ton corps, lui, semblait conserver des stigmates du passé. Je t'effleurais à peine que tu t'arc-boutais, le corps en tension, électrique. Tes jambes refusaient de te transporter à l'étage. Je m'adaptais donc. Je redoublais de tendresse verbale. J'aménageais l'étage du bas. Il y avait une solution pour tout. On s'en sortirait. On s'aimerait.

Mais très vite, tu t'es méfiée. Puis rebellée. Contre toi-même, contre cette mémoire qui t'oubliait. Tout se mélangeait, tu disais, tout tombait à plat, pile à côté. Tu restituais mal les choses, tu avais l'impression de glisser sur la réalité sans pouvoir t'accrocher à rien. Tu t'es mise à poser des questions, à enquêter sur toi-même avec acharnement. Tu filmais tout. Je vivais dans la terreur que quelqu'un évoque Mathias. Souvent, l'air de rien, je repassais derrière toi pour m'assurer que les personnes interrogées n'avaient rien laissé filtré. Je changeai de chemise deux ou trois fois par jour. Je vivais avec la crainte que Mathias soit libéré et qu'il essaie, malgré le mensonge de ta mort que je lui avais servi, de te retrouver. Plusieurs fois je suis allé le voir à Aiton, puis à Fresnes où il a été transféré. A chaque visite, je jouais le chaud et le froid. J'évoquais notre deuil commun les premières minutes, laissais planer l'idée de sa responsabilité dans ta mort avant de partir. Mais cela ne suffisait pas. Le doute ne me quittait pas. Il ne croyait pas un mot de ce que je lui racontais. Il parlait de toi au présent et son regard fuyait à l'évocation de ton décès, comme si tout cela ne le concernait pas. J'espaçais mes visites en espérant que l'isolement termine le travail pour moi. Mais rien n'y fit.

Et plus les jours avançaient, plus l'étau se resserrait. Je sentais venir l'inéluctable. Tu t'en prenais maintenant à toi-même, coupable, frustrée des réponses que j'apportais à tes questions incessantes. Tu devais t'obliger à vivre tu disais, avec *ou sans passé. Comble de mon adoration et de ma perversion, cette attitude renforça mon amour pour toi. J'aimais cette force qui te forgeait un caractère nouveau. Tu développais un côté binaire et sans nuances, intolérant et radical. Mais ce n'était qu'une façade. Ta fragilité se terrait. De temps à autre, tu paniquais. Soudain, tu te mettais à trembler et à pleurer pour rien. Les particules de bonheur qui t'entouraient avant l'accident, ce sourire lumineux, cette spontanéité, s'étaient agrégés pour former une sphère dure et glacée, prête à éclater à la moindre surcharge émotionnelle. Comme des pans entiers de banquise, de gros morceaux cassants se détachaient en grondant à la moindre contrariété, s'écrasaient dans une mer sombre, provoquant des déferlantes d'émotion incontrôlées. Quelque chose en toi était cassé. Tu te protégeais contre le monde extérieur, gagnée par la paranoïa, craignant les retours de bâton d'un passé oublié. Tu ne parlais plus. Tu dormais trop et passais ton temps devant la télévision. Tu t'éloignais. Mon affection ne suffisait plus, tu voulais plus, tu voulais tout et rien en même temps. Mais la vérité était plus simple. Tu ne m'aimais pas, voilà tout. J'attendais un regard impossible. Et puis un jour, six mois après ton accident, tu es partie. Tu n'étais pas amoureuse et tu me l'as dit. Ça n'était pas de ma faute, c'était « toi » le problème. Il fallait que tu vives, que tu voies du monde, que tu recommences à travailler. De quel droit pouvais-je te retenir ? N'était-il pas préférable que notre relation se termine ainsi plutôt que par la découverte de la sombre vérité ? Oui, après tout, c'était mieux ainsi. On se soignerait chacun de son côté, toi à Paris, moi ici, en Savoie. J'y ai cru quelque temps, pas très longtemps, non. Trois mois plus tard, j'étais muté à Paris.*

Mais la vraie question, celle qui me taraude encore aujourd'hui, alors que j'en suis encore, sept ans après notre première rencontre, à ressasser les événements du passé, c'est : pourquoi n'ai-je aucun remords ? Suis-je un monstre ? Il m'est impossible de concevoir une autre façon d'être heureux. Si j'ai menti, c'est d'abord aveuglé par ta lumière, porté par l'évidence de cette promesse de bonheur à deux. Je te sauvais après tout, je t'arrachais aux griffes du mal. Par la suite, mon mensonge a dû se couler dans la peur de te décevoir. Qu'aurais-tu pensé de moi si je te révélais l'innommable vérité ? Et fort de ce constat, je retombais en moi-même, dans mon costume étriqué de grand lâche.

Voilà, tu sais tout, je suis une pierre, un non-cœur, appelle-moi comme tu veux. Tu vois, on croit toujours connaître ses proches, eh bien on se trompe, on ne connaît ni rien ni personne. On lit mal. On voit ce que l'on veut voir. « Arrête de t'excuser », tu disais souvent. Et je souris maintenant en songeant que tu étais loin d'imaginer la véritable raison pour laquelle je m'excusais... Mais allez... laisse-moi te le dire une dernière fois ma chérie, pour l'honneur, pour le panache, pour le pied de nez à la vie, parce que tu pensais que ce mot était tellement moi, parce que tu me détestais tellement quand je te le disais et que je veux que tu restes sur cette impression de moi, une bonne haine des familles, car je ne vaux que ça, sérieusement, et après, promis, je te laisse, je n'embête plus personne, je m'éteins, je vais me coucher.

Sorry.

Henri

Alice pose les feuillets sur la table, applique ses deux mains dessus. Dehors, elle aperçoit un chien qui lui rappelle les paroles d'Henri, à propos du chiot errant du cimetière, qu'il faudrait s'en occuper un jour, parce que si personne ne lui changeait son collier, il mourrait étouffé en grandissant. Et cette pensée, le contre poids de cette lettre, lui arrache une larme. Comme si elle résumait à elle seule l'autre facette d'Henri, celle qu'elle aurait toujours voulu garder en mémoire, l'homme à la maladresse attendrissante, cultivé, plein d'esprit. La personne qu'il était sans doute quand il faisait une pause et oubliait l'épaisseur de son mensonge infernal.

Ce personnage qu'il décrivait, cet inconnu à la personnalité double.

A vrai dire, en lisant, Alice a d'abord ressenti un sentiment d'indifférence. Cette impression que la lettre évoquait l'histoire de quelqu'un d'autre. Une femme qui avait été battue, qui n'avait jamais réussi à s'extraire du cercle vicieux de la violence conjugale. Un inconscient qui protégeait, qui gommait les visages, mettait des souvenirs sous clé. On lève le pont. On barricade. Pauvre femme. C'était bien triste.

Et puis, à mesure qu'elle avançait dans sa lecture, il lui était devenu de plus en plus difficile de nier la vérité. Mettant en parallèle sa version des faits, sondant ses propres doutes, triant les débuts de preuve qu'elle détenait, les contours d'une réalité encore floue s'étaient précisés. Une multitude de signes l'avaient déjà mise sur la voie. Des indices qui traînaient dans son corps. Il y avait cette sensation de vertige lorsqu'elle montait les marches, ces voix, ces rêves incessants. Et que dire de cette nuit où ses mains avaient épousé les courbes du saxophone ? Sans compter la somme de détails annexes qui complétaient le tableau. Henri suant, changeant de chemise régulièrement, elle fronçant les sourcils en contemplant leurs photos, se disant tout de même, il y a quelque chose de bizarre dans ces photos. Mais comment se douter que l'homme qui vit à vos côtés est un truqueur, un imposteur ? Peut-on imaginer un comportement aussi machiavélique ? Se laisse t-on seulement le droit de le faire ?

La colère l'avait envahi doucement. Elle s'en voulait. Elle aurait dû rompre. Rien de tout cela ne serait arrivé si elle était partie plus tôt.

Elle avait voulu tirer un trait sur son passé alors qu'au fond, elle n'attendait qu'une seule chose : se réveiller un matin avec en tête les images de cette année 2006. Au lieu de ça, l'irrémédiable question l'assaillait, les brumes de rêve à peine évacuées : « qui est cet homme dans la grotte ? » et la réponse tombait, toujours la même : « je ne sais pas. » Ses visions nocturnes restaient à l'état de rêve. Impossible de les convertir en souvenirs tangibles, elle cherchait, elle cherchait, mais non, ça ne venait pas, elle n'établissait aucun lien direct entre elles.

Dans le noir, elle fait jaillir la minuscule flamme de son briquet qu'elle regarde un moment, étonnée, absente, retournée à l'âge de pierre. Elle a cette vision, le visage d'Henri baigné de lumière chaude, qui se reflète sur ses carreaux de lunettes. La réminiscence d'un rêve ? La manifestation tardive d'un souvenir enfoui ? Impossible de le dire. Elle préfère répondre par les actes et approche les feuillets du briquet. Instantanément, les flammes affamées attaquent la lettre qu'elle oriente comme il faut maintenant, la saisissant par l'autre coin, pour tout brûler correctement, ces mots insupportables, ces visions-illusions qui tournent en rond. Lorsque ses doigts sont trop chauds, elle lâche prise et une armée de flammèches en furie terminent le travail au sol, sur le carrelage froid.

La dernière flamme disparue, elle rassemble les cendres tièdes comme elle peut, avec le carton plastifié du règlement intérieur de l'hôtel.

En les glissant dans la poubelle, elle sent un énorme poids qui s'en va, une manière de soulagement, la sensation de s'appartenir vraiment, un bref instant.

4

Regarde toi-même dans le judas, elle me cherche aussi, elle provoque, elle ne sait pas se tenir, voilà le résultat, regarde ce que j'ai fait maintenant, qu'est-ce que je vais devenir, j'ai peur Riton, je vais retourner en taule, c'est mieux comme ça, tu pourras l'avoir pour toi tout seul, non, je ne sais pas, vas-y console, moi je ne peux pas, je n'y arrive plus, c'est moi qui ai fait ça, elle est toute nue, faut avoir une case en moins quand même, c'est pas ce que je voulais, c'était pour la leçon tu vois, à cause de ces jeux à la con dans la voiture, hein, c'est pas de ma faute, tu m'entends Alice, réponds merde, je sais que tu m'entends, c'est à cause de tes jeux à la con dans la voiture, t'as entendu, et puis ce parfum aussi, ça me fout la nausée, on avait dit non, pas les cadeaux des ex, c'est dégueulasse, comment t'as pu, on l'avait dit, j'invente pas merde, mais chut, je me calme, calme-toi aussi, sois sage, j'en peux plus de cette vie, arrête de cogner à la porte, tu te bousilles les mains, c'est malheureux, des menottes si adorables, faudrait les assurer contre le vol je t'ai déjà dit, je plaisante pas, bon si, un peu, allez, on arrête, on fait la paix, je sors.

5

Elle cogne d'abord au carreau de la cuisine et ça lui fait comme des fourmis dans les phalanges. Il n'y a personne. Louise n'a pas entendu. Elle pousse la porte qui grince sur ses gonds, décidément, cette porte, et dit « Louise ? » par l'entrebâillement. Elle franchit le pas, attentive au moindre signe extérieur, un pas, un craquement de planches à l'étage. Elle embrasse la pièce du regard, reconnaît tout, la bibliothèque contre le mur, les poufs marocains, la peau de bête à poils blancs près de la cheminée, là où elle aimait nicher ses pieds nus après le ski. On n'a touché à rien à part les maquettes de train qui ont été rentrées dans le salon, mises sous cloche de verre. La batterie n'a pas bougé. C'est comme si elle était partie hier. Henri n'a rien remonté. L'agencement des meubles est le même. Les photos sont toujours sur la cheminée. Elle s'approche du pêle-mêle en liège, monte un index hésitant vers les quatre photomatons noir et blanc, entre deux photos du Maroc. Comment pouvait-elle se douter ? Ils ont l'air si complices là-dessus... Ils grimacent, prennent la pose, tour à tour effrayés, sceptiques et grognons. Mais quel couple n'a pas l'air amoureux sur des photomatons ? Alice glisse ces clichés dans la doublure de son manteau.

Elle se promène silencieusement maintenant, comme si de rien n'était, les mains dans le dos. Elle marche, écoute, respire. Quelque chose a changé tout de même. L'odeur peut-être, oui, c'est ça : ça sent les médicaments et la chemise de nuit.

Et puis ça arrive. En voyant la découpe des marches de l'escalier, elle recule. *Monte j'te dis !* Elle presse ses genoux qui tremblent. *On va régler ça là-haut !* Mais ils ne résistent pas. Son corps abdique, plie sous le poids des secrets qu'il renferme. Alice se retrouve à quatre pattes. *Tu vas être bien ici, tu vas voir, j'ai tout descendu.* Ça se mélange dans sa tête et elle se traîne, attrape un nez de marche pour se relever. Mais ses membres ne répondent plus. Elle abandonne, se laisse glisser vers le parquet. *Pourquoi tu me fais ça petits pieds ? Pourquoi ?* Elle se protège la tête maintenant, le sexe, les seins. « Non... », elle dit, et ferme les yeux très fort, pour encaisser les coups virtuels, à terre, consciente du caractère salutaire de l'expérience.

- Qui c'est ?

C'est Mathias, c'est lui, elle en est sûre.

- Qui c'est ?

Mais non, c'est autre chose. Une petite voix qui vient la chercher. Elle tente de contrôler sa respiration, s'engouffre dans de longs tunnels d'air et, peu à peu, les choses s'arrangent, elle se calme. Rougeotte, échevelée, elle regarde en direction de la petite voix. Une dame se tient les coudes près des toilettes. Un gilet bleu ciel mal boutonné, une poitrine frêle qui se soulève vite. Alice s'arrange comme elle peut et articule entre deux reniflements :

- C'est moi Madame Louise, c'est Alice.

Un petit silence, le temps que les mots s'organisent dans la tête chenue.

- Vous vous souvenez de moi Madame Louise ?
- Alice... Alice... non, ça ne me dit rien.

Poussée par un pressentiment, Alice tente en se relevant :

- Et Mathias Krüger ? Ça vous dit quelque chose Mathias Krüger ?

Louise ne répond rien. Elle se frotte les coudes en silence. Remise sur pied, Alice la dévisage maintenant.

- Vous êtes sûre ?

Elle jurerait avoir perçu une lueur dans les yeux bleuâtres.

- Prenez-vous du thé mademoiselle ? J'ai de la camomille à la cuisine ; ça m'aide à dormir le soir.

- Avec plaisir.

La vieille dame fait demi-tour lentement et se dirige vers la cuisine à petits pas serrés, en s'appuyant au buffet, un repère dans l'espace sans doute. Alice la suit.

6

Elle observe maintenant ses petits doigts qui courent sur le rebord du bol.

- Normalement, j'ai quelqu'un qui m'aide pour les tâches ménagères.
- Ça me fait plaisir, madame Louise, ne vous en faites pas.

Alice dit « attention aux doigts » et sert les tisanes.Madame Louise souffle sur la surface brûlante, lève la tête et Alice devine qu'elle sourit, remarque les plis creusés aux coins des yeux.

- Vous aimez les vieilles peaux comme moi, hein ?

Mentalement, elle gomme les rides, raffermit la peau, rembourre les joues. Elle brunit les cheveux, les allonge jusqu'aux épaules. Elle l'observe, cherche les traits d'Henri dans le visage de jeune fille qu'elle vient de recréer.

- J'ai bien connu votre fils, elle dit.

Madame Louise ne répond pas. Elle pose dignement ses lunettes sur la table, passe son index au coin de l'œil. Alice met un temps à comprendre. Comme s'il était établi que les vieux ne pleuraient plus, qu'ils avaient eu toute leur vie pour le faire, que c'était bien assez.

Elle couvre la petite main ridée de la sienne.

- Je suis désolée.

Un geste évasif dans l'air, comme pour relativiser, dire que de toute façon, on avait beau, c'était comme ça et Louise remet

ses lunettes pour refermer la parenthèse.
- C'est à cause des lettres tout ça.
Alice prend le ton le plus ingénu possible :
- Des lettres ? Quelles lettres ?
- Il est venu les chercher, c'était entendu.
- Qui ? De quoi parlez-vous exactement ?
Louise monte le bol à sa bouche.
- Ils se sont battus.
Alice se penche en avant, le regard tendu.
- Madame Louise, ces lettres, est-ce que vous les avez lues ?
- Ils étaient là-bas. J'ai tout vu.

Alice regarde ses petites lèvres sèches chercher le bord effilé du bol sans oser intervenir. La vieille dame boit deux gorgées rapprochées, repose le récipient un peu brutalement, sans la maîtrise totale de l'atterrissage. Puis les pieds de la chaise raclent sur les tomettes rouges. A petits pas serrés, elle marche jusqu'au tiroir de la commode du salon et Alice la suit des yeux, en tournant le buste sans oser se lever. Elle ouvre le tiroir, sort une chemise couleur crème qu'elle dépose sur la toile cirée ainsi qu'une loupe et une série de photos jaunies, aux coins fatigués, aux bords dentelés.
- Je peux ?
- Faites ma petite, faites...

Alice ouvre la chemise. A l'intérieur, d'autres photos. Elle appuie l'index sur l'une d'entre elle.
- Qui est-ce ?
- C'est Yves.
- Yves ?
- Mon mari, le père d'Henri.

Madame Louise prend la loupe et colle son œil dessus en même temps que son dos s'arrondit. Les gestes sont fluides, automatiques, c'est évident, c'est une habitude, elle regarde souvent ces clichés.

Alice regarde la photo à l'envers. Yves doit avoir vingt-cinq ans. Mais un début de calvitie donne l'impression qu'il est plus vieux. Louise passe les autres photos en revue, s'attarde sur un pique-nique de famille au jardin des plantes, à Vitré. Tout le monde est debout et pose de façon très officielle. A cette époque, une photo, c'était quelque chose. Alice pose un regard attendri sur la vieille femme. Elle se demande un instant si Henri a pu falsifier ces photos-là aussi. Elle passe son doigt sur le bord coupant du papier glacé, tout au fond de sa poche, hésite à sortir les photomatons et à les exposer là, sur la table, à côté de celles de Louise, pour comparer, faire concurrence. Mais elle garde la main dans sa poche. Elle est jalouse. Simplement jalouse du bonheur de cette vieille femme, du plaisir qu'elle prend à contempler les photos de son mari disparu.

- Racontez-moi plutôt, elle dit, racontez-moi votre rencontre avec Yves.

Sans lâcher sa loupe, Louise dit « ça a été mon seul amour » avec un grand naturel, puis, lorsqu'elle a fini de détailler la photo, elle la range dans la chemise et demande de quoi on parlait déjà. Alice répète, Louise murmure « ah oui » et pose la loupe sur la table, très doucement. Lentement, elle ôte ses lunettes et plonge son regard dans le vide.

7

Elle y était venue toute seule, à ce bal. Elle regardait les gens danser. Lui discutait avec ses sœurs. De temps en temps, il lui lançait des regards d'adulte, entre deux gorgées de cidre. Mais elle faisait celle qui ne voyait pas. Elle était experte à ce petit jeu-là. De toute façon, elle pouvait avoir celui qu'elle voulait. A un moment, quand les Américains sont arrivés, on a même cru qu'elle couchait avec eux. « Souite girl, souite girl » qu'ils disaient, les Américains, quand ils la croisaient. C'est qu'à l'époque, c'était un beau brin de fille.

A la fin de la danse, Yves a abandonné ses soeurs en les saluant bien. Il a marché vers elle, très sûr de lui. Sans doute pensait-il que l'uniforme jouerait en sa faveur. Il a dit : « bonjour mademoiselle, vos sœurs m'ont dit que vous alliez bientôt partir, est-ce que je peux vous raccompagner ? » Elle a répondu : « comme vous voulez, ça ne me dérange pas. » Elle s'en fichait. Personne ne l'intéressait. Yves a toujours défendu l'hypothèse de l'œillade. Soit-disant qu'à ce moment-là, si, justement, elle lui avait lancé un regard coquin qui l'aurait clairement incité à poursuivre sa manœuvre de séduction.

Ils marchent côte à côte maintenant, sans rien dire, à mesure que le rideau de la nuit s'abaisse lentement. Il prétend que son sac militaire l'oblige à se pencher vers elle. Elle ne répond rien. La soirée est tiède, on est bras nus. Arrivés à la gare de Vitré, les deux jeunes gens doivent se quitter. Il doit prendre son train pour Toulouse, avec un changement à Paris. Il était juste revenu rendre visite à ses parents, qui habitent Fougères, pas loin d'ici. Maintenant, il doit retourner travailler. C'est la fin de sa permission. Parce qu'il est dans l'armée de l'air. Il contrôle les chargements et les déchargements des avions.

- Bon bah c'est très bien tout ça, au revoir monsieur.

Elle tend sa petite main insolente.

Il la saisit, ne la lâche plus.

- Ne croyez pas que vous allez vous en tirer comme ça mademoiselle, vous allez me donner votre adresse.

- Je ne donne mon adresse à personne monsieur. Surtout pas à des inconnus.

- Ah vous ne voulez pas ? Et bien je ne vous lâcherai pas la main.

- Vous êtes tenace vous ! Laissez-moi partir quand même ! Je suis libre !

- Non, il faut que vous me donniez votre adresse.

- Vous commencez à m'ennuyer vous. Fortement. Ecoutez donc, je vais vous la donner. Mais je vais la dire très vite. Si vous la retenez, c'est bien, sinon, tant pis pour vous !

Elle dit alors, en marchant un peu sur les mots :

- Mademoiselle Louise Mermier, 3 impasse du Clos, Vitré, Ile et Vilaine.

- Très bien, c'est enregistré.

Et il saute dans le train au coup de sifflet.

Juillet 1945. Retour à Toulouse. Il écrit. Plusieurs fois. Dans sa troisième lettre, il lui prie de répondre. Dans la quatrième, d'être au moins sa marraine de guerre. Mais non. Rien n'y fait. Elle s'entête. Sa mère, Marthe Mermier, ne comprend pas. « C'est toujours pour raconter la même chose », se défend sa fille, « vous êtes belle... toujours élégante, toujours bien mise... vous avez les traits fins tout ça et tatati et tatata... » « Mon Dieu quel guignol ! » ; « et puis, s'il fallait que je réponde à tous les courriers que je reçois ! » Non. Ce n'est pas ça qu'elle veut

Louise. Elle veut quelqu'un qui lui convient. Quelqu'un qu'elle choisirait.

Et puis tout s'accélère.

Août 1945. Il est de retour. Le soir de son arrivée, il file impasse du Clos. C'est le père Mermier qui lui ouvre la porte. Il fait peur, avec son œil bandé. Que veut-il à sa fille ? La voir ? Et pourquoi ? Et comment ? Yves, le képi à la main, explique, lentement, fermement, en essayant de faire la meilleure impression possible. Il a fait sa connaissance, il y a quelque temps. Il a écrit, il aimerait bien la revoir.

Un jaugé du regard, de haut en bas, qui signifie beaucoup, et puis un clin d'œil et une tape dans le dos inattendue :

- Je crois qu'elle est au cinéma ce soir.

Le visage du jeune troufion s'éclaire. Il court comme un fou vers l'unique cinéma de la ville. A la caisse, il retrouve Marie, sa sœur qui l'a vue au bal et qui travaille là. Oui, Louise vient de rentrer dans la salle. Oui, le film n'est pas encore commencé. Il paye, s'élance dans le couloir, oublie le pourboire à l'ouvreuse. Debout au fond de la salle, il étudie les têtes chevelues, élimine à toute vitesse celles qui ne conviennent pas. Et puis ça y est, il la voit, les cheveux auburn, c'est elle. Il s'avance dans l'allée, s'assoit sur le siège disponible, à côté d'elle. Il frôle son bras nu sur l'accoudoir. Mais elle l'ignore. « Encore un collant », elle pense. « Un jour, je vais me mettre dans une coquille et comme ça, personne ne me verra plus jamais. »

- Vous ne me reconnaissez pas ?
- Ah non. Je ne vous connais pas.

Et elle croit bon de préciser :

- Je ne vous connais pas *du tout* même. Alors n'insistez pas.

Mais Yves insiste. Le film commence. Ça s'appelle *L'invité de la onzième heure*. C'est l'histoire d'un savant, qui invente une machine à analyser les pensées.

Le film terminé, il négocie pour la raccompagner.

- Après, il dit, je rentre chez mes parents à Fougères, par la Micheline.

Mais elle ne saisit pas la perche tendue.

Huit jours plus tard, un dimanche matin, il est encore là. Au volant d'une voiture cette fois. C'est celle de son paternel, une *Fiat 500 Topolino*. « Un piège à fille » il lui a glissé, avant de laisser tomber les clés dans la paume du jeune homme.

Au bout de l'impasse, il coupe le moteur. Devant les escaliers, il claque la porte, jette un coup d'œil vers la maison des Mermier. Il s'est mis sur son trente et un. Pantalon à pinces et souliers cirés. Il secoue la cloche à l'entrée de la maison.

Postée en haut des escaliers, Marthe Mermier cueille la conversation qu'il a avec monsieur le père, sur le pas de la porte. Ni une ni deux, elle se précipite dans la chambre de sa fille.

- Dis donc, tu n'es pas habillée. Il faut que tu t'habilles. Tu sais, le p'tit jeune homme, il vient te chercher pour t'emmener à Fougères.

- Tu blagues ou quoi ?

- Il te ramène.

Comme si ça comptait. Louise fait sa chambre. Elle a un plumeau dans les mains et n'est pas prête du tout. Et ce type, surtout, elle s'en moque.

- Je n'y vais pas. Dis-lui que je suis prise.

Marthe descend. Puis remonte, deux minutes plus tard.

- Il s'impatiente, elle dit. Il compte bien sur toi.

- Ah toi, tu es formidable ! Tu arranges ça comme ça !

- Fais-le pour moi. S'il te plaît.

Bon. Elle s'habille. Elle essaie d'être élégante. Elle choisit une belle robe. « vous êtes belle... toujours bien mise... vous avez les traits fins. » Elle pense à ces petites phrases en se maquillant.

Puis elle descend, apprêtée.

- Je vous emmène ! il dit. Chez mes parents ! Ça me fait plaisir !

Ben voyons. Elle monte dans la voiture, sans dire un mot.

- Mes parents nous attendent pour manger, il dit.

Eh bien.

- Enfin ce n'est pas vraiment mes parents. Mon père est veuf. Il s'est remarié avec une vieille fille que je n'apprécie pas beaucoup.

- C'est interdit de rouler en voiture vous savez.

- C'est mon père. Il est mutilé de guerre. Il a une jambe de bois, c'est pour ça que les Allemands l'autorisent à circuler en voiture. Il me l'a prêtée pour aujourd'hui.

Il se tourne vers elle, lui sourit. Mais elle ne regarde pas. Dehors, la campagne défile à toute vitesse.

On termine le repas par quelque calvas.

Au moment de se quitter, Eugène propose de raccompagner les deux jeunes gens jusqu'à Vitré. Il s'invite, en somme.

Impasse du clos, les deux paternels se tombent dans les bras. Ils se découvrent un passé commun, Verdun. Lui y a perdu un œil, lui sa jambe gauche. Tu connais Ménard ? Et Chaumier ! Pas possible !

Quelque temps après, Yves est démobilisé.

Cinq mois plus tard, le 9 novembre 1945, ils sont mariés.

Entre temps, de Toulouse, il lui a envoyé cinquante-huit lettres. C'est comme ça qu'il a eu raison de ses défenses naturelles. Il a une belle plume, le Yves.

Après le mariage, elle succombe définitivement. Un jour, à une kermesse, elle l'observe de loin. Il raconte une histoire à une petite assemblée toute acquise à sa cause. Les regards sont tournés vers lui. Il mime un avion avec sa main, rit de bon cœur quand il s'écrase. Et puis soudain, au milieu des cascades de rires, il a ce petit regard pour elle, très bref, que personne ne voit. Il n'est pas fait pour être vu d'ailleurs. Sauf d'elle. Il vérifie, c'est tout. Il vérifie qu'elle va bien. C'est une petite attention qui vaut beaucoup. C'est ce jour-là qu'elle sait. C'est lui. Ce sera lui. Jusqu'au bout.

Louise s'est tue. On n'entend plus que le tic-tac du balancier de l'horloge et le frigo qui se déclenche de temps en temps. Dehors, le jour décline, la lumière rasante fait miroiter l'asphalte, embellit les visages comme les bougies dans le noir. Alice ne sait pas quoi dire. Elle boit une gorgée de tisane froide, pour faire quelque chose, et pense à Henri, issu de cet amour profond qui, avec le temps, avait fini par devenir indestructible. Qui sait si le fils n'avait pas été étouffé par le bonheur de ses parents ? Il lui avait souvent dépeint l'image d'un couple parfait sous tous rapports, heureux des compromis du quotidien faits l'un pour l'autre.

- J'ai lu les lettres.

La vieille dame est livide. Elle dit que maintenant, Alice va pouvoir comprendre.

- Qu'est-ce que vous dites ?
- J'ai fait une bêtise ma petite. Une grosse bêtise.

En général, ça se passait comme ça. Elle en prenait une au hasard, dans la boîte à sucres, et la posait sur la toile cirée. Elle lisait avec sa loupe, en faisant des pauses pour reposer ses yeux. A la fin de sa lecture, elle repliait la lettre et la replaçait consciencieusement dans l'enveloppe. Elle disait que les mots étaient différents, qu'elle ne comprenait pas toujours, mais que la passion était la même. Ce dont elle était certaine, c'est que quand elle lisait, elle pensait à Yves. Ensuite, elle fermait le couvercle en fer-blanc. La boîte sous le bras, elle marchait en pantoufles jusqu'au salon, pas très fière d'elle il faut bien le dire. Là, elle traînait comme elle pouvait son tabouret contre l'armoire en hêtre et s'engageait, dans un numéro d'équilibriste, sur le petit escalier qui le composait. Du bout des doigts, le bras en extension, elle poussait la boîte au-dessus de sa tête. Elle l'entendait glisser sur le toit de l'armoire, taper le mur puis redescendait prudemment en arrière, en tâtant le vide avec sa charentaise pour ne pas rater la marche. Elle ne comprenait pas pourquoi Henri voulait à tout prix qu'elle les cache mais enfin, il avait bien insisté, c'était son fiston, elle ne faisait pas d'histoires et obéissait. A terre, elle prenait du recul, contemplait le théâtre de son exploit en pensant qu'il fallait bien mourir de quelque chose de toute façon et elle repartait à la cuisine pour attendre la petite infirmière.

Elle explique que c'est un matin, comme ça, gagnée par la nostalgie, qu'elle a sorti son papier à lettres rangé avec le reste. Elle a pris son beau stylo à plume doré et écrit, en haut à gauche, « mon cher et tendre » suivie d'une virgule. Puis elle a tout déchiré en se traitant de folle. Elle a attendu, s'est levée, a fait trois pas inutiles vers le lavabo avant de se rassoir, d'observer les confettis sur la table. Elle a pris sa loupe pour retrouver celui qui contenait « mon cher et tendre », ne l'a pas trouvé, a encore secoué sa tête. Elle a attendu que ça passe et, plus résolue, a pris une nouvelle feuille blanche, a écrit encore :

Mon cher et tendre,

Puis elle a ajouté :

Tu me manques tellement. La vie sans toi semble s'écouler si lentement. Mais ne t'en fais pas, nous serons bientôt réunis. Tu es avec moi. Repose en paix.
Ton aimée.

Elle a vérifié avec sa loupe que les mots disaient bien ce qu'ils voulaient dire. Elle a trouvé joli le dégradé bleu clair de sa signature qu'on voyait à peine, à cause de la cartouche d'encre qui était à changer. Dans sa tête, bien sûr, elle se moquait d'elle-même, elle se trouvait ridicule, elle l'a même dit tout haut, « je suis ridicule », mais au fond, elle retirait de cet acte anodin une certaine satisfaction, le plaisir de pouvoir parler à son homme de manière concrète. Elle a plié la lettre en pensant à lui, l'a mise dans une enveloppe qu'elle avait crue vierge sans s'apercevoir qu'il s'agissait d'une enveloppe-réponse timbrée par Mathias lui-même, libellée à l'adresse de la maison d'arrêt de Fresnes. Il les glissait avec ses lettres de temps en temps, pour provoquer la réponse d'Alice. L'enveloppe traînait là, dans la boîte, isolée du reste. Louise avait dû la mettre à part où elle n'avait pas vu.

Et puis on avait sonné et elle avait tout laissé en plan pour accueillir Sylvie, la petite infirmière.

Après, elle évalue mal. La lettre a pu rester trois jours ou une semaine sur la table, avant que Sylvie ne la remarque, ne lui demande de quoi il s'agissait. Elle a dû répondre qu'elle ne savait pas et l'infirmière l'a mise au courrier avec le reste.

- C'est ça la vieillesse : on oublie tout.

Alice se retourne. C'est comme si Mathias respirait dans son cou, lui soufflait son haleine de fumeur en répétant ses mots : « ça te dit rien du tout ça non plus ? Hein ? Rien du tout ? » en lui jetant la lettre au visage. Dans la réponse de Louise, Mathias n'avait vu que ce qu'il avait voulu voir, ignorant l'écriture pattes de mouche de la vieille dame, trouvant pour la justifier mille raisons abracadabrantes sans doute, une foulure, un plâtre à la main droite, tout pouvait arriver.

Comment s'imaginer que son bourreau n'était ni plus ni moins qu'une petite vieille de quatre-vingt treize ans qui n'avait eu comme seul tort que celui de continuer à aimer sa moitié disparue ?

Ce que c'est tout de même, une petite vieille amoureuse.

TROISIEME PARTIE

Clap de fin

1

Maintenant, elle l'attend.

Sur la table : des pages de notes griffonnées au bic, des coups de fluo rose donné sur des pages photocopiées, des extraits de livres, d'articles de journaux, des photocopies de lettres, des e-mail imprimés, sa liste de questions pour tout à l'heure. A ses pieds : son sac-caméra.

Depuis sa visite à Madame Louise, de l'eau a coulé sous les ponts.

Un dimanche, elle avait pris le train à la gare Montparnasse, en direction d'Annemasse. Là, elle avait loué une *Punto*, roulé vers Habères-Poche, sur les traces de ce passé qui semblait la juger de toute sa hauteur depuis des mois, assis les bras croisés sur les cimes du Mont Forchat.

Après le village, elle avait bifurqué sur sa droite en direction des Arces, monté la petite côte à travers bois avant de couper le moteur au sommet de la colline. Sans radio, sans le ronflement du moteur, tout était calme. Si calme que le claquement de portière lui avait semblé bouleverser l'équilibre naturel de la vallée. Elle avait voulu retenir cette porte, ne pas déranger les minuscules musiciens à l'œuvre.

Toujours se faire petite, surtout, ne pas faire de bruit.

Elle avait sorti le matériel du coffre. Le trépied monté, elle avait installé la caméra dessus, vérifié la bulle sur la pointe des pieds. L'œil dans le viseur, ses doigts sur la bague de mise au point, les contours flous s'étaient durcis progressivement jusqu'à ce que la ferme apparaisse en plongée. Elle avait contemplé son ancienne prison à distance, avec le recul d'un sniper, soufflé bien fort, recollé son œil.

Revenir ici, ça n'était pas rien.

Le rectangle noir et blanc du viseur racontait le temps. La route qui descendait vers la ferme lui rappelait son arrivée à bord de la *R5* déglinguée de Mathias quelques mois plus tôt. D'où elle était, elle pouvait voir la fenêtre par laquelle elle avait sauté et n'en revenait pas de s'en être sortie à si bon compte. Il devait y avoir trois bons mètres entre la fenêtre et les rangées du potager qu'elle avait piétinées. A droite du cadre, la partie ancienne de la grange apparaissait de biais. Derrière le bâtiment, un tout petit point gris foncé s'activait entre les pommiers, à flanc de verger. Un i dégingandé et longiligne plutôt, à plusieurs articulations. Alice a décollé son œil du viseur pour regarder avec la couleur. Mais non. Il n'y avait personne. Une hallucination de plus. La ferme était bel et bien abandonnée depuis que Patrice passait ses journées à l'ombre dans l'attente de son jugement. Elle était seule.

Ses plans tournés, elle était revenue à l'hôtel.

Depuis la mort d'Henri, elle évoluait à tâtons. Elle n'était pas sûre de savoir ce qu'elle faisait là. Elle était venue tuer les fantômes qui hantaient ses nuits peut-être, lorsqu'elle se réveillait en sursaut, avec l'impression de porter une combinaison de plongée, incapable de respirer normalement. Elle disait ne plus vouloir dormir pour éviter ces cauchemars mais passait le plus clair de ses nuits à penser à eux, Henri, Mathias. Le premier l'asseyait au milieu d'un cercle de rails, lui demandait de sourire et lançait son train électrique à grande vitesse. Elle refusait, il insistait, elle grimaçait. Plus elle souriait, plus le train prenait de la vitesse, semblait gagner de la hauteur avec la force centrifuge, dresser une palissade fermée, un puits extensible, aveugle. Elle tambourinait, hurlait mais l'obscurité se faisait, impitoyable. Penché par l'ouverture, le visage d'Henri s'éloignait à mesure que les parois s'étiraient et elle finissait par accepter son triste sort, s'affaissait, pleurait. Le second, elle le voyait à Fresnes, devant le parloir. Elle passait les surveillants en revue et traquait le coupable, l'homme qui lui avait rendu la vie impossible. « Il voit sa petite amie partout, c'est un gardien qui me l'a confié » avait dit Rebecca. Mais lequel ? Quel maton avait pu corroborer le mensonge d'Henri ? Avait-il graissé la patte de l'un d'entre eux ? Tout ça avait-il beaucoup d'importance aujourd'hui ? Elle pressait l'oreiller sur ses oreilles, se battait avec les draps, en sueur, bousculée par des souvenirs qui refaisaient surface. Dans un demi-sommeil, sa lampe de chevet encore allumée, elle l'entendait arriver sur son cheval « pataclop, pataclop », chevalier blanc, digne et admirable. Il mettait pied à terre, s'approchait de la belle endormie, pressait son visage d'une main, lui soufflait au nez son haleine de fumeur : « si tu gueules encore, je te plie. » Elle écarquillait les yeux alors, éteignait la lampe et se couchait fermement, trop peut-être pour donner au sommeil une nouvelle chance. Une sentinelle de honte veillait toujours. Elle était retournée à Nanterre après les événements. De nouveau assise sur cette balançoire qui couinait, elle avait attendu. Une heure, deux peut-être. Et chaque fois qu'une voiture rentrait sur le parking, elle avait levé la tête comme si sa vie en dépendait. Comment pouvait-elle ? Après tout ce qui s'était passé ?

Il fallait la venue de l'aube pour qu'enfin elle s'assoupisse et c'était un sentiment bizarre alors, une victoire sur la nuit, la preuve qu'elle pouvait lui tenir tête.

Sur le lit double de la chambre d'hôtel, elle avait tout rapatrié. Ça faisait un peu radeau de survie. Tout ce dont elle avait besoin était là, l'ordinateur, la caméra, les câbles, les pages de notes, la petite bouteille d'*Evian* et les *Springles* à l'oignon achetés en bas chez l'épicier.

Elle allait faire un film.

Elle y relaterait son histoire. Ce serait un film-témoignage, un portrait craché, brut et honnête, sans expert scientifique ni rien. Une plongée en elle-même, une mise à nu totale, sans tricherie ni pudeur. Voilà ce que je vis, voilà ce que je suis. Le film montrerait l'évolution de son amnésie, de sa souffrance, la frustration et l'espoir qui l'accompagnent, comme deux vigiles indissociables. Et en fil rouge, des interviews, les siennes, seule face à la caméra et d'autres, celles des villageois de La Vernaz, à l'époque. Du réalisme pur et dur, une image délavée, un cadre brut et mal léché, sans manières, sans fioritures. Elle pourrait recourir aux intertitres aussi, pour nommer les parties, oui, c'était une bonne idée ça, les intertitres. Il faudrait du temps, du courage aussi, pour accepter d'aller fouiller au fond de soi, revivre cette période post-traumatique.

« Mademoiselle, vous m'entendez ? Votre petit ami est là. »

Dans les brumes de son réveil, encore un peu là-bas, elle avait compris « petit tamis. »

Etait-il réellement possible qu'Henri ait pris la place de Mathias ce jour-là, tout juste sortie de son coma, à peine revenue parmi les vivants ?

Alice avait planté son stylo, regardé la bille s'écraser sur le papier. Lentement, elle avait formé des lettres : « in...ter..view... Ma...thi...as ? » Et, un peu plus loin, avait écrit : « Quand ? » puis elle avait rayé le tout, hachuré fiévreusement les mots qui avaient fini par disparaître derrière un gros gribouillis d'encre bleue. Au fond, c'était toujours la même histoire. Elle s'inventait des excuses pour se rapprocher de lui. Etait-elle vraiment descendue jusqu'ici pour filmer ces trois malheureux plans ? N'espérait-elle pas croiser Mathias, discuter, comprendre enfin ce qui s'était passé ? Où était-il ? Que faisait-il ? Et elle plantait les ongles dans ses cheveux pour empêcher ses pensées de bouger, partait marcher pour faire le vide.

Et maintenant, elle est là, à Fes, devant l'hôtel Noor. Il va venir et elle a peur.

Alors elle se rassure comme elle peut. Elle pense aux mains fraîches d'Asmae sur son corps, à ses mots doux et rassurants, au battement d'ailes de papillon imaginaire qu'elle fait avec ses doigts, le long de ses bras. Quelques effleurements puis des pressions légères, plus profondes, le pétrissage des muscles. Asmae soulève doucement sa jambe, fléchit son pied en marteau, étire l'arrière de son mollet. Elle le masse ensuite, de la cheville vers le genou, du genou vers la cheville. Avec une délicatesse extrême, touchante d'attentions, elle place une main sur sa cuisse, secoue doucement les muscles avant de masser ses jambes par de longs mouvements glissants, du talon jusqu'aux fesses.

Cette dame, on dirait une biche. Elle cligne lentement des paupières, sourit longuement, donne l'impression de se déplacer sans effort. Elle vient vers vous les épaules dégagées, très femme, très gracieuse, imperméable aux agressions extérieures. Le stress roule sur sa peau. Elle dit « bonjour » en tendant une main de grande dame. Mais serre suffisamment fort pour montrer qu'elle est une image bien réelle, qu'on peut compter sur elle.

Avec elle, Alice s'était immédiatement sentie en confiance. Ce n'était pas une psychologue comme les autres. Elle proposait d'approcher son amnésie par le corps. Elle refusait ces tests de « fluences verbales » ou autres questionnaires « semi-structurés » qui, à l'époque, avaient davantage contribué à renforcer ces blocages qu'à faire resurgir les souvenirs manquants. Alice avait eu la désagréable impression de retourner sur les bancs de l'école. Ses « scores » aux « épreuves », évalués en points ou en pourcentages l'avaient d'office recalée au rang des mauvais élèves. Le concept des « mots-indice » la paralysait autant que ces « grilles d'auto-évaluation. » Elle n'avait jamais réussi à se remémorer quoi que ce soit grâce à ces méthodes cognitives. « Cognitif », le mot lui-même était imprononçable.

Asmae lui avait expliqué qu'avant d'aller plus loin, elles devaient essayer de fissurer ce premier mur, ce corps qu'elle mettait en travers de la porte des souvenirs. Pour la première fois depuis son accident, Alice avait senti une alliée à ses côtés. Ses dernières résistances s'étaient complètement évanouies le jour où Asmae avait accepté la présence d'une caméra pendant leurs séances. « Si ça peut vous aider, elle avait dit, je n'y vois pas d'inconvénient. » Elle offrait un peu plus qu'une autorisation, un trésor inestimable pour Alice : sa confiance sans condition.

Et aussi donc, de temps en temps, ce cadeau : la mise à disposition de son image rassurante, en cas de.

Mais ça va aller.

Respire profondément. Regarde autour de toi.

Elle observe les allées et venues du serveur qui, entre deux commandes de nuss nuss, veut régler l'antenne télé. Mais c'est pire quand il y touche. A la neige sur l'écran s'ajoute un souffle qui dissout les commentaires du journaliste. Normalement, regarder le tour de France à la télévision, on ne peut pas dire que ce soit son truc. Mais aujourd'hui, c'est différent. Elle s'y intéresse. Malgré l'image qui saute, malgré les commentaires en arabe. Elle essaye de comprendre, de savoir qui mène la course, qui est en chasse-patate. Les images témoignent du temps passé, l'impression d'entendre la clochette qui annonce son dernier tour de piste. Une année entière s'est écoulée. Où en serait-elle aujourd'hui si le Dr Champenoix n'avait pas trouvé ce misérable bout de papier griffonné dans la cabane de son petit-fils ? Que fait-il en ce moment d'ailleurs, ce Dr Champenoix ? Est-il assis sur son vélo d'appartement, suant sang et eau pour combler l'écart qui le sépare du dernier concurrent de la course, comme l'année dernière à la même heure ?

Et Mathias ? Où est-il ? Viendra t-il ?

2

Lui, il l'observe.

C'est un nouveau visage. Un visage qui a arrêté de lutter, creusé par un passé impossible à masquer, plein d'une sérénité proche du dédain, de celui qui a tout vu, tout vécu et qui n'attend plus rien de personne. C'est un mélange d'apaisement et de tristesse, une faille impossible à colmater dont on s'est accommodé depuis qu'on a compris qu'on n'a plus le choix, qu'il faut continuer à vivre.

Il s'est rasé pour l'occasion. Il a troqué son Marcel pour une fine chemise blanche aux motifs indiens très raffinés dans laquelle il transpire déjà. Mais enfin. Il espère que ça compensera le reste, son sac militaire fatigué, son jean jauni aux fesses et aux genoux, ses sandales deux fois recousues.

Tapi derrière le mur de l'hôtel, il l'observe. Elle s'est laissé pousser les cheveux ; ça lui rappelle le petit bout de femme qu'il a connu ici-même, devant l'hôtel Noor, il y a presque huit ans maintenant. Ça lui rappelle l'année dernière aussi, le point de départ de la fuite. Tout se mélange un peu avec le temps, il doit bien avouer, les cabrioles dans la chambre six, le ciel bleu et immense du Sahara.

Il se revoit replier la carte, la glisser dans la poche profonde de sa djellaba, humer l'air humide qui monte du sol, l'inspirer à plein poumons. Sur sa carte plastifiée, des lignes rouge et jaune serpentaient entre les masses vertes et ombrées du Moyen Atlas... un rapide calcul à partir de l'échelle : trente-cinq kilomètres à parcourir avant El Makouel, son prochain point de ravitaillement... La pluie, qui tombait sans relâche depuis deux jours, a cessé. Dans quelques heures, des fleurs multicolores empliront la plaine et la terre orange revêtira son habit de fête pour le début du ramadan. Et elle ? Que fait-elle en ce jour sacré ? Où est-elle ?

Il tapote le bout de sa sandale, fait s'échapper les petits gravillons coincés dans les plis de ses orteils crasseux. Combien de jours avait-il marché ainsi ?

Tout ça lui paraît si loin... Les plaines arides, enveloppées dans la lumière mauve de l'aube, mettaient à distance les images du passé, les paysages de Savoie, les tours bétonnées de Nanterre, les rats qui couraient sur les toits de la maison d'arrêt, qu'il observait à travers les barreaux, en rentrant de promenade.

Ça devait faire deux semaines qu'il marchait ainsi, bivouaquant comme un berger, dormant derrière des massifs d'arbustes pour se protéger du vent, se nourrissant comme eux, de dattes, de semoule et de lait de chèvre, d'un peu de poulet à l'occasion, lorsqu'il traversait un village. Il avançait. Avec l'impression de semer ses souvenirs derrière lui. Chaque pas l'éloignait un peu plus, soulevait un nuage de poussière qui leur retombait dessus, les enterrait progressivement. Une ascèse un pèlerinage vers lui-même, sans délai ni ville à rallier.

Serge Rozier évoquait souvent le Maroc. Mohamed, son complice de l'époque, toujours en liberté, venait d'un village niché dans les montagnes du Riff Marocain, au Nord de Chaouen. Les deux marlous aimaient y passer un peu de temps entre deux coups. Pour Serge, c'était la maison. En tout cas l'endroit auquel il pensait quand il évoquait la maison. Là-bas, personne ne le connaissait, personne ne le jugeait. Il arrivait et se coulait dans le moule, anonyme parmi les anonymes. Il revêtait sa djellaba indigo, avec sa capuche pointue, ses manches amples et sa poche de kangourou fermée en haut, ouverte sur les côtés, où ses belles mains de gentleman-cambrioleur se rejoignaient. Il oubliait ses manières d'Occidental, mangeait avec les doigts, passait de longues heures à fumer le kif sur les marches en torchis de la maison familiale.

« Mathias, en cas de petit souci, tu viens chez moi, tu es le bienvenu. »

Allongé sur les planches froides du site touristique des gorges du pont du diable, l'écho de la chute d'Henri sifflant encore à ses oreilles, incapable du moindre mouvement, Mathias s'était souvenu des conseils de Serge. « Un petit souci » il avait dit. Oui, on pouvait dire qu'il avait maintenant « un petit souci. » Il s'était concentré sur un carré de nuit piqué d'étoiles, avait pensé au Sahara, comme on les voit bien, là-bas, et s'était relevé lentement. Ses boîtes à sucre vides sous le bras, il avait fait le chemin à l'envers, marché le long de la paroi, sauté la grille avec une énergie retrouvée, insufflée par la nécessité de la fuite. Il était remonté à Nanterre par les petites routes, pour éviter les péages. Au petit jour, la tête lourde et les yeux rougis par la fatigue et le stress, il avait filé en RER jusqu'au Terminal 3 de l'aéroport Charles De Gaulle, acheté un billet au comptoir *Marmara* qui venait juste d'ouvrir et s'était écroulé dans l'avion, la tête rejetée en arrière sur l'appuie-tête, la bouche grande ouverte.

- Sois le bienvenu mon ami !

Les premiers jours, cette phrase l'avait mis à l'aise. Le décalage lui sautait au visage. Les sourires avenants d'un côté, l'horreur de la mort, la vision du cadavre d'Henri stagnant dans la Dranse rouge sang de l'autre. Ces simples mots semblaient valider son crime, encourager sa fuite. Ils rompaient avec le passé, lavaient sa faute presque. Il lui avait fallu du temps pour comprendre qu'il avait fait le bon choix. Le Maroc n'était-il pas l'endroit de la renaissance, là où tout avait commencé ?

A peine débarqué à Fes, Mathias était retourné sur les lieux de leur rencontre. L'hôtel Noor n'avait pas changé. La douche chaude était toujours payante, l'accueil toujours aussi austère. Abruti de sommeil, les yeux dans le vague, il se revoyait quelques années plus tôt, usant de tous les stratagèmes pour la séduire, retenant son souffle devant les guêpes mangeuses de miel. Il s'immobilisait, lui prenait le bras, murmurait : « Je suis en cavale. Un faux pas ma belle et nous sommes morts. » Un instant d'hésitation et elle souriait devant sa mine sérieuse, loin de se douter qu'il travestissait si peu la triste réalité. Pour elle, il s'était découvert un sens de l'humour. Ces pitreries anesthésiaient les silences gênants des débuts de relation. Il se faisait prier, dévoilait d'inexistants talents d'imitateur et lui jouait une partition ridicule, des François Mitterrand ou des Raymond Barre méconnaissables, à peine identifiables ; « alors ? », il demandait, l'air tout à fait sérieux, « euh.. je ne sais pas... euh... Mitterrand ? » ; « bravo ! » et elle riait parce qu'elle ne pouvait pas croire qu'il se prenait au sérieux, il n'y avait qu'à voir son rictus qui le dénonçait avant même qu'il ouvre la bouche. Il avouait très vite la vérité, bien sûr, il n'avait jamais su imiter personne, bien sûr, il faisait ça uniquement pour épater les filles dans son genre. Elle se doutait bien qu'en temps normal, il n'était pas drôle, d'une tristesse et d'un ennui abyssal, le genre à parler assurance-vie ou itinéraires bis aux repas de famille.

Il a demandé la chambre numéro six, celle où ils avaient fait l'amour pour la première fois. Puis a changé d'avis au dernier moment, opté pour la huit.

Il croyait au symbole. Au petit coup d'épaule pour éloigner le passé.

Il a dormi quatre heures et, vers quinze heures, il s'est mis en route.

Pour autant qu'il se souvienne, c'est à ce moment-là qu'il a commencé à marcher. Il s'est dit qu'il pouvait aller à la gare routière à pied. A Chaouen, il a continué de marcher. Il a refusé les offres de taxi, est monté vers le centre-ville. Les lanières de son sac à dos marquaient ses épaules et il était presque heureux de la punition certainement infligée par Allah le grand.

Une nuit passée à écouter la pluie, perché sur le toit-terrasse d'une pension bon marché et, le lendemain matin, il reprenait sa marche. Propre, douché à l'eau froide, il dégringolait les pavés des ruelles aux murs bleu clair, brillants d'humidité. D'une main, il ignorait les « mi amigo » ensommeillés des vendeurs de kleenex, de l'autre, il tirait sur une *Bastos* au goût âpre. Il marchait vite, avec une hargne qu'il n'expliquait pas.

A l'approche du village, un homme encapuchonné est venu à sa rencontre. Mathias en avait croisé des tas, des types comme ça, qui semblaient avoir poussé là, au milieu de nulle part, en pleine steppe aride. Il ne fut pas étonné. En revanche, quand l'homme ôta sa capuche, découvrant sa barbe poivre et sel, son regard bleu acier et ses cheveux gris tirés en un catogan impeccable, il leva le sourcil.

- Les nouvelles vont vite.
- Le téléphone arabe, tu connais ?

Les deux hommes s'étaient tombés dans les bras. Au village, ils furent accueillis par l'odeur d'un tajine mouton qui marinait depuis ce matin. Serge souleva le couvercle conique, avança son nez au-dessus du plat en s'enivrant des effluves parfumées de mouton, de légumes et d'épices. « Sens-moi ça », il a dit, et Mathias s'est exécuté de bonne grâce, en fermant les yeux.

Les deux hommes ont mangé de bon appétit. Après sa sieste, Serge est sorti. Quelques minutes plus tard, il se tenait dans l'ombre de la pièce, une djellaba roulée en boule à la main.

- Mets ça. C'est l'uniforme ici. J'imagine que t'es pas là par hasard.

Mathias a enfilé le vêtement sans poser de questions.

Il errait autour du village désormais, affublé de ce vêtement qu'il appréciait pour la liberté de mouvement qu'il procurait. Ces journées étaient rythmées par des promenades dans les montagnes alentour et les repas que Serge lui concoctait. Plus le temps passait, moins il parlait, disparaissant peu à peu dans son propre silence. Bientôt, il ne s'exprima plus que par stricte nécessité, pour demander une couverture ou la traduction d'un mot arabe. Il ruminait, fuyait les regards étrangers quand il avait le malheur d'en croiser un. Deux semaines passèrent ainsi. Le lundi de la troisième semaine, il retrouva momentanément la parole. Il annonça :

- Je vais aller marcher un peu.

Il fit son sac et partit.

Trois semaines plus tard, il arpentait toujours les steppes du Riff Marocain. Il marchait, encore et encore. Parfois, les cris d'Alice le réveillaient en pleine nuit et il devait se rassembler sur lui-même, plier les genoux sous son menton, enserrer ses tibias le plus fort possible. Lorsqu'il ne tremblait plus, il s'immobilisait, s'asseyait, tisonnait les braises encore tièdes de la veille. Il faisait repartir le feu, regardait les flammes jusqu'à ce que les ombres les remplacent. Il ne bougeait pas. Il pleurait, il regrettait. Il attendait sans désir les lueurs de l'aube ou levait le camp en pleine nuit quand il ne se supportait plus. Il pouvait traîner son sac jusqu'à lui aussi, sortir de quoi écrire et renoncer immédiatement. Il s'accroupissait, serrait les dents, inévitablement rattrapé par la nostalgie de leurs débuts prometteurs, par l'idée invraisemblable de leur séparation, la volonté de réparer l'irréparable.

Mais c'était fini, tous les jours, il se le répétait.

Aujourd'hui, il n'espère plus rien. Il est venu uniquement parce qu'elle le lui a demandé, c'est tout. Il allume une cigarette, tire dessus comme s'il aspirait du venin, recrache la fumée aussi vite puis se calme, profite de l'instant, fume à longs traits. C'est sa dernière avant d'aller au front. Il sait qu'après, quand ils vont commencer à parler, rien ne sera plus pareil. Il va chercher le bon ton pour ne pas la blesser, il hésitera sur le regard à donner. Il jette un coup d'œil derrière lui, sur le boulevard qui fourmille de petits taxis rouges filant vers la médina puis, plus loin, vers la gare routière par laquelle il est arrivé de Chaouen ce matin. Alors quoi ? Repartir ? Maintenant ?

3

Oui, elle avait changé.

Peu à peu, une femme nouvelle s'était superposée à cette femme-enfant amoureuse et fragile qu'elle ne serait probablement jamais plus. Un mélange des consciences en avait résulté, une composition de personnalités inédite. Elle s'était nourrie de souvenirs rapportés, collant à cette image jaunie qu'Henri et Mathias avaient fabriquée dans son cerveau. Elle s'était remise à fumer, avait réappris le saxophone. Elle s'était fouillée, sondée, auscultée. Il y a eu une période où elle se savonnait de haut en bas, comme son double évanoui, sans savoir si ses actes lui étaient dictés par sa propre volonté ou par la fascination que Mathias exerçait toujours sur elle. Quand elle éclatait d'un rire clair, elle se disait « tiens, c'est peut-être l'ancienne Alice qui joue des coudes à l'intérieur de mon ventre, pour se faire sa place. »

Mais au fond, tout ça importait peu.

- Ça fait partie de moi, elle disait.

Il lui avait fallu un an pour accoucher d'une phrase pareille.

Elle progressait. Les événements l'y encourageaient. Un soir, elle marchait le long du Quai de Loire en compagnie de Maxime qui l'avait invitée à voir le dernier Moretti au MK2. Ils en étaient au débriefing d'après-séance. Alice l'écoutait parler. Elle avait l'impression d'entendre les phrases d'accroche placées entre guillemets sous les affiches de films, dans les couloirs du métro. « Inspiré », « brillant », « léché », il répétait. Elle se laissait prendre par son enthousiasme contagieux. Fascinée au point qu'elle le suivit naturellement lorsqu'il se dirigea vers la passerelle qui enjambait l'écluse. Ce n'est qu'à la moitié de l'escalier qu'elle réalisa. Mais il n'était plus temps de reculer. Son pied chercha la marche dans le vide pendant une seconde, la trouva et, propulsée par l'élan, la hissa sur la marche supérieure. Elle termina l'ascension mécaniquement, avec l'impression de marcher sur l'eau. En haut de la passerelle, les jambes tremblotantes, elle avait contemplé les enseignes lumineuses des cinémas reflétées à la surface du canal Saint-Martin. Maxime avait commenté l'instant. Il avait dit que ça faisait très Manhattan, cette façon d'être, accoudés à la balustrade, à contempler l'eau et la culture. Elle n'écoutait qu'à moitié. Elle pensait à son rêve de gare, au chapeau d'Al Capone, à cette jeune femme et à ce jeune homme sans visage, Mathias, Henri, elle n'était plus sûre de rien. Se pouvait-il qu'il ne s'agisse ni de l'un ni de l'autre ? Que ce rêve annonce un futur radieux ? Comment réagirait-elle si Max lui prenait la main, là, maintenant ? La petite tape sur l'épaule qu'Asmae lui donnait de temps en temps, à l'improviste, pour l'habituer aux contacts accidentels, suffirait-elle ? N'allait-elle pas sursauter et, prise de panique, tomber à la renverse ? Mais Max n'avait pas esquissé le moindre mouvement et elle en avait éprouvé un grand soulagement, une reconnaissance même.

Ils étaient redescendus comme ils étaient montés, le plus normalement du monde.

Et maintenant, assise à cette terrasse de café, elle aurait voulu qu'il soit là, pour veiller sur elle, la protéger si ça tournait mal. Mais elle a préféré venir seule. Rencontrer Mathias en tête à tête, faire face, proposer un autre visage que cette version misérable d'elle-même, cet animal blessé réfugié dans un coin de grange. C'était important.

4

*De mathiask@gmail.com
Date de réception : 15 mars 2012
Objet : Rendez-vous ?*

Alice,

Des mois que je cours sans toi, que j'avance vers des buts illusoires fabriqués de toutes pièces, au jour le jour, pour essayer de donner du sens à une réalité qui m'échappe. C'est que je n'ai plus le choix. Je risque de chuter à tout moment, de sombrer au fond de moi et de patauger dans ce passé qui me donne des cauchemars. C'est la force du concret qui me tient en vie pendant ce voyage. C'est comme si mon corps avait pris la relève alors que ma raison m'a abandonné. Je survis par un réflexe ancestral profondément humain, animal peut-être. J'ai fait des repas des cérémonies importantes, qui rythment mes journées. Je mange à heures fixes, 7h00, 12h, 19h. Le moindre retard me rend fou. Ce sont des points de repère au milieu du désert. Je suis en Inde maintenant, à Kolkata. A croire que même quand j'essaye de me détacher de toi, les événements de la vie me ramènent à toi. Serge m'a prêté ton Lonely Planet. Tu imagines ma réaction quand j'ai su que tu le connaissais. Comment croire qu'il s'agissait d'un hasard ? Je lui dois beaucoup. Après les événements de La Forclaz, il m'a hébergé chez lui. Ce livre, c'est la dernière chose que je possède de toi. En lisant les pages que tu as lues avant moi, je marche sur tes traces. J'imagine les endroits que tu as visités à l'aide des indices que tu as laissé traîner à l'intérieur, des mots soulignés au bic, des post-it, des points d'interrogation dans la marge. J'interprète tout. Je suis allé comme ça au quartier des sculpteurs, au parc qui abrite ce drôle d'arbre qui pousse à l'envers. J'ai vu le quartier musulman, ses carcasses de barbaque suspendues aux crochets des étals. Hier soir, assis dans une chaise longue, sur le balcon de l'Armée du Salut, j'ai regardé la ville se taire en fumant des cigarettes. Je t'imaginais à ma place, te délectant comme moi des couleurs du soir, ce bleu nuit du ciel, l'éclairage orange des lampadaires. A côté de la décharge à ciel ouvert, des hommes dormaient sur les trottoirs. Deux rickshaws en bois hébergeaient leurs chauffeurs profondément endormis, recroquevillés comme des crevettes sur la banquette arrière. Ces charrettes à bras avec leurs grandes roues, elles aussi semblaient complètement épuisées, abandonnées sur le bas-côté de la piste, les moignons lisses de leurs bras rigides enfoncés dans le sol. J'ai sorti mon calepin, j'ai croqué cette triste vision du monde. Est-ce que toi aussi, tu t'étais assise sur ce balcon pour contempler ce spectacle navrant ? Le matin dans mon lit, je me suis aussi demandé si, comme moi, tu allais te lever tôt pour éviter la foule, si tu allais t'asseoir tranquillement dans cette petite rue perpendiculaire à Sudder Street pour prendre ton chaï brulant, à la même place que moi, sur cette planche de bois posée contre le mur. Est-ce que toi aussi tu avais pour habitude d'enserrer le minuscule verre de tes deux petites mains ? Est-ce qu'il agissait sur toi comme un réconfort face à la mise en route matinale du grand désordre indien ? Parfois je me dis que je suis sûr, oui, je suis sûr que tu es venue dans cette auberge, je sens ta présence, c'est inexplicable. Une après-midi, je me suis retenu de taper sur l'épaule d'une femme que, l'espace d'un instant, j'ai prise pour toi. Tu m'occupes tant l'esprit que te voir dans la rue m'a semblé naturel je crois. J'ai souvent l'impression fugace que tu es à mes côtés. Quand je m'émeus du sourire de ce gosse qui me sert tous les matins la seule phrase d'anglais qu'il connaisse : « one more chaï ? » Ou quand je regarde les grappes d'Indiens se laver autour des bornes à incendie ouvertes, que je les vois devenir tout blancs, enduits de savon des pieds à la tête. Un rickshaw passe et j'ai l'impression que nous allons ramener nos pieds sur le banc dans le même mouvement, pour ne pas nous les faire écraser. Je tourne la tête. Je sais pertinemment que tu n'es pas là mais je le fais quand même, par simple mesure de vérification, avec l'espoir idiot que l'on ne sait jamais, que peut-être, d'un coup de baguette magique, tu t'es soudainement matérialisée à mes côtés. Qui sait, on est en Inde, des choses mystiques arrivent.

Il est huit heures et déjà, dans le cybercafé où je suis, on met les ventilateurs en marche. Je ne sais pas comment tu as fait pour supporter cette chaleur qui s'immisce absolument partout, dans les murs, les canalisations d'eau. Je t'imagine caméra à l'épaule, suant de tous tes pores, sous les aisselles, entre tes seins, sur ton front.

Mais parlons de ce qui nous intéresse. Je ne voulais plus entendre parler de toi. Et c'est toi, maintenant, qui me recontacte. J'ai bien eu ton message. Tu veux qu'on se revoit, tu veux me poser des questions. Je ne sais pas, je ne suis pas sûr d'apporter les réponses que tu attends. Même si, malgré ce que tu peux imaginer, j'ai changé. Tous ces mois où je me suis retrouvé sans personne d'autre que moi-même pour me juger m'ont fait du bien. J'ai osé regarder en arrière. Je me suis vu tel que j'ai pu être, ignoble, lâche, monstrueux. Ces mots doivent te sembler dérisoires comparées aux violences que je t'ai fait subir. Mais voilà les faits en tout cas. J'ai plongé. J'ai cessé de me dissimuler derrière des excuses. La vérité, c'est que je n'avais pas le choix, il fallait bien trouver des raisons à l'inex-

plicable. Comment comprendre que je frappais la femme que j'aimais sinon ? Quelles explications rationnelles apportées à « ça » ? Il faut bien se dire qu'on n'est pas le seul responsable pour pouvoir vivre avec soi tous les jours, non ? Mais vivre ainsi, c'est vivre en sursis. Tôt ou tard, on est rattrapé. Ce sont des cauchemars de sang d'abord. Des forêts de mains qui zèbrent la nuit. Puis des bruits sourds de chair écrasée, des cris étranglés au beau milieu de la journée, qu'on identifie mal, qu'on attribue d'abord au réel avant de se rendre à l'évidence, de s'interroger tout haut. « Avez-vous entendu ou suis-je le seul à percevoir ses bruits là ? » Au fur et à mesure, les cris se font plus fréquents, les flashs s'allongent et les cauchemars se transforment en souvenirs. L'interrogation tourne à l'obsession et il n'y a plus d'autre choix alors que de plonger, de descendre très profond en soi-même, de réveiller les morts, prier un Dieu inventé pour l'occasion. Ça arrive par déferlantes. Une descente aux enfers quotidienne. Lorsque j'ai senti que je reprenais un peu possession de moi-même, j'ai quitté le Maroc. Je ne vais pas t'écrire que je suis guéri, ni même que je ne refrapperai plus jamais une femme car, pour tout dire, j'estime aujourd'hui ne plus savoir qui je suis ; ce que je sais, c'est que te revoir ne m'aidera pas. Je me méfie de moi-même. Je voudrais que tout ce mal que je t'ai fait ne soit jamais arrivé. Je ne demande rien. Je veux juste essayer de tourner la page avec, en point de mire, crois-le ou non, cette idée simple : changer.

Je te laisse. Nous souhaite du courage.
A bientôt. Un jour, peut-être.
Mathias

5

Finalement, il avait accepté. Pour elle soi-disant.
Lundi dernier, il l'avait recontactée d'une autre adresse e-mail, une mesure de sécurité sans doute. Il donnait une date, une heure, un lieu. Comme dans un James Bond.
13 juillet. 14h00. En face de l'hôtel Noor.
Fes...
Là où tout avait commencé, là où tout devait se finir.

Maintenant, ça y est, c'est l'heure, elle l'a devant lui et il faut parler.

Ils prennent soin d'éviter le sujet des lettres, des événements passés et des sentiments de chacun. Ils s'en tiennent au factuel, prennent des nouvelles l'un de l'autre sans trop rentrer dans les détails. Mais au fond, aucun des deux ne peut croire la conversation qu'ils ont. Leur malaise est réciproque. Mathias regarde ses pieds, Alice regarde ses mains. Ils sont si engoncés dans leur gêne qu'ils remarquent à peine celle de l'autre. Chacun pense que c'est de sa faute, ce moment bizarre. Elle parce qu'elle a tout à coup l'impression que sa demande est très égoïste, qu'elle imagine l'effort que ça peut représenter pour lui, de s'exposer ainsi, lui parce que la honte de ses actes, le manque d'assurance qui en découle rend chacune de ses phrases inaudibles, chacun de ses gestes empruntés. Il commence des phrases qui s'éteignent aussitôt, soudain convaincu de leurs inutilité. Il en termine d'autres commencées dans sa tête, ce qui donne lieu à une curieuse manière de s'exprimer, beaucoup de silences, beaucoup de mots isolés.

Finalement, Alice prend les choses en main. Elle dit :

- Bon. On sait ce qui s'est passé. Si tu es là, c'est parce que je fais un film et que je voudrais t'interviewer.

- Pourquoi faire ?

- Parce que j'en ai besoin. Parce que c'est nécessaire au film.

- Je...

Alice lève la main.

- On ne parle pas de ça. Je veux juste une interview. On branche la caméra, je te pose des questions et on s'en va.

- Est-ce que...

- Qu'est-ce que tu veux savoir ? Voici les questions.

Elle pose la main sur une feuille A4, la fait glisser jusqu'à lui. Mathias regarde la main voyager, impressionné par le geste d'autorité. Elle a l'air changée, elle aussi. Il regarde la feuille sans la voir, ne remarque que les petits un et les petits deux isolés d'une parenthèse.

- J'ai douze questions, elle précise.

Mathias lève les yeux vers elle. C'est la première fois qu'il la regarde depuis son arrivée et il caresse un espoir inutile. Il voudrait qu'elle puisse lire dans ses yeux la tristesse qu'il ne peut pas dire. Il s'est tant servi des mots pour la trahir, la manipuler, qu'ils n'ont plus aucun impact sur elle. Pire : des mots d'excuse seraient un affront, la preuve même de son incapacité à comprendre sa douleur. Alors il se tait. Bien sûr, elle peut confondre ce regard avec celui qu'il se composait lorsqu'il se traînait à ses pieds il y a quelques années, pour la récupérer. Il ne peut qu'approuver cette méfiance-là. Combien de fois par le passé a t-il pensé tuer le monstre avant de le voir resurgir au détour d'une petite phrase prononcée innocemment ? Oui, de la méfiance à l'égard de lui-même, il en a à revendre. Et pourtant. Il donnerait beaucoup pour croire que l'éclat de ce regard annonce l'aube d'un authentique changement. Comme si l'espoir, cette source enterrée au plus profond de l'homme, pouvait rejaillir toujours, intarissable, malgré lui, malgré les épreuves infligées par la vie, la tentation de boucher le trou du mieux possible. Il voudrait qu'elle puisse lire clair dans ce regard-là, dans l'eau qui gronde par en dessous. Mais elle est sans pitié. Elle lance un « qu'est-ce que t'as ? » glacial et ses yeux voyagent lentement vers la feuille posée devant lui, ces petites parenthèses qui lui soulèvent le cœur. Il fait glisser le papier dans le sens inverse.

- Je ne vais pas pouvoir, il dit, je peux parler mais...
- Mais ?
- Mais seul.
- Devant la caméra ?
- Oui, si c'est ce que tu veux, devant la caméra.

6

Son visage fatigué apparaît devant le mur blanc. Ses doigts s'enlacent et se désentrelacent sous son menton ; il est nerveux, il fait tourner sa chevalière autour de son doigt, gigote d'une fesse sur l'autre. Un bruit de papier froissé. Des feuilles blanches qui entrent dans le champ.

- Bon, il dit. J'ai écrit une lettre. Je voulais te l'envoyer mais maintenant que... bref.

Il tend le papier, baisse les yeux, articule lentement :

- Je ne supportais plus que ça ne soit plus comme avant. Je voulais qu'on m'aime à la hauteur de ce que j'aimais.

Il a du mal à parler. Il ferme les yeux un instant, souffle profondément, reprend :

- J'avais l'impression d'être en dessous de tout. Je te trouvais plus intelligente que moi, mieux avec toi-même que moi avec moi-même. J'étais jaloux de ça. Je me retenais d'aimer, de donner, pour faire jeu égal. Je voulais t'envoyer deux ou trois textos par jour, t'acheter des cadeaux, des BD, de la lingerie fine qui s'arrache avec les dents. Mais je me sentais bridé. Comme un cheval de course qui piétine dans son box de départ, prêt à vouloir s'élancer. L'égalité, toujours l'égalité. Donner autant que l'autre. Faire le fort. Ne plus accepter cette position de faiblesse, d'amoureux transi. Le contrat c'était : si moi, Mathias Krüger, je m'oublie dans notre amour, toi, Alice Grimandi, te dois de faire la même chose. Eviter de réfléchir, d'intellectualiser. Vivre et point. C'est ce que je voulais. Mais un jour, la mécanique s'est enrayée.

Tu ne me regardais plus pareil. Je ne te fascinais plus. C'était bien que je sois là bien sûr mais ce n'étais plus comme avant, comme on avait dit. Je n'étais plus indispensable. Je souffrais de ça. Pour toi, notre amour se transformait. Pour moi, il déclinait. Pour toi, la vie redevenait tranquille. Pour moi, elle s'affadissait. Soudain, on avait le droit de moins s'écrire, de passer moins de temps à se regarder. Je me mis à guetter les « je t'aime », à compter les « mon amour », identifiant au ton de ta voix les indésirables, ceux glissés pour gagner du temps, pour avoir la paix et ne plus sentir mon attente grandissante. « Ça reviendra » tu disais de ce petit ton léger, « ça reviendra. » « Mais quand ? » j'ironisais gentiment, me dissimulant derrière mes blagues, me voulant rassurant et patient, maîtrisant encore le feu de mes émotions naissantes. Ces sentiments nouveaux que nous éprouvions, tu les définissais comme une « autre forme d'amour » tandis que je crachais dessus sans faire de détails, les regroupant dans le même sac : « amour vérolé, travesti, trahi », il ne s'agissait que de ça pour moi, une excuse pour ne plus s'aimer comme avant, pour éteindre la partie vivante de nos deux êtres. Il fallait donc accepter de voir cette beauté de sentiment dépérir, accepter de courir après le reste du temps et parler, parler et encore parler, jusqu'à noyer le pur sentiment dans des vagues de mots, le réduire à un concept. Quand on en arrive là, à la conversation, aux explications, à la non-évidence, c'est qu'il est trop tard. On se l'est cachée, comme tout le monde. On a écrit, pour plus tard, pour les archives du cœur, pour s'assurer que ce qu'on a vécu a existé, qu'on n'invente rien de rien. Comme pour dire : « c'était là oui, j'ai vécu ça. » On ira chercher le sentiment ailleurs s'il le faut, on se rassure comme on peut. Avec quelqu'un d'autre peut-être, dans une autre vie, qui sait. Mais on dit ça en sachant très bien que c'est impossible, que l'amour n'existe que parce qu'elle existe. Reste à courir alors, mentir en connaissance de cause, parce qu'on est amoureux et qu'on n'a pas le choix, esclave de la puissance du sentiment. C'est l'histoire du mythe de Sisyphe, la pierre en haut de la colline, condamné à être à moitié heureux en somme. On essaye tout, des trucs de type mature, qu'on a entendus ici et là, pour éviter de tomber de trop haut. On se protège, on essaye d'aimer à moitié, maladroitement ; ces manœuvres de peureux, de souffrants, on se les applique à soi-même. On essaye de penser à autre chose aussi, de changer d'air, de voir d'autres personnes. Se détacher en fin de compte, pousser l'autre du coude, peu à peu. Six mois que je ne cherchais qu'à être avec toi, organisant mon emploi du temps en fonction de toi. Mais maintenant, il fallait voir des gens, ne plus être fusionnels, puisque c'est ce que tu voulais. Et ce mensonge, ce faux remède, était comme une mort lente, un sédatif puissant qui accentue le mal. C'était l'annonce de la défaite, l'aveu d'un désespoir enfoui. Tout doucement, avec de bonnes raisons dans les bagages, on s'éloignait l'un de l'autre.

J'avais la taille de notre amour Alice. J'avais la tête remplie de mots doux. Je voulais vivre à cœur ouvert, toutes voiles dehors. Mais tu ne m'as pas donné le choix, je me suis refermé. Parfois, tu parvenais à me rouvrir le cœur et je voulais croire à l'illusion. Tu mimais l'amoureuse que tu avais été et j'y croyais oui, pendant quelques heures, parce que j'étais tellement en demande, parce que j'en avais tellement envie. Alors, c'était un déversoir de mots d'amour, des cascades de compliments qui, d'un seul coup, te mettaient mal à l'aise, parce que j'en faisais trop évidemment, parce que tu avais peur. « Tu es un passionné toi ! » tu disais en souriant ; et dans ce sourire, dans cette tentative de mise à distance, je voyais un glissement dangereux, un recul néfaste de l'amour plein. On n'avait pas besoin de se le dire, à l'époque, que nous étions passionnés ! Nous la vivions, la passion, sans la verbaliser, sans l'étiqueter. Et puis y'en a marre de ce terme qui fait peur ! Qu'est-ce que la passion sinon de l'amour pur ? N'a t-on pas inventé la passion pour les amoureux déçus ? N'en a t-on pas fait un idéal inatteignable qui permet aux couples de se satisfaire de la médiocrité de leurs relations ? Rêver et puis secouer la tête en souriant, en s'excusant de son absence momentanée. « Oui ? Tu disais mon cœur ? » Et tous ces mots mécaniques et confortables qui servent l'habitude, qui matelassent le lit d'une relation en trompe-l'œil en en diluant le sens à force d'être prononcés comme des mots banals. Moi, quand j'aime, mon cœur est en ébullition, il grossit, il s'active, il vit.

Un temps, j'ai essayé de ne rien attendre de toi. J'étais tout en contrôle alors, en dehors de moi-même. Je ne parvenais pas à redescendre. Nous avions vécu six mois de rêve. Tu étais « ma petite obsession » comme je disais. Je croyais te voir, je croyais t'entendre. Il m'arrivait de dégainer mon téléphone plus vite que mon ombre, soudainement, trompé par l'alarme d'une voiture au loin, un peu honteux en constatant le cadran muet de l'appareil. Dans le bus, plusieurs fois, je t'ai confondue avec une autre, croyant te reconnaître de dos, à cause d'une façon de marcher. Régulièrement, je vérifiais la boîte vocale de mon téléphone, m'exaspérant moi-même de ma dépendance. Je me surprenais à attendre un signe, à ne pas trop t'étouffer, à ne pas trop te donner, surtout, surtout que tu ne te sentes pas redevable. Et cette question d'équilibre m'obsédait en même temps que je luttais pour ne pas égratigner mon amour-propre. J'essayais de ne pas devenir ton chien même si, au fond, je devenais ce toutou dressé, accroché à tes basques, dépendant de toi surtout depuis que tu prenais tes distances. Avant, je me foutais d'être comme ça, j'étais vulnérable mais tu l'étais aussi. Et nos deux faiblesses créaient l'équilibre. Nous étions heureux, amants merveilleux et sans défense. J'avais peur que tu me quittes et tu éprouvais la même peur. Je n'ai pas décroché de cette période alors que toi, tu as évolué. Je voulais t'envoyer mille messages par jour, partager tous les moments que je passais sans toi. Je me contrôlais encore alors, ayant vaguement conscience de me perdre moi-même, à jouer ce personnage au caractère tempéré. C'était si dur de te voir redescendue, de voir que tu n'étais plus « obsédée » par moi ; à nouveau, tu te suffisais à toi-même, envisageant notre amour comme un long voyage tranquille et je t'en voulais de m'avoir fait croire, par ton comportement, que tu pouvais vivre les choses avec la même intensité que moi. Je m'étais trompé. Ton vrai caractère se faisait jour. Tu t'avérais être quelqu'un d'autre, tempéré, tranquille, qui, au fond, voulait vivre l'amour en charentaises. J'enviais ce caractère parfois. Mais je n'étais pas comme ça. L'intensité de ce que je vivais en amour insufflait en moi de la vie. En fait, je ne me suis jamais senti aussi vivant que pendant ces six mois où j'étais avec toi. Je n'oublierai jamais ça. Mais à présent j'avais la maladie de la frustration. Tu retombais, tu redevenais celle que tu avais toujours été tandis que je continuais à batailler contre mes moulins, à traquer l'amour absolu, la fusion de nos deux êtres. C'était peine perdue. Nous prenions des chemins différents. Nous avions touché le bonheur mais c'était fini. Tu corrigeais mes phrases. Tu me contredisais. Et je faisais de même, en réaction. Terminé le temps où nous nous enrichissions l'un de l'autre. Maintenant, il fallait que nous correspondions à l'image que nous nous faisions de l'autre, comme une tentative pour dominer l'autre, le soumettre. Une absurde façon de gonfler nos egos. Je ne sais pas comment ce petit jeu-là a dérapé. De plus en plus souvent, nous nous opposions. Il fallait que j'aie raison. Parallèlement, je voyais le fossé qui commençait à se creuser entre les sentiments que j'éprouvais envers toi et ceux que tu éprouvais envers moi. Je ne supportais plus ma vulnérabilité et, par opposition, par peur de trop souffrir peut-être, je me suis mis à vouloir dominer de plus en plus. Petit à petit, je m'insensibilisais à ton indifférence confirmée par tes réponses silencieuses à mes questions pressantes. « Qu'est-ce qui a changé Alice ? Comment en est-on arrivé là ? » Tu me regardais, coupable, incapable de donner davantage que ce regard chargé d'amour potentiel, jurant que tu m'aimais mais que tu ne savais plus comment l'exprimer. Je voulais des preuves et tu manquais de raisons. Et je devais entendre ça. Faire avec. Accepter d'être aimé à moitié. Pour me protéger, je décidais de ne pas tenir compte de ses moitiés de sentiments. Et de faire comme si. Comme si tu étais victime, comme si tu avais besoin d'aide. Il fallait te pousser à m'aimer. Te donner un coup de pouce, des petites claques de temps à autre, pour te réveiller, t'aider.

Ça a commencé comme ça. Ça a même peut-être marché au tout début. La claque avait le mérite de te donner un coup de fouet, de te faire reprendre pied avec la réalité. C'était ici et maintenant qu'il fallait aimer, j'avais raison tu disais, tu ne savais pas ce que tu perdais. Et alors, le temps de quelques jours, nous vivions dans le feu de la passion, inséparables, faisant l'amour plusieurs fois par jour, coupant nos téléphones pour éviter les interférences venues de dehors. Ça devint une habitude bientôt. Quand nous étions tous les deux, nous coupions nos téléphones. Une nuit où nous avions bu, je t'ai surprise dans la salle de bain, nue, en train d'écouter tes messages à la sauvette. Je me souviens avoir pété les plombs, avoir pris ce téléphone et l'avoir lancé sur le carrelage. Nous en sommes venus aux mains et j'ai fini par t'asséner une claque derrière le crâne. Quelques minutes après, les mains de chaque côté de la cuvette, je pleurais, baveux, méconnaissable, t'empêchant du bras de récupérer la puce de téléphone que j'avais jetée au fond des toilettes. Qu'avais-je fait ? De quel monstre étais-je en train d'enfanter ? Et je pleurais davantage à l'idée de ce qui provoquait mes larmes. Ce n'était pas la honte de ce que j'avais fait mais la honte de penser ce que je pensais. Ce que j'avais fait me semblait juste. Un mal nécessaire pour être aimé. Comme l'unique moyen pour maintenir notre amour à flots. Etait-ce moi qui pensais ça ? Qu'étais-je donc en train de devenir ? Sans le savoir, j'avais enclenché la mécanique de la violence. Je tirais la chasse d'eau et regardais la puce disparaître dans le tourbillon liquide, hagard, sans un regard pour toi qui te tenais la tête en prononçant mon prénom à mi-voix sans paraître pouvoir t'arrêter, effarée de me voir dans cet état-là. Je sortis de la salle de bain d'un seul coup, hors de moi-même, et te laissais seule sur le carrelage froid.

La violence s'est intensifiée petit à petit. Je ne supportais plus que tu t'éloignes de moi. Je te voulais à moi et rien qu'à moi. Je me mis à faire des choses complètement folles. Ton téléphone sonnait pendant que tu prenais ta douche ? Je raccrochais au nez de tes correspondants, j'effaçais l'appel en absence. D'autres fois, je dissimulais ton téléphone portable dans la cave ou planquais les clés de ta voiture dans un pot du jardin. Au début, tu me demandais si j'avais vu tes clés ou ton téléphone et je répondais que tu avais dû les égarer. Au bout d'un moment, tu arrêtas de me demander. Toi et moi savions que j'étais le seul responsable de leur disparition. Nous n'en parlions jamais et elles réapparaissaient comme par enchantement sur la table du salon. C'était ta récompense pour ton comportement. Tu me sautais au cou et je te noyais sous mes cascades de mots, essayant de te modeler, de te débarrasser des sentiments parasites qui se fixaient sur toi. J'en profitais pour être doux, pour te tenir dans mes bras : « c'est comme ça que je t'aime », je te disais, « nature, toi-même » et tu prenais une voix de petite fille en me répondant que tu allais faire de ton mieux, que tu allais changer. Et je te répondais qu'il valait mieux, qu'on ne pouvait pas continuer comme ça, qu'on s'était promis tellement mieux. Certaines nuits où je ne dormais pas, où je retournais des pensées dans tous les sens, où je t'en voulais de dormir sur tes deux oreilles, de ne rien faire pour trouver des solutions à nos problèmes, il m'arrivait aussi de me remettre en question, d'être pris de remords. Le samedi suivant alors, je jouais l'ouverture d'esprit, je disais « va t'amuser ! »

en espérant que tu déclines mon offre, que tu dises « non, je préfère rester avec toi mon amour. » Mais tu ne t'opposais pas, tu t'engouffrais dans la brèche et c'était une défaite personnelle de plus, une nouvelle preuve de ton indélicatesse. Seul, je nourrissais ma haine alors, exacerbée par les joints que je fumais.

Peu à peu, j'ai repoussé mon seuil de tolérance jusqu'à t'emprisonner complètement. J'évitais de me remettre en question, trop conscient que je m'abîmais aussi dans cette relation à sens unique. Parfois, je roulais à tombeau ouvert sur les routes de montagne, hurlant à plein poumons. J'explosais moi aussi. Je me dégoûtais. Un jour, après avoir crié et pleuré tout mon saoul, je ralentis, complètement à bout et me déportai sur la voie de gauche. J'étais sur la route des trois cols, vers Morzine, juste avant le virage en épingle. Moteur éteint, j'attendais, les yeux fermés. Je me penchais sur l'appuie-tête en essayant de me décontracter. Je desserrais les mâchoires, me dissociais, oubliais où j'étais, ce que je faisais. J'imaginais comment ça serait, l'arrivée de la voiture, les gens à l'intérieur, ces gens que je ne serai jamais, ce père de famille dans son *Espace* bleu impérial, parfumé, bronzé, habillé d'un polo *Lacoste* clair, souriant et serein, la conduite souple, comme dans les pubs pour les voitures familiales. Derrière, le fiston, bien au chaud, protégé, admiratif, rêveur aussi, regardant tour à tour la nuque puissante et rassurante de papa, les pâturages de montagne défilant à toute vitesse, bien accroché à son bijou, sa précieuse raquette de tennis « Junior » achetée la semaine dernière à *Go Sport*, l'étui *Wilson* offert par la maison. A mesure que j'ajoutais des détails au tableau, je percevais de plus en plus distinctement le ronronnement d'un moteur. Ça pouvait être derrière, ça pouvait être devant, tout dépendait du vent ; j'essayais d'oublier, de m'imaginer somnolant au coin du feu, confortablement installé dans un fauteuil mou, emmitouflé dans une couverture, laissant mes pieds nus dépasser pour mieux profiter de la caresse des flammes. J'arrivais à remplacer le bruit du moteur – ça venait d'en haut, c'était certain maintenant – par les crépitements du feu dans la cheminée, par le bruit de la soufflerie du four dont s'échappait l'odeur rampante d'une tarte aux pommes, par les protestations lointaines de nos enfants qui refusaient d'aller prendre leur bain, et je souriais : on avait fait des enfants rebelles ; je rêvais ainsi éveillé pendant des secondes que j'étirais, refusant d'ouvrir les yeux, j'étais bien, je voulais mourir en paix, reposé, débarrassé de ces exigences insupportables envers moi-même et envers toi, ces absurdités qui nous éloignaient. La voiture est toute proche maintenant, je l'entends distinctement et, au dernier moment, je décide d'être courageux, de regarder la mort en face. J'ouvre les yeux et à travers nos deux pare-brises, je croise le regard affolé du conducteur qui donne un coup de volant sur la gauche, m'évite au dernier moment. S'ensuit un concert de klaxons et, j'imagine, des rafales d'insultes. Je me mets alors à rire, « je suis en vie », je dis, « putain, je suis en vie !», « même là-haut, je suis indésirable » et j'éclate d'un grand rire de malade en tapant sur le volant plusieurs fois, sur mon visage ensuite. C'est comme si j'avais gagné un ticket à la loterie, comme si j'avais le droit à une deuxième chance.

Je suis rentré. J'ai tout oublié. Cette idée de la « seconde chance » ne dura pas longtemps. D'une certaine manière aussi, en décidant de ne pas perdre la vie, on avait validé mon comportement. Je n'avais pas été puni pour ce que j'avais fait. Ce fut le tournant. Après, je suis devenu complètement fou, je t'espionnais, je te demandais des comptes, je te frappais... La suite, tu la connais. Tu vois, c'est bizarre. D'une certaine façon, moi aussi j'ai été frappé d'amnésie jusqu'à l'accident d'Henri. Ce n'est qu'à partir de ce moment-là que j'ai accepté de regarder le tableau dans son entier et de voir le mal que je t'ai fait. C'est difficile à expliquer ; moi-même, j'ai dû mal à croire que j'ai pu me voiler la face autant d'années. La violence n'a été qu'un moyen pour servir cet amour qui m'aveuglait complètement. On s'habituait. Je n'excuse pas mon comportement, je dis juste comment c'était : on s'habituait. Les coups étaient devenus quelque chose de normal, qui définissaient notre relation. Je frappais au nom de l'amour. Tu encaissais au nom de l'amour. Et une fois en prison, je n'ai pas pu décrocher. Tu m'as aidé à tenir, je t'écrivais et ton silence n'a fait que nourrir ma passion pour toi.

Un long battement de cils, un dossier qu'on referme définitivement et cette lettre qui lui tombe des mains, soudain trop lourde à porter. Ses mains traînent sur son visage, tirent la peau vers le bas. Mathias reste dans cette position un moment, le bout des doigts sur les pommettes, ce regard de chien battu, perdu dans de profondes méditations, puis, brutalement, il se claque les joues, retrousse ses babines. Il ramasse la lettre, la froisse dans son poing et regarde longuement par la fenêtre.

- Je crois qu'il n'y a plus rien à dire. C'est mieux si je m'en vais maintenant. Je ne sais pas ce que je fais là.

Il se lève, sort du cadre et il y a quelques bruits métalliques hors-champ, des mousquetons, sa ceinture peut-être, et puis le claquement d'une porte, ses pas dans l'escalier.

7

C'est arrivé sans prévenir, au *Duty Free* du Fes-Saïss Airport, rayon parfumerie.

Un jeune homme bien habillé tentait de convaincre sa femme. Elle penchait pour le *Kenzo Flower*, lui était davantage *Channel numéro 5*. A un moment, il a haussé le ton et Alice, qui errait entre les rayons sans intention d'achat, pour tuer le temps avant d'embarquer, s'était sentie défaillir.

C'était une bouteille de parfum, aux courbes féminines, qui s'éclatait en mille morceaux, à ses pieds. Elle ramassait les débris en pleurs, nue dans un couloir d'hôtel. C'était une porte qui claquait, un œil qu'elle devinait, derrière un judas. Ses larmes charriaient des ruisseaux de mascara noirâtre, ses petits bras couverts d'ecchymoses tentaient de cacher son sexe en même temps qu'elle rassemblait les débris ; Mathias frappe les murs à présent, de ses poings endoloris, l'accuse de se provoquer elle-même, ces bleus aux bras, c'est facile, il dit, lui aussi peut le faire ; les images s'amoncellent, se superposent les unes sur les autres et Alice subit, surprise, tétanisée, incapable du moindre mouvement ; elle respire autant qu'elle peut mais c'est inutile, ça ne part pas, ça colle, ça s'amplifie.

Ils sont à Annecy maintenant. Dans un magasin. Mathias choisit pour elle des vêtements qu'elle trouve provocants. Elle n'en veut pas, il l'oblige à les essayer.

Et tout s'enchaîne. Alice regarde droit devant elle. Il est

assis dans la cuisine. L'image est nette. Il l'attend. Elle le voit par la fenêtre. Elle guette le bon moment pour rentrer. Il fume, soutient sa tête lourde, cède au sommeil finalement, la tête au creux de son bras replié. C'est le bon moment. Elle entre. Le cliquetis de la serrure le réveille brusquement, il attrape son regard au moment où elle vérifie s'il dort, juste avant de mettre le pied sur la première marche de l'escalier. Ça ne sert à rien, il l'a vue, tout est perdu. Il fait un effort pour écarquiller ses yeux rougis. Il dit « viens là », il demande « ça va ? », veut voir si elle se rend compte, si elle a conscience. Ça l'intrigue qu'on puisse être égoïste à ce point, il dit. Il pose des questions maintenant, étudie ses réactions par en dessous. « Tu t'es bien amusée ? », « t'as passé une bonne soirée ? » Elle répond les yeux baissés, avec un trémolo dans la voix. « Ne prends pas ce ton-là avec moi » il dit encore et elle pense « quel ton ? » « On juge toujours les gens sans savoir, il poursuit, on les catalogue » ; ça bout à l'intérieur de lui, elle le sent. Elle ne doit pas évoquer la soirée qu'elle vient de passer, surtout pas. Elle le voit mettre ses mains sous ses cuisses pour se retenir, lui montrer qu'elle n'a rien à craindre, on discute, entre gens raisonnables, tu vois, je viens en ami, je dépose les armes, je les range sous mes cuisses. Cette précaution lui fait peur. Il en est à s'admirer, à se dire qu'il ne se débrouille pas si mal pour une fois. Elle recule, il demande d'approcher, de souffler. Elle fait « non » de la tête mais il élève la voix et elle s'exécute. Il identifie l'odeur de son haleine immédiatement, malgré le chewing-gum à la menthe qu'elle a pris avant de venir : elle sent la vodka pomme. Elle ne peut décidément pas s'empêcher, on ne peut pas la laisser seule une minute, il faut la surveiller, être derrière tout le temps. Il demande « pourquoi ? » et elle ne comprend pas. Il précise alors : « pourquoi tu recommences ? » Et elle se tait, tétanisée. « Ne fait pas la maligne, s'il te plaît » et elle murmure tout haut, sans s'en rendre compte « non non non, je ne fais pas la maligne », s'appuie sur une étagère *Channel* du magasin. Elle sent ses jambes qui se dérobent sous elle, entend les clientes qui s'intéressent en anglais, en arabe, qui demandent si ça va mais elle ne peut pas répondre, elle est déconnectée, rentrée à l'intérieur d'elle-même, comme avant, inaccessible. « Ecoute-moi ! » il ordonne maintenant, et son doigt accuse, pointe, frémit. « Ne me mens pas ! » il hurle encore, agressant la pâte à sel que Louise a accrochée au mur la veille, un bouquet de fleurs qui n'y est pour rien. Il se tourne vers elle, lui montre sa main sanguinolente, les débris de pâte à sel partout sur les tomettes, « regarde ce que tu me fais faire ! » il braille et sa douleur anesthésie complètement son reste de lucidité, le galvanise même et il assène des « qui ? » à la ronde, comme si Alice s'était multipliée soudainement, qu'elles étaient huit ou dix dans la pièce ; il ne voit plus personne, n'entend plus rien. Alice se recroqueville près de la porte, une main sur le visage, l'autre sur le ventre. Elle l'implore d'une voix usée, désespérée, en sachant que ça ne sert à rien, sa grande main est déjà inclinée au-dessus de sa tête, prête à tomber et Alice tremble de tous ses membres en attendant la sentence. Et « tchac », le couperet tombe, qu'est-ce qu'elle a encore dit, deux mots, « même si » ; il a bien entendu, oui, elle a dit « même si je t'avais trompé » et alors c'est bien la preuve, cette technique bien rodée, cette grosse ficelle un peu maladroite. On propose l'éventualité pour préparer le terrain de la vérité. Du déjà-vu entre nous, un manque criant d'originalité. Si encore elle se moquait de lui avec raffinement, avec classe. Mais non. C'est vulgaire, c'est moche et c'est méchant. Elle mérite. Il frappe. Avant, il tapait aux jambes, pour ne pas laisser de traces visibles, mais depuis quelques mois, il s'en moque, il tape n'importe où, ce qui vient, la tête, le ventre, les cuisses. Tant pis si ça marque, si elle peut se souvenir, si ça peut lui couper l'envie de recommencer, après tout, ce n'est pas plus mal. Il donne encore un coup de pied à la hanche et s'écarte soudain, en nage, le regard allumé, hors de lui-même. Alice ne sent plus rien. Elle oublie immédiatement ce qui vient de se passer, elle se convainc que tout ça n'existe pas. Ce n'est pas elle qu'on frappe, c'est une autre. Et rien ne peut lui arriver. Elle est forte. Et le silence, soudain. Elle relève la tête. Mathias rallume son joint éteint, posé dans le cendrier marocain. Elle reprend ses esprits. Ramassée en chien de fusil, elle sent le mur froid sur son épaule molle. Son collant doit être effilé. « Ça va ? » il demande. Mais elle ne répond pas, elle n'existe pas. Il l'accuse d'en faire des tonnes, avec ses petits couinements, que si elle veut pleurer, et bien qu'elle pleure un bon coup et qu'on en parle plus. Il imite ces petits miaulements, pour lui montrer combien c'est ridicule. Mais elle ne réagit plus. Alors il abandonne, dépité, essaye d'observer les étoiles malgré les reflets lumineux du plafonnier dans la fenêtre. Il y a un long silence. Alice glisse sur le carrelage, à cause de ses collants qui enveloppent ses pieds. Elle allonge le bras fébrilement, traîne jusqu'à elle la chaussure qu'elle a perdue dans la bataille, une paire qu'il lui a offerte il y a deux mois, et ramasse le bouton en métal qui a sauté. Elle le pose à la place supposée, murmure entre ses larmes que ça s'est cassé mais elle ne parvient pas à l'attendrir. Il n'y a pas de moue boudeuse, pas de baisers réparateurs cette fois-ci. Juste un tube d'*hémoclar* lancé négligemment et quelques marches qui grincent, il est monté se coucher.

Des agents de sécurité l'ont trouvée par terre, épuisée. Quand elle a repris conscience, un large cercle de voyageurs s'était fait autour d'elle. Elle a essuyé les ruisseaux de larmes d'un revers de main, s'est relevée prudemment, désorientée et confuse mais avec l'impression d'avoir vécu quelque chose d'important. Elle a rassemblé mécaniquement les débris de la bouteille de parfum qu'elle avait fait tomber en s'écroulant, on lui a dit de laisser ça, que ce n'était pas grave et elle a répondu que si, c'était grave, et aussi je veux rentrer chez moi, j'y vais d'ailleurs. Nous sommes à l'aéroport de Fes mademoiselle. Ah oui bien sûr, l'aéroport de Fes. On l'a emmenée à l'infirmerie et on a constaté ses bleus aux jambes. On lui a demandé ce que c'était et elle n'a pas su répondre. Elle ne s'était cognée nulle part et on ne la battait plus depuis longtemps. Elle renaissait peut-être. Asmae lui avait expliqué qu'un certain Arthur Janov avait donné un nom à ce genre de phénomène : le « rebirth. » Les coups reçus par le passé étaient imprimés dans les circuits de la mémoire en attendant d'être revécus et évacués. Ils réapparaissaient alors sur la peau. Il s'agissait d'ordinaire de la dernière étape d'un processus thérapeutique pendant lequel les patients revivaient les expériences douloureuses de leur enfance. Alice avait un peu brûlé les étapes. Elle n'avait pas suivi le conseil d'Asmae : « si un souvenir se manifeste, essayez de le mettre en attente dans un coin de votre tête. Nous essaierons de le faire remonter à la surface ensemble, par paliers. C'est plus prudent. » Alice avait eu trop peur que ça s'en aille et elle avait ouvert les vannes d'un coup sec.

Mais à l'avenir, elle se le promet, elle fera plus attention. Elle marchera doucement dans sa tête, comme Louise Mermier dans sa cuisine, à petits pas serrés.

8

Quand elle a vu qu'elle aurait le hublot, Alice a pensé que, malgré tout, il y avait une justice dans ce monde. Vu du ciel, il ressemblait à une maquette géante. Avec la hauteur, les maisons blanches apparaissaient en tout petit. Les voitures ressemblaient à des jouets, les rivières et les routes à des traits coloriés en ocre et les champs à un collage de bouts de papier multicolores.

C'est fou l'avion. Ils vous font mettre des ceintures au cas où on s'écraserait. Ils pensent que les tablettes relevées peuvent sauver des vies.

Le front collé au hublot, Alice imagine Mathias à sa place, croquant dans son carnet à spirales ce paysage aérien qui invite au dessin. Elle se souvient de son dernier voyage, « aux Indes », comme disait Henri pour la faire rire. C'est là que tout a commencé, lorsque, à son retour, elle a découvert ces bouts de verre dans l'évier de son appartement parisien. Et aujourd'hui ? Quelle surprise l'attend à son retour ? Qui appellera t-elle si nécessaire ?

Elle ferme les yeux, respire profondément. Elle est fatiguée.

Ces dernières vingt-quatre heures ont été riches en émotions.

La veille, après avoir siroté un énième thé à la menthe, elle s'était décidée à monter dans la chambre d'hôtel, voir ce que Mathias fabriquait. L'enregistrement prenait plus de temps que prévu. Il avait dit vingt minutes. On en était à trois quart d'heure. Elle était montée, avait trouvé la chambre vide. La caméra tournait toujours, assise sur le petit trépied posé sur le bureau, à côté du lavabo. Mathias n'était plus là. Alice avait éteint l'appareil, regardé autour d'elle pour détecter un signe, un mot, une autre fin que celle-ci. Mais tout était comme elle l'avait laissé. Il n'avait rien touché. Elle s'était approchée de la fenêtre, mélancolique, consciente qu'une page de sa vie se tournait au moment même où elle le pensait, et c'est là qu'elle l'a vu, par la fenêtre, sombre et solitaire, le sac rejeté sur l'épaule. Elle a hésité à ouvrir la fenêtre, à hurler, s'est dit que ça allait peut-être l'effrayer, et a descendu les escaliers quatre à quatre, claqué la porte derrière elle.

Arrivée à son niveau, elle l'a attrapé par la manche, a repris son souffle, suggéré qu'ils se disent au revoir autrement. Mathias l'a écoutée de toute sa hauteur, se demandant pourquoi sans doute elle le retenait encore. Puis il a tendu la main comme un robot, dit : « au revoir Alice, je dois y aller. » Il a dit « je dois » comme pour dire qu'il n'avait plus d'autre choix finalement, que si ça n'avait tenu qu'à lui, il serait bien resté. Puis il a tourné le dos, a repris son chemin vers la gare routière. Alice a eu une seconde d'hésitation, un peu hébétée, idiotement vexée, puis elle l'a regardé partir, disparaître à l'angle du café.

Elle est remontée dans la chambre, a regardé la vidéo d'une traite.

Voilà, elle s'est dit, c'est fini, je n'ai plus rien à faire ici. Elle pouvait partir, retrouver ses plantes, *Fip* et les pigeons à sa fenêtre. Elle s'est précipitée à l'aéroport. Et c'est là, dans ce magasin, au moment où sa vigilance sortait le drapeau vert, qu'elle se pensait presque sereine, satisfaite de sa confrontation avec Mathias, le comportement ferme qu'elle avait tenu, que l'ombre de ce passé l'a littéralement engloutie, fauchée sur place, elle aurait dit.

- Voulez-vous du thé ou du café mademoiselle ?

Alice profite du dérangement pour tourner le minuscule réacteur de climatisation au-dessus de sa tête.

- Sans façon, merci.

Pas de café, pas de thé.

Un bol d'air plutôt.

EPILOGUE

Elle le voit qui zyeute par la porte entrouverte. Et ils se regardent comme ça, par la fente, sans rien dire.
- Qu'est-ce que tu fais ?
- Je suis en planque. Je monte un dossier sur les attributs de ma femme.
- T'es bête. Viens là.

Maxime s'exécute. Sa main glisse à l'intérieur de sa cuisse savonnée, plonge dans l'eau, remonte avec de la mousse au bout des doigts. Il la dépose sur son nez, embrasse son gros orteil, l'éclabousse. Alice rit. Il s'assoit sur le rebord de la baignoire et, après un moment à la regarder, dit :
- Ça va commencer poussin.

Alice plonge sa tête sous l'eau, ouvre les yeux les joues gonflées, voit sa silhouette trouble de Maxime s'éloigner en contre-plongée, entre deux ombres de nuages de mousse. En apnée, elle ferme les yeux, essaie de visualiser le début du film. Elle voit le TER qui file vers Coulommiers, les bas-côtés qui s'évanouissent aussi vite qu'ils apparaissent, les plaques verglacées qui balisent le chemin, çà et là. La lumière bleutée du crépuscule donne une impression vaguement phosphorescente. A l'approche du quai, Roland Grenier pousse la poignée de la sirène.
- On ne s'arrête pas ici.

Un long barrissement enrhumé déchire la nuit, quelques voyageurs reculent sur le quai. Roland regarde sa montre.

- Une minute de retard.

Il pousse le manipulateur de traction vers l'avant. Sur l'écran digital, elle voit les chiffres monter jusqu'à cent-quarante puis se stabiliser, au moment où il actionne le régulateur de vitesse.

- C'est impressionnant.
- Vitesse maximale : cent quarante à l'heure.
- Henri venait souvent ?
- Oui. Je me souviens, il vérifiait combien de temps je tenais cette vitesse. C'était débile mais bon, je jouais le jeu. J'essayais de battre mon record à chaque fois. C'était notre petit frisson.

Elle regarde droit devant elle. La vitesse, Henri, elle n'aurait jamais cru, ça non plus. Quand il va vite comme ça, le train donne l'impression de rouler sur l'espace et le temps. Elle pourrait rester là pendant des heures. Le train a un pouvoir anesthésiant. Elle se sent protégée, propulsée dans un entre-deux monde confortable où le passé n'existe pas, où l'on se sent fort et léger, les deux pieds dans le présent, au carrefour des possibilités. On peut contempler en paix, sans aller, sans s'engager. Et dans ce sas mobile et fuyant, les souffrances n'ont pas le temps de s'accrocher à l'âme. Ça va trop vite.

Roland allume les phares. A droite, les bâtiments diminuent de taille à mesure que le train s'enfonce dans la nuit. Les deux cônes de lumière entremêlés se dissolvent dans le manteau de brume qui descend lentement. On quitte la ville. Bientôt, elle ne distinguera plus que deux tiges d'acier interminables, infatigablement avalées par la locomotive. Quelques points lumineux enveloppés d'un halo orange ou vert apparaissent mystérieusement au loin. Quand elle les remarque, Roland, lui, les a déjà vus depuis longtemps. « C'est mon métier », il dit, pour faire le modeste. Feu jaune, on presse le bouton, ici, sur le tableau de bord, feu vert, on accélère.

- Vous pouvez filmer dans la cabine si vous voulez.

Clin d'œil appuyé, regard malicieux.
- A mon avis, ça peut être intéressant.
- Merci. Merci Roland.

Elle sort la tête de l'eau, dégoulinante, les cheveux lissés en arrière.
Elle se sèche, emploie Max pour lui frotter le dos. En récompense, il a droit à un petit bisou sur le bout du nez. Elle est frigorifiée. Max l'enlace dans sa serviette, lui dit de se dépêcher d'être sèche, que le film va bientôt commencer. Elle dit « je peux pas, je suis kidnappée », se dégage de son étreinte, tombe la serviette de bain. Elle est toute nue, ça la fait rire que Max soit gêné. Alice enroule ses cheveux dans une plus petite serviette, parade dans le salon les fesses à l'air.
- Ça y est. Ça commence.
Il a tout installé. Le video-projecteur, les bières décapsulées. Alice se pelotonne au creux de ses bras.

Ils retiennent leur respiration. La voix de miel vient d'annoncer le troisième documentaire de « leur » soirée Théma, la présentatrice a précisé « votre. »
Les images *Super 8* apparaissent, gorgées de soleil, des gros plans de quelques secondes, des sourires, des mains, des regards. Au moment où sa voix retentit dans le poste, elle cache son nez dans la chemise de Max.
- Voici à quoi ressemble ma vie aujourd'hui : un train lancé à pleine vitesse, sans conducteur, livré à lui-même, fonçant vers l'inconnu. Je m'appelle Alice Grimandi et je suis née deux fois. Une première fois un jour de juillet 1979, une deuxième fois vingt-sept ans plus tard, le 13 février 2006, au sortir d'un coma qui dura une semaine et m'amputa d'une partie de la mémoire. Ce film est une plongée en moi-même, le témoignage d'une reconstruction en même temps qu'un support pour réapprendre à sentir.

Il y a un noir et le titre qui apparaît à la machine à écrire, au milieu de l'écran : *Les mains d'Asmae*. C'est bizarre d'entendre le son de sa voix ici, à travers ces baffles fines et puissantes. Ce train semble la transporter en arrière, filer à toute vapeur, remonter jusqu'à ce jour, son réveil à l'hôpital d'Annemasse et repartir, reprendre de la vitesse, griller les gares comme des feux rouges, Les Arces, La Vernaz, Fes. Et aujourd'hui Paris, les bras de Max, le terminus.

Alice enfonce un peu plus son nez dans les plis de sa chemise. Max dégage son bras qu'elle écrase un peu, le passe dans son dos.

- T'es bien comme ça ?
- Oui, je suis bien.

Elle attrape sa grosse patte de deux petites mains autoritaires, ne la lâche plus. Max lui gratte le bas du dos, elle se redresse, se prépare à visionner ce film, ce travail d'un an. Piero-Luigi a dit qu'il ne manquerait ça pour rien au monde, un film de sa fille, tu parles. Il a installé une petite télévision pour l'occasion, dans la cabine fraîchement vernie de son voilier rénové. Et Mathias ? Où est-il ? Est-il devant la télévision lui aussi ? Elle ne sait pas, elle s'en fiche. Max est avec elle, c'est tout ce qui compte. Elle l'a un peu fait pour lui, ce film, pour qu'il comprenne enfin les choses qu'elle ne parvient pas à dire. Un peu pour lui, un peu pour elle, pour qu'elle puisse s'abandonner enfin, huit ans après Mathias.

Elle se redresse, dit « je t'aime » avec les yeux et cet idiot répond « qu'est-ce que t'as ? »

- Rien, j'ai rien. Je suis bien, c'est tout.

Et voilà le générique qui se termine.

Et ce film, enfin, qui peut commencer.

Vente et impression : www.amazon.fr

Dépôt légal janvier 2014

joelbellisson@gmail.com

www.facebook.com/pages/Comme-on-a-dit/1412491548989607?ref=hl

Made in the USA
Charleston, SC
16 March 2014